두 번째 첫사랑

두 번째 첫사랑

김기승 장편소설

다산글방

차 례

1. 너의 상처에 반창고가 되고 싶어 ······· 7
2. 운명의 화살이 날아들다 ············· 39
3. 서른여덟, 뒤바뀐 것들 ············· 66
4. 추악한 모습들 ···················· 93
5. 기억을 걷다 ····················· 114
6. 그녀는 나의 세상을 바꾸어 놓았다 ······ 137
7. 11월의 저주 ····················· 175
8. 변호사 차형두 ···················· 196
9. 거짓과 진실 그리고 지독한 사랑 ······· 238
10. 하나의 원소를 감싸 안으며 ·········· 261

작가의 말 ··························· 294

1

너의 상처에 반창고가 되고 싶어

"여전하네, 이곳은."

형두는 혼잣말처럼 나지막이 중얼거렸다.

마음이 허전할 때면 그는 늘 무의도를 찾았다. 자신의 고급 외제차를 몰고 도심을 벗어나 바다를 향해 달리는 시간은 일종의 의식과도 같은 것이었다. 오늘도 무의도 하나개 해수욕장 언덕에 차를 세우고 조용히 바다를 바라보았다.

아무 말도 없이 그저 바라보는 이 시간이 형두에겐 유일한 숨통이었고, 세상과 자신을 잊을 수 있는 틈이었다. 그런데 오늘은 뭔가 다르다. 유난히 마음이 휑하다. 이유를 알 수 없는 공허가 심장 안쪽을 휘감는다. 그래서일까 거세게 밀려드는 파도가 평소보다 까슬까슬 거칠게만 느껴진다. 시야 가득 출렁이는 물빛은 묘하게 불안해 보이고, 부서지는 포말은 속을 헤집듯 날카롭다.

그때였다. 예고도 없이 갑작스런 소낙비가 하늘을 찢고 쏟아지기 시작했다. 빗방울은 '후득 후드득' 마치 날 선 돌멩이처럼 어깨와 가슴팍을 때렸다. 하지만 형두는 피하지 않았다. 도망치지 않았다. 마치 그 빗줄기가 자신에게 쏟아져만 하는 벌이라도 된다는 듯, 그는 그 자리에 그대로 서 있었다. 사선으로 바다에서 몰아친 빗줄기가 가슴을 후려쳤고, 얇은 셔츠는 순식간에 몸에 들러붙었다. 눈을 찌푸릴 법도 하지만 그는 고개를 들고 하늘과 맞섰다.

죄였다. 잊은 줄 알았던, 묻힌 줄 알았던 죄들이 갑자기 물기를 머금고 다시 살아났다. 첫사랑을 떠나보낸 죄, 사랑 없이 결혼한 죄, 그리고 돈만 좇아가는 악마 같은 인간들을 변호하고 사는 죄……. 그 모든 잘못들이 바닷속에서 건져 올린 진흙처럼 뚜렷하게 되살아났다.

잠시 후 언제 그랬냐는 듯 비가 멈추고 옅은 구름 사이로 노을이 수면 위로 내려앉자, 바다는 서서히 빛을 머금었다. 그리고 노을은 부서지는 파도 속으로 스며들어 빛의 덩어리가 되더니 이내 물거품과 함께 조각조각 흩어졌다. 형두는 그 조각들을 눈으로 좇았다. 그 빛이 부서질 때마다 마음 어딘가도 함께 조각나는 듯했다. 바다는 모든 걸 안고 흘려보냈지만, 형두는 여전히 거기 머물러 있었다.

'사랑할 때는 바다가 보이고 이별 앞에서는 파도가 보인다더니…….'

바람과 함께 거센 풍랑을 일으키던 파도가 부서질 때마다 마음 한구석을 채운 공허함이 자꾸만 차올랐다. 마치 부서지는 파도가 제 마음을 휘젓는 듯했다. 자꾸만 아내의 말이 귓가에 맴돌았다. 아니, 이제는 전 아내라고 불러야 할까.

결혼기념일이었던 지난주 목요일, 그녀는 이혼을 통보했다. 마흔셋, 결혼한 지 10년, 별거한 지 5년 만이었다.

서로가 원하는 것이 맞아 조건부로 결혼했다. 절반은 쇼윈도 부부처럼 살면서도 나름 잘 맞춰왔다고 믿었다. 그랬기에 그녀가 먼저 이혼을 통보할 것이라고는 생각하지 못했다.

아니다. 그녀는 언제든 떠날 사람이었다. 사랑보다는 서로에게 필요조건이 전제된 결혼 생활이었으니까.

둘의 관계는 '나'를 중심에 두고, '너'를 바라보는 방식이었다. 나는 나를 기준으로 너를 해석했고, 너는 너 자신에 집중한 채 남은 시선으로 나를 바라보았다. 그런 태도를 이기적이라 부르며, 서로의 갈등을 마음속에 쌓아갔다. 이 불편한 마음의 관계를 해소하는 방법은 이해와 배려일 것이다. 하지만 분노와 정떨어짐으로 성장한 괴물 같은 갈등은 이미 그 이해와 배려마저 삼켜버린 뒤였다. 어쩌면 인간의 양가감정이란 결국, 사랑과 행복, 그리고 작별과 이별을 함께 품고 살아가는 숙명인지도 모른다.

형두는 석양이 바다에 스며들며 노을이 서서히 지워지는 풍경을 뒤로한 채, 이젠 아내와의 이혼도 훌훌 털고 가자고 마음속으로 다짐해 보았다.

* * *

절대 패배하지 않는 변호사. 그것이 그의 이름 앞에 붙은 별칭이었다. 선후배를 포함해 동기들마저 그의 독기와 오기에 혀를 내둘렀다. 리온 로펌이 오늘날 대형 로펌이 될 수 있었던 데에는 형두의 몫이 컸다. 특히, 형두가 자신의 장인인 조필현의 주가조작으로 기인된 배임 및 횡령죄를 담당한 뒤로 리온 로펌은 강자를 위한, 강자에 의한, 강자를 향한 로펌으로 발돋움했다. 조필현의 죄는 명확했지만, 형두는 모든 수단을 동원하여 그를 기소유예로 만들었다. 세상 사람들 모두가 자신을 향해 손가락질하는 가운데 조필현은 자신의 딸과 형두가 결혼하기를 바랐다.

조필현은 고물상으로 모은 돈으로 강남에 땅을 사 대박을 터뜨린 인물로 속칭 '졸부'가 된 사람이었다. 그의 딸 인혜가 원하는 조건 대로 결혼만 해준다면, 집을 포함하여 결혼에 필요한 모든 것을 책임지겠다고 약속했다. 조인혜는 나름 시크한 외모의 발레리나였고 예술대학 강사였다.

형두는 인혜와 만나 여러 가지를 이야기해 보니 서로의 조건이 부합한다고 판단했다. 이후 결혼을 진행하였고, 장인은 약속대로 모든 것을 준비해 주었다.

그들의 신혼집에는 방이 네 개나 있었지만, 아내가 발레 연습을 하는 방만은 형두의 출입이 자유롭지 못했다. 그녀가 자신의 프라이버시를 지켜줄 것을 요구했기 때문이다. 또한 아내는 발레리나로서 생명과도 같은 몸매 유지를 위해 출산을 거부했다. 결혼 전부터 아이를 낳으면 몸

골격이 망가진다며 아이 없는 삶을 원했고, 이는 형두가 원하는 것과도 다르지 않았다.

결혼한 지 몇 년이 되도록 아이가 없자, 장인과 장모는 형두와 아내를 불러 왜 아이를 가지지 않는 것이냐며 몸에 좋은 한약이라도 지어주겠다고 했지만, 아내는 늘 이를 거절하였다.

그랬던 그녀가 결혼한 지 5년을 기념하는 날, 갑자기 아이를 가지고 싶다고 폭탄선언을 하였다.

"여보 이제 우리 아기를 갖는 게 어때?"

황폐해진 마음에 거대한 미사일 폭격을 받은 것만 같았다.

"당신 왜 그래? 안 갖기로 했잖아?"

첫 만남에서 아이를 가질 생각도 하지 말라고 엄포를 놓던 그녀. 그랬기에 그녀가 아이를 원할 일은 없다고 생각했다. 하지만 달라진 아내는 아이를 강하게 원했고, 정 없이 사랑 없이 결혼한 두 사람 사이를 완벽하게 연결하기 위해서는 아이가 필요하다고 주장했다.

"연결이라……."

형두의 머릿속은 텅 비어 있었다. 인혜와의 앞날을 아무리 그려보려 해도, 어떤 그림도, 가능성도 떠오르지 않았다. 마치 고장 난 계산기처럼 입력해도 아무런 숫자가 찍히지 않았고, 이 관계에서 얻을 수 있는 이익은커녕 손익조차도 따져지지 않았다.

그저 수지타산이 맞지 않았다. 그녀가 늘어놓는 이야기엔 논리도, 감정도, 현실도 없었다. 형두는 점점 그녀의 말이 공기처럼 가볍게 느껴졌고, 그 공기를 굳이 들이마실 이유조차 없다고 생각했다. 모든 게 허무했고, 더 이상 귀 기울일 가치가 없었다.

형두는 몇 번이고 거절했고 어쩌다 갖던 의무적이던 잠자리조차 아예 하지 않았다. 아이 이야기는 둘 사이에서는 금기시된 이야기였다. 그 후 아내는 의도적으로 그의 심기를 거스르는 행동을 하고 다녔다. 하지만 형두는 그녀를 사랑하지 않았기에, 그녀가 다른 남자에게 마음을 주는 일도 그저 그러려니 받아들였다. 아파트 주차장, 그녀의 차 안에서 그녀가 다른 남자와 껴안고 있는 것을 봤을 때도, 입맞춤을 하고 있을 때도, 형두는 질투심조차 느끼지 못한 채 모른 척 지나쳤다. 아니 그는 철저히 모른 척했다.

다만 형두가 진심으로 신경 쓴 것은 사회적인 명예였다. 흙수저라는 열등감을 품은 그는 수임료를 좇아 악인을 변호하는 로펌에서 최정상의 변호사로 일하고 있었다. 내로라하는 졸부들이나 정치인들마저 그에게 굽신거리며, 막대한 수임료와 함께 변호를 의뢰했다. 전관예우를 데려와도 쉽지 않을 재판을, 그는 마치 손바닥 뒤집듯 판사의 마음을 흔들어 유리하게 이끌어내곤 했다. 그것이 형두가 가진 막강한 무기였다. 그는 피땀으로 쌓아 올린 사회적인 명예가 바닥에 떨어지는 것만은 절대 원치 않았다.

그러나 졸부의 딸인 아내는 달랐다. 무식한 부모 아래 성장한 열등의식 때문에 인혜는 대학교수가 되기 위해 수단과 방법을 가리지 않았다. 결국 그 꿈을 이루자 이제 변호사 남편과 행복한 가정을 보여주고 싶어

했다. 그러다 보니 결혼을 조건으로 아이를 갖지 않겠다는 당초의 약속을 뒤집고, 인혜는 갑자기 아이를 갖자고 요구해 왔다. 형두가 이를 거절하자, 인혜는 마치 악의라도 품은 듯 사교계를 나돌며, 그가 아끼는 명예를 깎아내리기 시작했다.

인혜는 형두가 바람을 피운다느니 하는 터무니없는 소문을 퍼트리고 다녔다. 형두는 업무상 어쩔 수 없이 룸살롱에도 드나들어야 했지만, 나름대로 지키는 신념이 있었다. 제아무리 더러운 놈들의 뒤처리를 할지라도 똑같이 더러워지지는 말자는 것이었다. 그랬기에 그는 바람을 피운다거나 하는 일은 없었다.

실상 애정을 갈구하던 쪽은 오히려 인혜였다. 형두에게 채우지 못한 감정을 다른 남자에게서 채우려 했지만, 형두는 그런 욕구조차 느끼지 못했다. 이상한 일은, 그가 바람을 피우지 않는다는 사실을 잘 아는 사람조차도 인혜의 말을 듣고는 와서 따져 묻는다는 것이었다.

"차 변. 다른 여자와 연애하고 다니나? 이미지 관리 좀 해야겠어. 조교수가 자네 때문에 얼마나 마음을 썩히고 있는지 알긴 하나? 제아무리 변호를 잘하면 뭘 해. 사적으로 신경 쓰일 게 많은 사람은 우리 로펌에서도 원치 않는 거 알지? 솔직히 차 변 정도 되는 변호사 찾으면 많아. 다른 사람한테 변호를 맡길 수도 있다는 말일세. 그런데 차 변이 자꾸 처신을 못 해서 쓸데없는 말을 만들고 다니면 우리는 어쩌겠어? 우리 로펌 이미지도 바닥으로 처박히지 않겠어? 그러니까 아내든 자네든 처신 잘하라고…. 우리가 신경 쓸 일이 없도록 말야."

그 말을 들었을 땐, 인혜에게 달려가 따지고 싶었다. 하지만 형두는 그저 자리에 앉은 채, 한참 동안 아무 말도 하지 않았다. 웃음도, 분노도, 무력감도 아닌… 지독하게 깊은 피로감만이 온몸을 휘감았다. 인혜는 언제부터 그를 이렇게 철저히 부정해 왔을까?

그날은 로펌에 들어온 지 딱 100번째 사건을 마무리한 날이었다. 축하받고, 칭찬받고, 한숨 돌려야 할 날. 하지만 형두는 진탕 술을 마신 채 집으로 돌아왔다. 인혜는 그를 쳐다보지도 않았다.

"조인혜. 나랑 얘기 좀 하자."

"술 취한 사람하고 이야기하는 취미는 없어요."

그 말에 형두는 쓴웃음을 지었다. 지금, 이 순간조차, 그녀는 그의 목소리에 귀를 기울이지 않았다. 이 결혼 내내 그랬듯이.

"인혜야… 이제 와서 이런 이야기를 하는 것도 웃기긴 하지만, 우리는 서로에게 사랑을 바라지 않았지."

그녀가 고개를 돌려 그를 바라봤다. 그 눈빛에는 여전히 '잘못 들었다'는 표정만 가득했다.

"당신 지금 그딴 말 하려고 들어왔어요? 그걸 굳이 이야기 꺼내는 이유가 뭐예요? 교수 자리를 하나 만들어 줬다고 생색이라도 내는 거예요?"

형두는 조용히 고개를 저었다.

"내가 준 건 직함이 아니었어. 너 자신이 날 자랑스럽게 여기게 해주고 싶었을 뿐이었어."

그 말에 인혜의 표정이 무너졌다. 하지만 곧 다시 딱딱하게 굳었다.

"솔직해지는 게 어때요? 나를 위한 게 아니라, 당신의 명예를 위한 것이었겠죠. 그리고…… 지금 와서 그런 감정팔이로 넘어가긴 좀 늦었네요. 내가 누군지 알아요? 내 아버지가 누군지는?"

형두는 피식 웃었다.

"알지. 잘 알고 있지. 너도, 네 아버지도 날 도운 적 없어. 오히려 나는 너희 가족을 구해줬지. 주가조작, 부동산 투기, 탈세…… 감옥에서 몇 년 썩어야 할 일이었잖아. 그걸 무마한 건 내 능력이었고, 내 이름이었어. 나를 통해 명함에 흠집 없이 버틴 거, 모를 리 없잖아."

그의 말투는 비난보다 담담했다. 누구를 공격하려는 것도, 자랑하려는 것도 아닌, 그저 한 번쯤은 '사실'을 말하고 싶었던 것이다.

"너랑 나는 애초에 조건에 합의하고 결혼했지. 아이를 낳지 않는다는 거, 그건 네가 먼저 원했던 거야. 바뀔 수도 있는 거 아니냐고? 그럴 수도 있지. 하지만 난 내 삶에 누구 하나 쉽게 들어오게 하고 싶지 않았어. 감당할 수 없는 무게를 누군가에게 지우고 싶지도 않았고. 너 역시 그걸 원했다고 난 믿었어."

인혜는 한숨을 쉬었다. 그 눈동자에 흔들림이 스쳤지만, 금세 사라졌다.

"사람 마음은 바뀌어요. 당신처럼 평생 혼자 사는 것처럼 사는 사람은 모를 수도 있겠지만."

"그래. 나도 알아. 사람 마음은 바뀌지. 그래서 말하는 거야. 내 마음도 더는 예전 같지 않아. 내가 이 결혼에서 지키고 싶었던 건 신뢰였어. 처음 약속한 건 지킬 거라고 생각했단 말이야. 하지만 지금은… 네가 나를 망가뜨릴까 봐, 그게 더 두려워."

형두의 목소리는 낮았지만, 서늘한 힘이 담겨 있었다.

"내 명예가 실추되는 순간, 내가 쌓은 모든 것이 무너지는 순간… 넌 더 이상 내 곁에 있을 수 없어. 네가 떨어지는 건… 막아줄 수 없지만, 내가 무너지는 건 막아야겠어."

인혜는 입술을 앙다물었다. 눈길조차 주지 않던 형두의 얼굴을 이번엔 똑바로 바라봤다. 그 안에는 원망도, 질투도, 욕망도 없었다. 그저 외롭고, 너무 오랫동안 지쳐 있는 한 남자의 얼굴만이 있었다.

그날 이후로는 불쾌한 추문이 그를 따라다니지도 않았고, 인혜와 집에서 마주할 일도 없었다. 정확히는 인혜와 별거를 시작했다는 게 옳았다. 인혜는 칼을 품은 형두의 말을 듣고 짐을 싸서 곧장 친정으로 돌아갔다. 이후 장인이 몇 차례 형두를 찾아오기도 했다.

"차 서방, 자네가 어떤 결정을 내렸는지, 딸아이에게 어떤 이야기를 했는지 전해 들었네만, 그냥 애 낳고 둘이 잘살아보는 건 어떤가?"

"장인어른. 저는 그럴 생각이 없습니다. 애 낳지 않는 조건으로 결혼에 합의한 것이고요."

"쯧……. 결혼 생활이 그리 말처럼 되는 건가? 말처럼 합의 가능한 것은 법정에서나 가능한……."

장인이 찾아온 날, 형두의 사무실에는 햇빛이 유리창을 타고 가득 쏟아지고 있었다. 바깥 야외 흡연구역 담장 아래에는 개나리가 막 노란 꽃봉오리를 틔우기 시작했고, 형두는 어느새 150번째 재판을 앞두고 있었다. 매일 법정과 사무실을 오가며, 그는 날짜도 계절도 실감하지 못한 채 살아가고 있었다.

아내가 집을 떠난 지 반년째 되는 날, 자신을 찾아온 장인은 낯빛이 한껏 야위어 있었다. 그 순간 잊고 있던 시간이 형두의 어깨 위로 무겁게 내려앉았다. 그제야 그는 기억해 냈다. 해마다 초겨울 무렵이면 어김없이 맞이했던 자신의 생일을, 그리고 그 생일마저 조용히 지나쳐버린 날들을.

사무실을 물들이던 오후의 햇살이, 이젠 봄이라는 것을 말해주고 있었다. 무심한 계절은 만물에 생기를 불어넣고 있었지만, 그 반대편에선 장인의 얼굴은 오히려 생기를 잃어가고 있었다. 정장을 입었음에도 폼이 헐렁해 보일 만큼 몸은 가늘어져 있었고, 구부정한 어깨 위로는 그간의 고단한 시간이 내려앉아 있었다. 계절은 앞으로 나아가고 있었지만, 장인의 시간은 오히려 뒷걸음질 치는 것만 같았다. 형두는 아무 말 없이 그를 마주 보았다. 사무실 가득 번지던 햇살이 문득, 잔인하게 느껴졌다.

장인이 주름살을 출렁이며 애원하듯 말했다.

"사실, 내 얼마 전 암 판정을 받았네. 자네가 아이를 원치 않는다는 것을 잘 알고 있긴 하나, 어른으로서 부족한 우리 딸아이를 다시 한번 거둬줬으면 하네. 봄이지 않은가? 만물이 꽃을 피우는 시기이기도 하고, 이럴 때 별거를 끝내고 아이를 가지기 위해 노력이라도 해 보면 좋지 않겠나? 내 자네에게 얼마나 많은 것을 주었나? 그런 나를 봐서라도……."

"장인어른. 한말씀 드리겠습니다. 증여세 내지 않으려고 노력한 거, 그거 누가 도와줬습니까? 기억나지 않는다는 말은 못 하시겠죠? 아니면 장인어른의 배임 및 횡령 무혐의, 그거 누가 만들어 준 일입니까? 기억나지 않는다고 못 하시겠죠?"

그러자 장인은 입을 꾹 다물어버렸고, 표정도 싸늘하게 굳어버렸다. 이제 장인의 얼굴에선, 어떠한 감정도 읽히지 않았다. 형두는 자신의 조건과 맞아떨어지는 결혼을 위해, 결혼생활의 유지를 위해 장인의 손과 발이 되었다. 하지만 이제는 상황이 달라졌다. 장인의 치부가 될 수 있는 부분을 손에 쥐고 있는 사람이 바로 형두었다. 형두에게는 수많은 인맥이 있었고, 세무 쪽으로 찔러 넣으면 장인이 뱉어내야 할 금액은 수십억에 달할 수 있다. 형두는 그 사실을 상기시키며 경고한 것이다. 자신을 건들지 말라고. 장인은 길게 한숨을 쉬고는 자리에서 일어났다.

"…… 자네가 무슨 말을 하고 싶어 하는진 이해했네. 그래, 그것이 자네가 선택한 길이라면 내 더는 자네에게 찾아올 일이 없을 걸세. 하지만 우리의 약속은 기억해야 할 것이야. 내 수족이 되어 준 이를 사지로 몰아넣고 싶지 않다는 것만은 기억하게."

그날 이후 형두와 인혜는 한 가지 협약을 맺었다. 협약이라는 말이 부부 사이에는 어울리지 않았지만, 그 단어 말고는 두 사람의 관계를 표현할 길이 없었다. 두 사람은 겉으로는 사이가 좋아 보이는 부부를 연기했다. 쇼윈도 부부. 그리고 그것은 두 사람에게 잘 어울리는 것이었다. 각자의 필요 사항이 맞아떨어졌으니까. 인혜로서도 대형 로펌 시니어 변호사라는 남편의 외형적 지위를 포기할 생각이 없었던 탓이다.

그러나 인혜는 결코 단순한 여자가 아니었다. 형두가 아이에 대한 이야기를 단호하게 거절한 뒤부터, 그녀의 태도엔 미묘한 변화가 일기 시작했다. 퇴근이 늦어지고, 연락이 닿지 않는 날이 잦아졌다. 어느 순간부터 그녀의 주변에 남자들의 이름이 들려오기 시작했다. 처음엔 형두도 대수롭지 않게 넘겼다. 쇼윈도 부부라는 암묵적 합의 아래, 감정은 이미 오래전에 접어둔 거였으니까.

하지만 시간이 흐를수록 그 소문은 무시할 수 없는 무게로 다가왔다. 결국 형두는 알게 되었다. 인혜가 만나고 있는 남자가, 결혼 전 집안 반대로 헤어졌던 그녀의 첫사랑이라는 사실을. 입 안이 씁쓸했다. 질투라기보다는 자신이 여전히 어떤 틀 안에 갇혀 있었음을 깨달아서였다.

그럼에도 형두는 침묵을 택했다. 서로의 비밀을 입 밖으로 꺼내지 않는 것, 그것이 이 결혼의 마지막 예의이자 균형이라는 걸 알고 있었기 때문이다. 인혜에 대한 감정은 이미 오래전에 식었지만, 그는 여전히 그 균형을 무너뜨릴 생각은 없었다. 무너뜨리는 쪽이 먼저 손해를 보는 법이니까.

두 사람은 마치 장미꽃의 가시를 화려한 꽃잎으로 감추듯, 필요한 때만 파트너인 척하며 화기애애한 분위기를 연출했다.

그런데 그날, 그 아슬아슬한 균형은 무너져내렸다.

인혜는 결혼 10주년이 되던 결혼기념일, 살짝 불러온 배를 가린 채 형두에게 찾아와 이혼을 이야기했다. 족히 5개월은 돼 보이는 배를 본 순간 형두는 할 말을 잃었다. 쇼윈도 부부라고는 하지만, 인혜가 최소한의 예의는 지킬 것이라고 생각한 까닭이었다.

"미안해요. 사랑하는 사람이 생겼어요. 우리 이혼해요."

형두는 물컹한 무언가를 밟은 듯한 느낌이었다.

"정확히는 사랑했던 사람이겠지. 당신이 첫사랑과 재결합했다는 소문이 내 귀에 들어오지 않았을 것 같아?"

"맞아요. 부인할 생각도 없어요. 그러니 나는 당신과 헤어져야겠어요. 그 사람의 아이를 가졌고, 그 사람은 당신처럼 권력이나 명예 욕심이 없는 사람이지만 나는 행복해요."

인혜는 이미 작성을 완벽하게 끝낸 서류를 품에 안고 있었다. 형두는 헛웃음이 나왔다.

"지금 웃어요? 내가 우스워요?"

인혜가 날카로운 목소리로 쏘아붙였다.

하지만 형두는 지금 상황이 굉장히 웃길 뿐이었다.

"사랑이라……."

법정에서 사랑을 호소하는 수많은 사람을 봐왔고, 변호한 적도 수십

번이었다. 그러나 그런 사랑의 결말은 늘 새드엔딩이었다. 한순간 불타오른 감정이 얼마나 쉽게 식는지 형두는 누구보다 잘 알고 있었다. 그래서였을까? 가을에서 겨울로 건너가는 지금, 아이를 가졌다며 찾아온 인혜의 사랑은 반년도 가지 못해 쉬이 사그라들 것이라는 생각이 들었다. 형두는 그게 너무 뻔해서 웃음이 멈추지 않았다.

"잘난 사랑, 잘해 봐. 이혼은 합의 이혼으로 하고. 아, 위자료 따위는 줄 수 없단 거 기억해. 당신의 약점을 당신 스스로 드러냈으니 좋게 좋게 넘어가자고……. 알겠어?"

"당신은 이혼마저도……. 10년을 부대끼며 산 나조차도 그저 그런 사람 대하듯 하는 거예요? 이게 말이 된다 생각해요? 난, 적어도, 적어도 말이에요. 당신이 마지막 예의는 지키는 그런 사람일 것이라고 생각했는데……."

인혜의 목소리에는 울음기가 섞여 있었다. 달달 떨리는 목소리를 들으며 형두는 또 피식 웃음이 새어 나왔다.

"다른 남자의 아이를 임신해 가지고 와서 이혼을 요구하는 당신이 내 눈에 어떻게 보일까? 그동안 당신이 숱한 남자와 염문을 뿌리고 다녀도, 알고 있으면서도 모른 척했을 나는 어땠을까? 아무리 별거했어도 법적 남편인 내 입장이 어떨지 생각 안 해봤어? 참 기가 막혀서. 귀책사유는 당신에게 있다고! 내가 잘못한 게 아니라!."

"그……."

인혜는 귀책사유가 자신에게 있다는 말에 아무 대꾸를 할 수가 없었다. 인혜는 비틀거리며 자리에서 일어났다. 그녀가 앉아 있던 소파는 한때 형두의 품에 안겨 TV를 보기도 했던 곳이었다. 그 자리에 남은 추억은 겨우내 나뭇가지에 붙어 있던 삭정이처럼 바스러져 내렸다.

"마지막으로 말할게요. 당신처럼 역겨운 사람은 처음이었어요."

"내가?"

"그래요. 변호사라는 이름을 달고 법으로 보호하면 안 될 것들을 변호하면서 사는 삶이 더럽게 역겨웠으니까. 그리고 사랑이 무엇인지도 모르는 멍청이. 그렇게 살다가 지옥에나 처박힐 거야. 더러운 새끼."

인혜가 자리에서 일어나 사라지고 난 뒤, 형두는 잠시 생각에 잠겼다. 인혜로부터 자신의 변호사 생활에 대한 이야기를 직접적으로 듣는 건 처음이었다.

"…… 사랑도 모르는 멍청이라."

형두는 쓸쓸한 어조로 읊조렸다.

형두는 내일이 쉬는 날이라는 것을 떠올렸고, 아무 계획도 없이 인천 무의도로 향했다. 바닷가에 차를 세운 형두는 세찬 바람에 부서지는 파도를 보며 오래전 누군가에게 들었던 말을 떠올렸다.

- 사랑에 빠졌을 때의 파도와 이별 후의 파도는 다르다

그땐 부질없는 낭만쯤으로 흘려들었던 말이 오늘따라 가슴속 어딘가를 예리하게 찔러왔다. 마치 오래전 묻어둔 기억이 바람을 타고 되살

아나 심장을 조용히 휘젓는 것처럼….

자신의 인생을 돌아보면, 겉으론 흠잡을 데 없는 성공의 궤적이었다. 개천에서 난 용이라 불릴 만했다. 아니, '개천'이란 단어조차도 미화된 것처럼 느낄 정도로, 그 시작은 보잘것없고 냉랭한 하천 바닥이었다. 가난한 바닷가 마을, 소금기 어린 땅에서 태어나 고된 농사의 냄새 속에서 자란 아이가 결국 명문대 법대에 수석으로 합격했고, 사법고시는 대학 4학년이 되자마자 단번에 꿰찼으며, 사법연수원에서도 '형두'라는 이름은 가장 빛나는 이름이었다. 누구나 부러워했고, 누구나 박수쳤다.

하지만 그 모든 영광의 궤적 너머 자신은 '사랑'이라는 이름을 알고 있었다. 아니, 진심 어린 사랑 하나쯤은 품고 살아가는 줄 알았다. 그 사랑은, 한 생명을 품고 이승을 떠난 '서은경'이라는 이름으로 남아 있다. 그녀의 이름은 이제 그저 단순한 단어가 아니라 심장 안쪽에 문신처럼 새겨져 있다. 지워지지 않은 상흔이자, 매일 가슴을 조용히 쓰다듬는 촉촉한 손길이랄까. 그 시절의 사랑은 빛바랜 흑백 사진이 아니라, 지금도 가슴 깊은 곳에서 온기를 품은 채 살아 숨 쉬는 유일한 진실이었다.

하지만 이제 형두에게서의 사랑은 예전과는 전혀 다른 의미가 되고 말았다.

또다시 혼잣말처럼 중얼거렸다.

"그래, 사랑은 나에게 사치야."

끊임없이 부서지는 파도 위로 노을이 짙게 스며들었다. 산란하는 빛의 잔물결을 보며, 형두는 자신의 삶도 저 파도처럼 부서지고 흩어지는 것과 다르지 않다고 느꼈다.

"그래, 차형두. 이혼도 결국 잘한 선택이야."

형두도 인간이기에 수십 번, 아니 수백 번이고 무너져 내린 순간이 있었다. 혹시 약한 자를 갈취하는 악질적인 졸부를 변호하지 않았다면, 조금은 더 다정한 사람이 되었을까. 아니면, 조건이 맞아떨어져 결혼한 인혜와의 삶에서 아이를 낳아 기를 수도 있었을까. 하지만 바다는 아무런 답을 해주지 않았다. 형두는 거세게 몰아치다 결국 커다란 바위에 부서져 내리는 파도를 바라보며, 언젠가 자신의 삶도 저렇듯 고꾸라질지도 모른다고 생각했다. 그러나 그게 지금은 아니다. 지금은 차라리 이별로 자유를 얻은 삶이다.

'지이잉-, 지이잉-'

주머니 속에서 휴대폰이 울렸다.

파도를 앞에 두고 잠시 감상에 빠졌던 그의 얼굴은 금세 냉철함을 되찾았다. 마약류 투약 혐의로 집행유예 처분을 받다 못해 교도소까지 다녀온 이가 오랜만에 자신에게 전화를 걸어왔다. 재벌 3세인 허진호. 그는 자신의 죗값을 덜 치르기 위해 꼬마빌딩 하나를 집어삼킬 수 있는 수임료를 형두에게 제시하곤 했다. 물론, 형두는 전부 받아들이지는 않았지만, 내로라하는 재벌가의 3세를 최대한 법적인 처분에서 빼내기 위한 대가로 높은 수임료를 받았다.

"네, 차형두입니다."

"오랜만이에요, 차 변호사님. 내가 말이야. 지금 뉴욕에 있거든요? 왜 왔는지 알아요?"

"끊는다더니?"

형두가 간단하게 언급한 다섯 글자만으로도 재벌 3세는 전화 너머로 크게 웃었다.

"하하하, 나는 차 변이 이래서 좋다니까? 척하면 척이잖아. 나 또 했어요. 이번엔 한 3개 정도? 아, 그런데 나도 쓴 만큼 벌어야 할 거 아니야. 그래서 유통 쪽도 깔짝였더니 출국금지를 시키려 하더라고. 그러기 전에 냉큼 뉴욕으로 튀어왔지. 이번엔 얼마면 돼? 차 변 몸값. 유통에 재배에 3개 불법 투약했으니 꽤 살겠지? 헌데 내가 달달 떨면서 교도소 안에서 있기 싫어서 그래. 이 좋은 걸 어떻게 끊어. 난 도파민 중독자라니까. 여자와의 섹스도 마약만큼 나를 도파민이 돌게 하진 않아. 차 변도 해 보면……."

"조건이 어떻게 됩니까?"

"쌀쌀맞긴."

그 말에 형두는 조금 전까지 자신을 자질구레한 상념에 빠지게 했던 기억을 모두 파도에 쓸려 보냈다.

이번 사건은 한 탕 할 수 있을 정도로 규모가 크다는 걸 그는 그간의 경험으로 직감했다.

"얼마를 원하는지 굳이 물으신다면? 10억? 20억?"

"부족합니다."

"아, 싸게 먹히나 했더니 거 안 되겠네. 차 변만이 가능한 일이니까 말이야. 전관예우보다 차 변 능력을 나는 더 믿거든. 그러니까……. 뉴욕으로 일단 와 줬으면 하는데. 티켓은 우리 마미가 다 끊어놨을 거야. 그거 타고 오면 돼. 우리 마미는 차 변만 철석같이 믿고 있다는 거 잊지 말고…….”

"예, 알겠습니다. 우선 연락해 보고 곧장 뉴욕으로 찾아가도록 하겠습니다. 그래도 이번엔 제가 최대한 변호한다 하더라도 1년은 살 수도 있다는 점, 잊지 마시길 바랍니다.”

"1년 정도야 뭐, 참을 수 있지. 차 변, 안 그래요? 그동안 나는 시름시름 감옥 안에서 죽어가겠지만 말이야. 약쟁이가 억지로 약을 참아가면서 1년만 참으면 된다는데. 그 이상이 아닐 거라는 건 보장하는 거지?”

"글쎄요. 저는 모든 사건에 있어서 확답을 하진 않습니다.”

"차 변이 잘하겠지, 뭐. 아무튼 나는 이만 전화 끊을게. 우리 베이비 왔다.”

형두는 곧바로 허진호의 어머니인 모루전자 회장 사모님에게 전화를 걸었다. 모루전자는 국내에서 세 손가락 안에 꼽히는 전자기기 회사였다. 친일파의 후손인 모루전자는 일제 강점기 때 친일의 대가로 기업을 세울 수 있는 부를 누리게 됐다. 그들의 선조가 모루전자를 세운 것은 6.25 전쟁이 끝난 뒤였다. 그 뒤로 친일의 흔적을 지운 채 모루전자를 세우고 회사를 잘 이어가나 싶었지만, 3대째가 되자 사고 치는 녀석이 나왔다. 그것이 바로 조금 전 통화했던 허진호였다.

허진호는 여성 편력도 심할 뿐만 아니라, 심각한 마약 중독자였다. 집안이 가진 부를 자신의 죗값을 줄이는 데 쓰고 있는 곰팡이 같은 존재다. 어쩌면 친일파의 후손이기에 당연한 멸망의 절차를 밟아가고 있는 것일지도 모른단 생각이 스칠 때쯤 '사모님'이 전화를 받았다.

"차 변, 안 그래도 진호가 연락했다고 해서 기다리고 있었어요. 뉴욕행 비행기, 이틀 뒤. 인천공항 제2터미널. 아, 급박하게 준비하느라 차 변 자리를 퍼스트가 아니라 비즈니스로 끊었는데 괜찮죠?"

형두는 자신의 동의를 구하고자 사모님이 물어본 게 아니라는 것을 알고 있기에 고분고분한 목소리로 대답했다.

"상관없습니다. 제가 언젠 그런 걸 가렸습니까."

"하여간 차 변은 시원시원해서 좋아. 우리 진호, 이번에 들어가면 족히 몇 년은 살고 나올 거 같으니까, 차 변이 가서 이야기 좀 듣고 얘 1년 이내로 살고 나올 수 있게 도와줘요. 이왕이면 집행유예면 더 좋고. 내가 말이야, 인터폴 수배까지 하겠다는 거, 돈으로 겨우 틀어막았단 말이야."

"고생이 많으십니다, 사모님."

"내가 고생은 무슨. 고생은 차 변이 할 건데. 아무튼 알겠어요?"

"예, 알겠습니다. 그렇다면 티켓 정보 보내 주시면 뉴욕 잘 다녀오겠습니다."

"아, 간 김에 조금 놀다 오라고 내가 로펌 측에다가도 말 전해 놨으니까 간 김에 쉬다 오고. 알겠어요?"

모루전자 사모님의 얘기를 듣다 보니 자신이 제대로 된 휴식을 취한 지 오래됐다는 게 문득 떠올랐다. 이왕 뉴욕으로 간 김에 제대로 쉬다 올 생각이 잠시 들었지만, 진호가 자신을 가만히 내버려 두지 않을 것 같다는 게 문제였다.

"감사합니다. 그럼 준비하겠습니다."

"1년이에요, 1년. 나 그 이상은 그 애 못 보내. 그러니까 그것만 기억하고 있어요."

뚝 끊긴 전화를 멍하니 바라보던 형두는 곧 고개를 돌려 바다를 등진 채 차를 향해 걸었다. 감상에 빠질 여유도, 의미를 부여할 틈도 없었다. 그런 감정은 지금의 자신에게 사치였다. 지금은 오직 일뿐이었다.

이번 건만 제대로 완수한다면, 그의 통장에는 거액의 돈이 꽂힐 것이 분명했다. 몇십억이 한 번에 들어온다는 상상을 하고 보니 형두는 속이 뻥 뚫리는 기분이었다. 자신이 좇는 인생의 방향이 틀리지 않았다는 걸 증명해 주는 건 오직 돈뿐이었다. 다른 어떤 것도 아닌, 돈. 그것만이 자신의 삶을 설명하고 완성했다.

그는 차를 몰아 서둘러 서울 강남구 도곡동 집으로 돌아왔다. 집에 도착하자 자신의 선임 변호사로부터 연락이 와 있었다. 모루전자 측에서 연락을 받았으니, 열흘 동안의 출장으로 변호를 성공적으로 마칠 수 있게 하라는 메일이었다. 메일을 확인한 형두는 짐을 싸기 시작했다.

집 안 곳곳이 비어 있었다. 아내 인혜의 빈자리였다. 사흘 전 자신이 출근한 틈을 타 인혜는 자신의 모든 짐을 가져갔다. 형두는 다시금 헛웃음이 나왔다. 함께 살았던 세월이 있었고, 보기 좋은 부부로 보인 세월이 지난 십 년이었다. 세월의 흔적을 따라 마음이 무너져 내리는 것만 같았다. 잠시 집 안을 둘러보던 형두는 고개를 저었다. 지금은 감성에 젖어 있을 때가 아니었다. 자신에게는 주어진 임무가 있었고, 그것을 무사히 완료해야 할 필요가 있었다. 그게 현재 변호사 차형두의 역할이니까.

캐리어를 준비하는 데는 시간이 얼마 걸리지 않았다. 하지만 한 가지 생각이 머리를 떠나지 않았다. 바로 허진호가 받게 될 형량이었다. 마약류를 2종이나 다룬 데다 초범도 아니었다. 같은 전과 이력이 세 번이나 있었기 때문에 아무리 손을 쓴다 해도 마약류 유통과 재배까지 포함된 만큼 실형 1년 이상은 피하기 어려웠다.

"이번 사건은 쉽지 않겠는데."

그때 휴대폰에 진동이 울렸다. 형두는 애플워치로 휴대폰에 온 진동의 정체를 알아냈다. 모루전자 사모님의 사건 수임료가 입금됐다는 내용이었다. 자신의 통장으로 들어온 돈을 어림잡아 계산해 보니 그녀는 50억을 로펌에 수임료로 지불한 듯했다. 경영지원팀에서 입금한 돈을 본 순간 형두는 심장이 떨렸다.

한편으로는 복잡한 생각도 들었다. 제 자식의 잘못을 나무라기는커녕 되레 50억 원을 마약류 사고를 친 아들에게 쏟아부을 줄 아는 집안이라……. 역시 친일파의 피는 속이지 못한다 싶었다.

형두는 자신의 선조들에 대해 잠시 생각했다. 독립운동가였다고 들었다. 6.25 전쟁 때는 참전용사였고, 명예를 가질 수 있는 환경이었지만, 명예 대신 물려준 것은 가난뿐이었다. 그것을 증명이라도 하듯이 형두의 부모는 국민학교마저 다 마치지 못했고, 서산의 바닷가에서 어부로 살며 어깨뼈가 튀어나올 때까지 죽도록 일만 했다. 네 식구가 겨우 목구멍에 풀칠이나 하는 처지였다. 그러면서도 장남인 형두는 어떻게든 공부를 시켰다. 자신들처럼 살지 말라는 뜻이었을까. 부모는 그때 왜 형두에게 공부를 시켰는지 돌아가시던 순간까지도 이야기하지 않았다. 물론 형두는 집안이 그러니 죽어라 공부해서 장학금으로 학교를 다녔지만, 형두의 머리가 다 자랐을 땐 이미 두 분 모두 세상에 없었다.

"잡생각이 길어졌군. 잡생각도 이 정도면 병이야."

형두는 최근 법원 판례를 찾아보기 시작했다. 가난 속에서 악착같이 살아남아야 했던 자신의 삶을 돌아본다고 한들 달라지는 건 없었다. 지금, 이 순간 자신의 통장에 들어 있는 돈. 그것만이 형두의 현재 위치를 대변해 줄 테니까. 죽을 때까지 사라지지 않을 돈을 생각하며 형두의 표정은 더없이 진지해졌다.

***

"쓸데없이 하늘이 맑군."

뉴욕으로 향하는 비행기 시간은 오후였다. 모루전자의 사모님은 열흘이라는 시간을 줬다. 의뢰인인 허진호를 만나는 데 며칠 정도면 충분했고, 나머지 시간은 휴식을 즐길 수 있었다. 늦은 오후였음에도 여전히 붐볐다. 서둘러 인천공항에 도착했지만, 주차 공간조차 겨우 찾을 수 있을 정도로 공항은 만원이었다.

하늘이 맑은 것을 보니 이번 재판은 운이 따라줄 것만 같은 막연한 예감이 들었다. 미신을 믿지는 않았지만, 형두에게 날씨는 중요했다. 비 오는 날 열린 재판에서는 유독 힘을 쓰지 못했다. 동기들은 "비의 저주를 받았다"라며 형두를 놀릴 정도였다.

"재판 당일에도 날이 맑았으면 좋겠는데. 일단 인터폴은 어찌어찌 틀어막았으니……."

인터폴 수배를 내린 경찰 측에는 피고가 한국으로 곧 입국할 예정이며, 재판장에 설 것이니 인터폴 수배 요청을 거둬달라고 서신을 보냈다. 이미 경찰 쪽은 모루전자 사모님이 틀어막았다 하더라도 만약을 대비해야 했다. 사건이 잘못돼 인터폴 요청이 받아들여진다면, 그것만큼 곤란한 건 없었으니까.

알음알음 모루전자 3세 허진호의 죄를 알고 있던 경찰은 형두의 요청을 받아들였다. 허진호의 수사를 맡은 곳은 재벌가들의 큰 사건들을 뒷돈으로 받아먹고 몰래 눈감아주는 척하는 강남서였다. 강남서라면 상대하기 쉬웠다. 게다가 검찰청 마약류 담당 검사 역시 모루전자로부터 돈을 받아먹은 듯했다. 어제 진행했던 사전 미팅에서 검사는 폭탄주를 돌리면서, 형두에게 지나치게 공손한 태도로 굽신거렸다.

"선배님 같은 변호사가 되고 싶습니다."

형두는 그 안에 담긴 뜻이 무엇인지 알고 있었다. 자신 같이 부와 권력을 거머쥐는 인간이 되고 싶단 뜻이라는 걸 모를 리 없었다. 검사는 어떻게 해서든 죗값을 줄이고 집행유예를 이끌어내겠다고 했지만, 문제는 판사였다. 마약류를 전문적으로 담당하는 판사 김만배는 깐깐했고, 꼼꼼했다. 좋게 말하면 정의의 편이었지만, 부정적으로 본다면 꼰대였다. 그 꼰대가 허진호 사건을 그냥 넘어갈 리 없었다.

"하필 걸려도 개꼰대에게 걸려서는."

공항 흡연실에서 담배를 문 채로 형두는 혼잣말로 중얼거렸다.

비행기 탑승까지 남은 시간은 30분이었다. 장시간 비행에 담배를 태우지 못할 걸 생각하니 한 대라도 더 피우는 게 나았다. 그렇게 담배 여러 대를 피우고 탈취제까지 뿌리고 나니 탑승이 시작됐다. 비즈니스석 먼저 탑승이었기에 형두는 티켓과 여권을 들고 줄을 섰다.

그때 누군가가 자신을 툭 치며 스쳐갔다.

'저 여자 뭐야?'

캐리어를 급하게 끌며 탑승 게이트 안으로 들어가는 여자의 뒷모습을 바라보던 형두의 표정이 일그러졌다. 분노는 지양하자는 게 형두의 생각이었지만, 예의 없는 사람은 싫었으니까. 죄송하단 말은 해야 할 것 아닌가. 굳이 사과를 받아낼 생각이 없던 형두는 그녀를 잠시 바라보다 고개를 돌렸다. 승무원이 자신의 티켓을 확인하기 위해 기다리고 있었다.

"즐거운 비행되시기를 바랍니다."

예의상 하는 말에 형두는 고개를 까딱이고는 탑승했다. 자리를 찾아서 앉은 그는 이어폰을 꼈다. 14시간이라는 비행시간을 이어폰이 견뎌줄지는 모르겠지만, 비행 소음은 몇백 번의 비행에도 익숙해지지 않았다. 승무원이 나와 위급상황 시 어떤 행동을 해야 할지 예시 동작을 보여주고 난 뒤, 비행기가 느릿하게 이륙 준비를 시작했다. 마침내 비행기가 속도를 내며 이륙하던 순간, 형두는 두려움에 떠는 어린아이처럼 두 손을 꼭 쥐었다. 그리고 이륙 후 비행기가 순항하자 승무원에게 샴페인을 서너 잔 시켜 마신 뒤 눈을 감았다. 그 순간 기억은 의도치 않게 오래전 그날로 날아들었다.

응급실 침상 위에 누운 형두의 다리는 형체를 알아보기 힘들 정도로 부어올라 있었다. 곧장 깁스가 이루어졌지만, 형두의 눈은 다리에 있지 않았다. 간호사가 "안정을 취해야 해요."라고 말했지만, 그의 말은 귓전을 스치지도 못했다. 형두는 거칠게 숨을 몰아쉬며 휠체어에 몸을 맡겼다. 은경이 수술 중이라는 소식을 들은 순간부터, 몸의 고통 따위는 감각에서 지워졌다. 수술실 복도 끝에서 바삐 드나드는 의료진들 사이로 눈을 부릅뜨고 은경의 이름을 찾았다. 마침내 수술실 문이 '철컥' 소리를 내며 열렸다. 희미한 소독약 냄새와 함께 의사가 걸어 나왔다. 은경의 가족들이 먼저 다가갔고, 형두는 숨도 쉬지 못한 채 그 모습을 지켜봤다. 의사의 입술이 떨렸다. 한순간, 시간이 멈춘 듯 정적이 흘렀다.

"환자는 장이 파열되고, 뇌가 심한 손상을 입었습니다. 긴급 수술을 진행했지만……, 결국 회복하지 못하고 사망했습니다."

그 순간, 은경의 어머니가 바닥에 무릎을 꿇고 울부짖었고, 아버지는 두 손으로 얼굴을 감싼 채 흐느꼈다. 형두는 그대로 굳어버렸다. 마치 그 말이 현실이 아니기를 바라며, 의사로부터 들은 말을 곱씹었다. 아니야, 아닐 거야. 이건 꿈일 거야.

의사가 뒤돌아섰다가 다시 걸음을 멈췄다. 하지 못한 말이 있다는 듯, 입술을 몇 번 떼려다 말기를 반복했다. 그리고 조심스럽게, 그러나 확실하게 말했다.

"아참, 그리고 환자는 임신 3개월이었습니다. 아이도…… 함께……."

의사의 말이 끝나자마자, 형두의 머릿속이 텅 비어버렸다. 모든 소리가 멀어졌다. 누가 울고 누가 부르짖는지도 알 수 없었다. 시간의 흐름은 멎은 듯했고, 자신이 숨을 쉬고 있는지조차 알 수 없었다.

'서은경……, 임신 3개월……, 아이까지…….'

그 짧은 문장을 이해하고 받아들이는 데도 뇌가 멈춘 듯 모든 감각이 일시적으로 마비되었다. 그러나 그것을 온전히 받아들이는 순간 짧은 문장은 비수가 되어 형두의 가슴을 송곳처럼 후벼팠다. 그러고는 숨이 턱 막히며 무너지는 듯한 통증이 밀려왔다. 정신이 돌아왔을 땐 이미 형두는 그 자리에 주저앉아 있었다. 복도에는 그의 울음소리와 비명, 무너진 마음이 뒤섞인 메아리가 퍼지고 있었다.

"은경아~! 은경아……. 서은경! 네가 없는 세상……, 난 어떻게 살아!"

 목이 찢어지도록 외치는 그의 절규에 병원 천장마저 갈라질 듯했다. 은경의 어머니가 휠체어에 매달리듯 쓰러진 형두를 끌어안고 통곡했고, 그 장면은 마치 한 편의 참극이었다. 눈물과 절규, 상실의 무게가 복도를 짓눌렀다. 세상은 조용히, 처참하게 무너지고 있었다.

 "아아, 불쌍한 우리 아가……. 은경아, 지켜 주지 못해 미안해. 나만 살아서 미안해……."

 형두는 은경을 따라 같이 죽고 싶었다. 아니 은경이와 아기를 따라 죽어야 한다고 생각했다.

 그의 절규와 몸부림은 병원 시멘트벽을 파고들어 철근 속까지 울려 퍼졌다.

 "은경아! 은경아!"

 그가 은경을 부르며 눈을 뜬 것은 난기류로 비행기가 마구 흔들리고 있을 때였다. 승무원들 역시 안절부절못하고 있었다. 승객들 역시 당황한 기색이 역력했다.

 그때 형두의 뇌리를 스친 건 잊고 지냈던 한 장면, 사랑을 잃었던 그 순간이었다. 흔들리는 기체 속에서 떠오른 기억은 전복된 버스 안, 맞잡은 손을 놓치고 산산이 부서진 차창 밖으로 내던져진 연인의 모습이었다. 그날은 지금처럼 늦가을 운치를 느낄 수 있는 이상기온의 11월이 아니었다. 차갑고 메마른 바람이 불던 11월 중순의 스산한 날이었다.

20년 전, 그 11월 중순, 은경과 함께라면 세상의 마지막 장면조차 아름답게 마무리할 수 있을 것이라 믿었다. 하지만 그날이 진짜 그녀를 보는 마지막 순간이라는 것을 알았더라면, 그녀와 무엇을 더 함께 했을까?

형두는 눈을 질끈 감았다. 계속해서 흔들리는 기체, 그리고 이어폰 속 클래식 음악을 뚫고 나오는 기장의 안내방송이 그의 정신을 더 괴롭혔다.

"…… 은경아."

자신도 모르게 20년 만에 내뱉은 그 이름.

찌든 가난 속에 성장한 자신의 상처에 반창고가 되고 싶다고 했던 서은경.

은경과의 기억이 죽음을 앞둔 사람이 본다는 주마등의 흔적처럼 스쳐갔다.

자신이 진심으로 사랑했던 단 한 사람, 서은경.

그리고 그녀 뱃속에 있었던 자신의 아이.

그는 이 사람과 함께라면 지옥이라도 걸어 들어갈 수 있다고 믿었다. 그렇게 사랑했다.

서은경. 그 이름만으로도 가슴이 무너져 내렸다.

그에게 11월은 잔혹한 달이었다. 자신이 태어난 달이기도 한 11월은, 그에게 악몽만을 남긴 채 유유히 흘러가고 있었으니까.

얼마 지나지 않아 비행기는 난기류에서 벗어난 것인지 안정적으로 비행을 이어갔다. 하지만 형두는 오랜만에 되살아난 트라우마에 급히 기내용 캐리어에서 신경안정제인 인데놀을 꺼내 한 알을 삼켰다. 그에게 장거리 비행은 여전히 20년 전 그날의 흔적에서 벗어나지 못한 시간이었다. 인데놀을 먹은 지 30분 정도 지나고 나서야 비로소 그는 호흡을 가다듬고 안정을 되찾았다. 그럼에도 가슴은 여전히 거칠게 뛰고 있었다.

'빌어먹을!'

형두는 독백처럼 중얼거렸다.

11월이면 늘 생각해.

왜, 이 달에 태어났을까.

기념일보단 미안함이 앞서는 생일,

사랑도, 상실도 이 달에 있었으니까.

통장에 돈이 찍히던 날,

나는 사람이 아니라 계좌 같았지.

인혜는 말없이 돌아와

다른 남자의 아이를 안고

조용히 이혼을 말했어.

그리고 그보다 오래된 기억.

사랑했던 사람 은경이,

그리고 함께 사라진 뱃속의 아이.

그 사고만 없었더라면……

난 어떤 사람이었을까.

아직도 몰라.

다만, 11월은 생일이 아니라

내가 매년 죽는 달이라는 것만은 분명해.

형두는 위스키 몇 잔을 추가했다. 그 몇 잔이 공허함으로 물든 마음을 채워줄 수는 없었지만, 잠시라도 눈을 감게 해 줄 수는 있었으니까. 초콜릿 향이 나는 위스키였다. 입 안에 도는 감칠맛은 이내 얼룩덜룩한 마음으로 물들었다.

    11월은 악몽이었다. 사소한 것들까지도 자신을 무너뜨렸으니까.

2

운명의 화살이 날아들다

1997년 2월 중순. 형두는 두근거리는 마음으로 그날을 기다리고 있었다. 그날은 대학교에 입학한 뒤 처음 맞이하는 공식적인 행사, 대학생만이 누릴 수 있다는 새내기 오리엔테이션이 열리는 날이었다. 비록 예상보다 날이 굳어 자신의 고향인 서산에는 눈발이 흩날리고 있었지만 그 정도쯤은 아무렇지 않았다. 설렘이 더 컸다.

"형두야, 지금 가야 하지 않니? 선배들이 기다릴 텐데."

어머니의 물음에 형두는 환한 얼굴로 대답하며, 짐을 바리바리 싼 가방을 들고 자리에서 일어섰다.

"저 다녀올게요. 2박 3일씩이나 집을 비운다는 게 조금 걱정이 되긴 하지만 동생이 있으니 다행이라고 해야 하나?"

"인석아, 그런 걸 뭣 하러 신경을 써? 우리 집에서 대학생이 나와준 것만으로도 감사한데, 거기다 최고의 대학에 합격했지 않니? 가온대학교에 합격한 것만으로도 이 애미는 평생의 소원을 다 이뤘어."

살짝 울먹이는 어머니의 목소리에 형두는 자신이 가온대학교 1학년이 되었다는 사실이 새삼 실감 났다. 국내 최고의 명문대학인 가온대학교. 수능은 예상보다 좋은 성적이었다. 전체 1등급. 언어, 수리, 외국어부터 탐구영역까지. 완벽했다. 이 점수라면 가온대학교 법학과에 합격하고도 남을 것이라는 담임 선생님의 말 그대로 이루어졌다. 남들에게는 불수능이었다고 하지만, 형두에게는 아니었다. 틀린 문제를 몇 번씩 재풀이하는 오기가 그를 불수능 속에서도 살아남게 만들었다. 그렇게 이룬 성과였다.

"어머니. 저 다녀올게요. 잘 다녀올 테니까 걱정하지 마세요."

아직 하숙집을 구하지 못했다. 오리엔테이션이 있은 뒤 하숙집까지 알아보고 돌아와야 하는 것이 형두의 일이었다. 형두는 뉴스에 흘러나오는 대설특보를 들었지만, 어차피 실내에만 있을 테니 큰 문제는 생기지 않을 것이라고 생각했다. 현관문을 열고 나서는 순간 엄청난 눈이 형두를 기다리고 있었다. 형두는 우산을 가지고 나오지 않은 것을 후회했다. 창문 너머로도 볼 수 있었던 것을 나오고 나서야 후회하다니! 굳이 가지러 들어가긴 싫었기에 모자를 움푹 뒤집어쓰고 강한 바람과 함께 몰아치는 눈 사이를 걸었다. 그나마 다행인 것은 1시간에 한두 대 겨우 다닐까 하는 버스가 제 시각에 도착했다는 점이었다. 버스 정류장에 서서 눈사람이 돼 있는 형두를 보고 버스 기사는 껄껄 웃었다.

"형두야, 꼴이 그게 뭐니? 눈사람이 됐고만. 우산이라도 가지고 나오지 그랬어?"

"아, 그게……. 번거로운 일을 만들기 싫어서요."

"우산이 번거로운 일이냐? 인마, 네가 앉은 자리에 눈 녹은 자국이 남는 게 내가 번거로운 일이지."

형두는 투덜거리는 버스 기사에게 죄송하단 말을 작게 내뱉었다.

그는 뒷좌석으로 가 앉았다. 버스 안팎의 온도 차 때문에 창문이 뿌옇게 변했지만, 눈이 예사롭지 않게 내리고 있다는 것은 알 수 있었다.

'아, 법대는 선후배가 빡세다던데. 차라리 오리엔테이션이 취소됐으면 하는 마음이 드네.'

법대는 인맥 싸움이 치열하다는 말을 귀에 못이 박히도록 들었다. 형두가 굳이 오리엔테이션에 참여하려는 것도 초장에 선배들에게 눈도장을 찍고 사법고시에 대한 정보를 얻고자 함이었다. 그의 목표는 단 한 번에 사법고시에 합격하는 것이었다. 어차피 사회에 나가면 동문이 끌어주고 밀어주는 구조란 걸 알았기에 선배들이 기강 잡을 것이 귀찮고 걱정된다 하더라도 참석하지 않을 수 없었다. 형두는 가진 것이라고는 명석한 두뇌밖에 없었다. "굳세게 나라를 지켜라. 강인하고 명석한 머리로, 바로 우리 조상님들처럼." 그것이 수능 이후 심장마비로 돌아가신 아버지가 '亨頭(형두)'라는 이름을 지은 이유였다.

아버지의 갑작스런 죽음을 떠올리려는 순간, 버스가 종점인 터미널에 다다랐다. 차창 밖으로 휘날리는 눈발은 그의 험난한 앞날을 예고하는 듯했다.

"오늘이 대학교 새내기 오티인지 뭔지 그거라며? 돌아오면 이장님이 마을에 크게 현수막 붙여놨을 거다. 우리 마을에서 가온대학교 합격자가 나오다니…….”

버스 기사는 자신이 감동한 것처럼 보였다. 버스 기사는 아버지가 살아 계실 적 절친한 친구였다. 아마도 형두를 자신의 아들처럼 보고 있는 게 틀림없었다.

“형두야, 학기 내내 올라가 있는 거냐?”

“아뇨. 일단 하숙집 구하고 나면 바로 내려올 거예요. 집에서 짐은 싸서 가야죠. 1년 중 가장 오랜 기간을 학교에서 보내게 될 텐데요.”

“그래, 좋은 생각이다. 몸 조심히 다녀와. 그리고 인마, 우산은 사서 가지고 다녀. 날씨가 어떻게 될 줄 알고 그리 무모하게 나왔어? 의자 시트 젖은 것 때문에 할매들이 한 소리 하겠고만. 허허.”

“죄송합니다.”

“됐다, 이 녀석아. 우리 마을의 자랑. 몇 시 차 타니?”

형두는 손목에 찬 시계를 확인했다. 고작해야 10분 남았다. 버스 기사와 노닥거릴 시간이 없었다. 급한 마음에 툭 하고 말이 쏟아져 나왔다.

“10분 뒤요.”

“뭐? 조금만 늦었더라면 차를 타지 못할 뻔했잖아. 얼른 서울 가는 버스에 올라타거라.”

버스 기사가 등을 떠민 덕분에 형두는 빠르게 걸어 버스가 기다리고 있는 곳에 도착할 수 있었다. 서울 가는 버스는 날이 궂은 때문인지 빈 좌석이 곳곳에 보였다. 형두는 자신의 옆자리도 비어 있길 간절히 바랐다. 그러나, 애석하게도 도수 높은 안경을 낀 또래 남자아이가 탔다.

'이 녀석도 대학교 오리엔테이션 가나? 우리 마을은 아니겠고, 어느 마을 소속이지?'

질문을 던져볼까 잠시 망설였지만, 형두는 곧 생각을 접었다. 서울까지는 아직도 2시간 30분. 그 시간 동안 굳이 머리를 쓰고 싶지 않았다. 차라리 눈을 붙이는 편이 나았다. 괜히 귀찮은 상황을 만드는 건 그의 성격상 가장 질색이었다. 실상 오리엔테이션이 귀찮아도 가는 것은 학연과 지연을 만들기 위함이었다. 이득이 되지 않는 것은 철저히 신경 쓰지 않는다는 게 형두의 철학 중 하나였다.

"저…, 혹시 네가 차형두니?"

카세트테이프를 들으며 서울로 가려다, 이어폰을 꽂은 순간 들리는 옆자리 남자아이의 말에 고개를 돌렸다. 한쪽 이어폰을 빼자, 그 녀석이 뭐라고 하는지 선명하게 들렸다.

"날 모르겠지만, 나도 가온, 가온대학교 법대에 합격했어. 이름은 정의찬이라고 해."

정의찬. 이름부터 정의로운 변호사가 될 것만 같은 느낌을 풍겼다. 형두의 머릿속은 빠삭했다. 어차피 학연, 지연, 혈연으로 연결되는 세상이었다. 동향 출신이자 같은 법대를 다니는 친구를 알아둘 필요는 있었다.

"반갑다, 정의찬. 나는 뭐, 알겠지만 차형두고."

"그래, 우리 친하게 지내자. 내, 내가 수줍음이 조금 많아서……."

자기 말고도 이 시골에서 가온대학교 법대생이 하나 더 있다더니. 옆

자리 앉은 녀석이 바로 그 녀석인 듯했다. 정의찬에 대한 첫인상은 별로였다. 왠지 이 녀석과는 절대 친해지지 못하리라는 막연한 예감이 들었다. 의찬이가 "어, 어~" 하며 다음 말을 고르는 동안 형두는 이어폰을 다시 꼈다.

서태지의 노래가 라디오에서 흘러나오고 있었다. 당대 최고의 인기 가수답게, 그의 음악은 거리에서도, 집안에서도 끊임없이 들려왔다. 여자아이들뿐만 아니라 어른들까지 모두가 서태지 이야기를 했다. 형두도 예외는 아니었다. 아니, 형두는 서태지만을 들었다. 수능을 준비하던 내내 그는 다른 가수의 노래에는 눈길조차 주지 않았다.

그런 형두가 조금씩 달라지기 시작했다. 계기는 분명했다. 가온대 법대에 합격한 뒤, 마을 어르신들 사이에서 "이제 좋은 신랑감이 됐다"는 말이 오가기 시작했을 무렵이었다. "좋은 짝 만나야지"라는 말도 빠지지 않았다. 형두는 그런 말들을 허투루 넘기지 않았다. 정말 좋은 짝을 만나려면, 자신도 세상일에 더 관심을 가져야 한다고 여겼다. 그중 하나가 대중가요였다. 이제는 서태지뿐 아니라 다른 가수들의 노래도 들어야 할 이유가 생긴 것이다.

형두가 바라는 결혼은 단순하면서도 쉽지 않은 것이었다. 자신과는 정반대의 삶을 살아온 사람, 가난과는 거리가 먼 이여야 했다. 최소한 부잣집 막내딸 정도는 되어야 한다고 그는 믿었다. 사랑하면 좋겠지만, 그것만으로는 부족했다. 형두가 진짜로 바랐던 것은 결혼을 통해 더 나은 삶으로 나아가는 것이었다. 사랑은 언젠가 식을 수 있지만, 결혼은 영원히 신분을 바꿀 기회일 수 있었다. 그것이 형두의 꿈이자 현실적인 선택이었다.

서태지와 아이들의 중심인 서태지는 그가 대학을 입학하기 전인 고3 수험생활 시절, 은퇴를 선언했다. 그런데도 여전히 그들의 인기를 따라잡을 만한 가수는 나오지 않았다. 서태지의 가요계 은퇴에 옆 학교 여학생들이 눈물지었다던 이야기가 생각나 형두는 피식 웃었다. 은퇴는 은퇴고, 노래는 노래였다. 그들의 음악을 들으면 심장이 뛰기 때문이기도 했지만, 형두는 서태지와 아이들의 노래를 들으며, 장기자랑에서 서태지로 변신해 보는 건 어떨까? 하는 생각이 들었다. 요즘 오렌지족이다, 뭐다 하는 소리가 나와도 서태지와 아이들의 노래를 기가 막히게 잘 소화해 낸다면 처음부터 수많은 시선을 빼앗을 수 있을 것이 눈에 훤히 그려졌다.

'진짜 마음먹은 김에 서태지와 아이들의 노래부터 해 봐? 이런 거라도 해야 미팅 자리도 많이 들어오고 할 텐데.'

형두는 겉보기엔 차분하고 모범적이며 공부만 할 것 같은 사람으로 보이지만, 그의 마음 한구석에는 들끓는 무언가가 있었다. 형두가 부정할 수 없는 자기 안의 열정이었다. 고2 때부터 수험생활을 시작해 가온 대학교 법학과에 합격하기까지, 형두는 끓어오르는 젊은 피를 억누르려고 많이 노력했다. 단순히 노력만 한 건 아니었다. 야밤에 운동장을 뛰기도 했고, 카세트테이프를 들고 가서 서태지와 아이들의 노래를 들으며 혼자 춤추는 시간도 가졌다. 자신의 친구들은 시골 장터 한가운데에 있는 콜라텍에 가서 논다 하더라도, 형두는 같이 가서 놀고 싶은 걸

억누르며 참았다. 콜라텍은 양아치들이 모이는 곳이라는 인상도 한몫했지만, 형두는 차라리 스무 살을 넘어 성인이 되고 나서 나이트클럽에 가는 편이 훨씬 좋다고 판단했다. 그때라면 죄책감을 덜 수 있을 테니까. 그만큼 수험생활에 온 정신을 집중했다.

'그나저나 진짜 장기자랑 시키려나?'

오리엔테이션 자리에서 장기자랑은 필수 코스라는 이야기를 들었다. 그렇다면 무슨 수를 써서라도 잘 보여야 했다. 그래야 캠퍼스 커플도 되고, 봄날 벚꽃길을 여자 친구와 손잡고 걸을 수 있었을 테니까. 다른 학과도 아니고 가온대 법대라고 하면 우리나라의 법조계를 쥐락펴락하는 선배들이 대거 포진해 있는 명문이기에, 그만큼 대외적으로도 주목받는 학과였다. 미팅에 나가서도 인기가 많을 것이라는 상상에 형두는 절로 흐뭇해졌다. 벌써 동네 사람 몇몇은 자기네 딸과 형두를 엮어보는 게 어떻겠느냐며, 은근슬쩍 어머니에게 물어온 것을 형두는 알고 있었.

'아무래도 인기가 많겠지. 솔직히 나 정도면 어디에 내놔도 부족한 얼굴은 아니고 말이야.'

빡빡하게 민 머리를 하고도 잘생겼다는 이야기를 숱하게 들었다. 가난만을 물려줬던 아버지가 형두에게 남긴 유일한 하나는 잘난 외모였다. 잘난 얼굴을 보면, 얼마 전 세상을 떠난 아버지가 생각났지만, 형두는 그 기억에 갇혀 있고 싶지 않았다. '좋은 날만 만들어 가자. 부와 명예, 권력을 한 번에 사로잡는 사람이 되자.' 그것이 형두의 목표였다. 가난은 이제 지겨웠다. 신물이 났다. 더는 가난에 허덕이고 싶지 않았다.

가온대가 국립대학교였기에 망정이지, 사립대였으면 한 학기 등록금도 이곳저곳에서 돈을 빌려야 할 판이었다. 그 정도로 집안 사정은 좋지 않았다. 형두는 가뜩이나 가난한 집에 빚을 보태고 싶지 않았다.

국립대인 가온대에 합격해 오리엔테이션에 간다는 것만으로도 형두는 벅찼다. 물론, 학기가 시작되면 학교 근처에서 일할 아르바이트를 여러 군데 구해야 할 판이었다. 형두의 머리카락에는 곳곳에 브릿지가 들어가 있었다. 촌구석에서 온 티를 내지 말라며, 어머니가 직접 염색해 준 브릿지였다. 다른 부분보다 조금 더 긴 앞머리에 브릿지가 들어가자 얼핏 가수 유승준을 닮은 것 같기도 했다.

거울만 자꾸 바라보던 형두는 슬슬 지치는 것을 느꼈다. 자신의 외모가 중요한 게 아니었다. 남은 가족을 생각한다면 사법고시를 한 번에 통과하는 게 중요했다. 1차 시험도, 2차 시험도. 전국 각지에서 내로라하는 아이들이 모인 곳이 바로 가온대학교였다. 그런 학교에서 살아남으려거든, 중요한 것은 사법고시를 한 번에 통과하는 방법밖에 없었다. 기선제압을 해야겠다는 게 그의 생각이었다. 어린 나이에 일찍 사법고시에 통과한 뒤 사법연수원 생활을 마치고 판검사로 나라의 녹봉을 받아먹는 것이 그의 소망이었다. 물론 판검사로 나라의 녹봉을 받는 것이 최종 목표는 아니었다. 진짜 바라는 것은 따로 있었다. 형두는 가난한 집안에서 태어났기에 돈에 대한 갈증이 컸다. 겉으로는 정의를 말했고, 가온대에 합격해서는 나라를 지키는 정의로운 사람이 되겠다는 말을 하고 다녔지만, 속마음을 드러낸 적은 없었다. 그의 최종 목표는 대형 로펌이었다. 대형 로펌에 속한 자만이 진정으로 권력을 가질 수 있다고 믿었다.

그녀를 만나기 전까지만 하더라도.

***

"차형두! 너 또 소개팅 안 할 거냐! 이번에는 음대에서 들어왔어, 짜샤!"

1학기 때 내리 술만 마시더니 어느새 수줍음 많던 의찬의 말투는 바뀌어 있었다. 선배들이 주는 술을 주당도 아니면서 쭉쭉 마시더니 법대 마당발이 된 의찬을 보며, 형두는 시간의 흐름을 느꼈다. 눈이 펑펑 내리던 날 버스 안에서 말을 걸던 정의찬은 이제 없었다. 까불거리는 의찬의 모습에 형두는 고개를 저었다. 그러자 의찬이 말했다.

"너 진짜 이번 기회 놓치면 후회한다니까?"

얼룩덜룩 브릿지가 들어가 있던 머리는 차분한 검정색 머리로 바뀌어 있었다. 벌써 2학기째였다. 1학기가 대학교에 적응하는 기간이었더라면, 2학기는 자신과의 싸움이 시작되는 순간이었다. 8월 말 개강하자마자 동기들 대부분이 사법고시 준비를 시작했다. 가장 먼저 사법고시를 통과하는 97학번에게 학교 측에서는 1,000만 원의 장학금을 준다고 알렸다. 형두는 1학기 내내 아르바이트를 했지만, 교재비에다 마지못해 참석해야 하는 각종 모임 비용, 거기에 생활비까지 겹쳐 매달 빠듯하게 살아야 했다. 과외로 방향을 튼 게 다행이라면 다행이었다. 가온대학교 법대 출신은 과외 선생 중에서는 최고로 쳐줬으니까. 1학기 때에는 과외와 아르바이트 때문에 사람을 만날 시간이 없다는 핑계가 통했지만, 과외만 남은 지금 소개팅이나 미팅 자리를 피할 명분이 없었다.

"도대체 누가 나를 그리 소개받고 싶어 한대? 솔직히 내가 조금 생긴 건 맞지만."

형두가 기도 안 찬다는 듯 말하자, 과 사무실에 있던 선배 하나가 입을 열었다.

"지 얼굴 잘난 건 알아가지고, 참. 아무튼 그건 중요하지 않아. 나 아는 애야. 나쁜 애는 아냐. 오히려 부잣집 딸내미에 악기는 플루트를 전공한다지? 걔 악기값만 하더라도 몇천만 원이라고 하더라. 형두야, 한 번 만나 봐. 솔직히 우리가 이 나이에 부잣집 딸내미 잘 만나다가 결혼에 골인해서 친정에서 회사라도 하나 꽂아주면 그보다 더 좋은 일이 있겠냐?"

그 말을 한 선배는 형두가 평소 좋아하는 사람은 아니었다. 지나치게 현실적이었으며, 부담스러웠다. 그러나 선배의 말을 듣고 보니 그 역시 틀린 말은 아닌 듯했다. 일단 자기 악기로만 몇천만 원짜리를 쓴다는 것이 그의 호기심을 자극했다. 악기가 그 정도로 비쌀 줄은 몰랐으니까. 음악에 있어선 문외한이었지만, 부잣집 딸내미의 마음을 사로잡으려거든 무엇인들 못하겠냐는 생각이 머릿속을 스쳤다.

"그 소개팅, 나갈란다. 주선해 주라. 날짜 잡아."

"오, 차형두. 확실히 돈 많은 집 딸이랑은 만나고 싶어 하는 듯한데."

의찬의 까불거리는 목소리에 형두는 애써 무표정을 유지했다. 그럼에도 입꼬리가 씰룩거리는 게 티가 났는지 의찬이 한마디 보탰다.

"차형두 너 인마, 입꼬리가 올라갔다?"

"시끄러, 인마. 그냥 선배님도 그렇고 너도 그렇고 좋게 말씀해 주니까 한 번 해 보자는 거지, 별다른 뜻은 없어."

형두는 속물 같은 자신의 마음을 감추려고 했다. 그러나 마음은 그리 쉽게 감춰지는 것이 아니었다. 이미 선배와 의찬의 눈에는 장난기가 잔뜩 서려 있었다.

"우리 형두가 소개팅할 때 뒷자리에 앉아 있을까요, 선배님?"

의찬이 짓궂은 목소리로 이야기하자, 소파에 앉아서 책을 보던 형두가 손에 든 전공책을 던지는 척했다. 그러자 의찬은 움츠러든 듯하면서도 큰소리로 '와하하' 웃었.

"자식. 속물 아닌 척하고 다니더만……. 허허 참, 제법 당차단 말이야?"

"이게 뭐가 순진해. 말이 되는 소리를 해라."

"야, 은경이한테서 삐삐 왔네. 8282라…. 빨리 연락 달라는 거 보니까 오오. 차형두. 은경이가 네 소식 많이 기다렸는갑다?"

형두는 과방에서 일어났다. 왼쪽 팔에는 새빨간 글씨로 '法'이라는 한자어가 적혀 있었다. 과에서 단체로 맞춘 단체 야구 점퍼였다. 야구 점퍼가 유행한다더니, 법대 나름대로 강조한 옷이기도 했다. 형두는 자신을 제외한 다른 이들도 '法'이라는 한자가 적힌 점퍼를 입고 있는 걸 두리번거리다 과방 밖으로 나갔다.

'가만 보자. 지금 복사실에 들러서 전공 자료 뽑아야 하는데.'

법대는 법대였다. 과제가 미칠 듯이 많았으니까. 시험 분량도 분량이었지만, 외워야 할 것이 지나치게 많았다. 그때마다 형두는 이를 악물고 공부했다. 조금이라도 지치려는 순간이 다가오면 어떻게 해서든 정신을 차리려고 했다.

푸른빛으로 청명하게 물들었던 캠퍼스는 9월 중순이 되자, 어느새 색이 바랬다. 초가을 바람에 나뭇잎이 바스락거리기 시작했고, 가지 끝에서 낙엽이 떨어질 듯 말 듯 흔들렸다. 가을은 그렇게 말도 없이 스며들었다. 2학기는 언제나 그랬다. 가을에서 시작해 겨울로 저무는 학기. 계절의 흐름을 느낄 여유조차 없이 지내던 형두였지만, 이상하게도 그해 가을은 마음 한켠을 자꾸만 건드렸다. 허전함, 쓸쓸함 같은 감정이 마음 깊이 물들어 왔다. 바로 그즈음 소개팅이 들어왔다. 형두는 평소 같으면 관심조차 두지 않았을 제안을 덥석 받아들였다. 상대의 조건이 나쁘지 않았던 것도 있었지만, 그보다도 뭔가가 비어 있는 듯한 마음 때문이었다. 그는 알고 있었다. 지금이 아니면 연애는 영영 꿈으로만 남을 수 있다는 걸. 모든 것을 공부에 걸고 살아가던 자신에게 누군가의 온기가 필요하다는 걸.

계절은 조용히 변하고 있었고, 그 변화는 형두의 마음속에도 작고 연약한 감정을 피워 올렸다. 사랑이란 단어를 꺼내기엔 어설펐지만, 그건 분명히 그와 닮은 무언가였다. 가을빛으로 서서히 물들어가는 캠퍼스는 익숙하면서도 어딘가 낯설게 느껴졌다. 언제 이렇게 변했을까. 초여름까지 만개했던 나무들은 어느새 다른 색으로 옷을 바꿔 입고, 가지 끝에 매달린 낙엽들은 이제 막 떨어질 채비를 하는 듯 바람을 타고 있었다.

형두는 천천히 길을 걸었다. 주머니에 넣은 손끝은 바람이 닿을 때마다 괜스레 움츠러들었고, 걷는 발끝은 목적 없이 무겁기만 했다. 그에게는 공부 외의 것에 마음 쓸 여유조차 없었기에 계절이 바뀐다는 사실조차 알기 어려웠다. 하지만 이상하게도 그날은 자꾸만 늦가을 풍경이 눈에 들어왔다. 스산한 바람과 누렇게 바래는 나뭇잎들, 기운 빠진 하늘. 그는 그 모든 것이 자신을 닮은 듯해 잠시 멈춰 섰다. 문득 마음속에 헛헛함이 퍼졌다. 그러던 찰나 그의 눈에 낯선 풍경이 하나 들어왔다. 몇몇 학생들이 휴대폰이라 불리는 새로 나온 기계를 들고 지나가는 모습이 보인 것이다. 부유한 집에서 태어난 이들이 많은 캠퍼스. 형두는 그런 물건이 자신에겐 사치라고 생각했다. 그러면서도 마음 한켠에서 자꾸만 그들을 힐끗거렸다. '내가 저런 걸 탐내다니?'

입꼬리가 한쪽 올라갔다. 자조인지 체념인지 모를 감정이었다. 그런데 그 순간, 가을의 바람을 타듯, 한 여자가 그쪽에서 걸어오는 게 아닌가? 긴 외투를 걸치고 옆으로 긴 가방을 팔에 끼고 있었다. 말쑥하게 묶은 머리와 단정한 눈매, 그녀는 특별한 꾸밈이 없어도 또렷하고 맑은 인상이었다. 형두는 알 수 없는 이끌림으로 저도 모르게 시선을 멈추었다. 계절이 스미듯 다가온 그 여자의 모습이 무채색 같던 형두의 풍경에 처음으로 여러 가지의 색들을 들여놓은 것만 같았다. 그녀가 뜻밖에도 형두 앞에 멈췄다.

"차형두. 맞죠?"

"제 이름을 어떻게 아세요?"

"저예요, 서은경."

"서은경? 아. 그 저랑 소개팅하기로 하셨던 분?"

"제가 '삐삐' 쳤는데 확인을 하지 않아서 직접 말하러 왔어요. 직접 말하는 게 편할 것 같았거든요."

형두의 시선이 은경의 머리부터 발끝까지 천천히 내려갔다. 단아한 미인이었다. 부잣집 딸이라면 으레 화려한 옷차림을 상상하기 마련인데, 그녀는 의외였다. 눈에 띄는 장식 하나 없이 수수했다. 단정한 니트 조끼와 하얀 블라우스, 무릎 아래까지 내려오는 치마는 요즘 보기 드문 정숙한 차림이었다. 그런 모습이 마치 오래된 수채화 속 인물처럼 은은한 기품이 흐르는 듯했다. 당시는 주변 여학생들이 앞다퉈 유행을 좇고, 화려한 치장에 열을 올리는 시대였다. 밀레니엄의 들뜬 공기를 타고 통 넓은 바지며 반짝이는 액세서리들이 거리를 채웠지만, 은경은 그런 흐름과는 동떨어진 사람 같았다. 유행과는 담을 쌓고 지내는 듯 오히려 자신의 고요한 세계를 지켜내는 사람처럼 보였다.

"그런데 저랑 소개팅하려는 이유가 뭐예요?"

형두는 자신이 내뱉고도 당돌한 질문이라는 생각이 들었다. 은경이 입가를 가리며 웃었다.

"그건 나중에 소개팅 자리에서 물어봐도 되지 않아요?"

"그래도 궁금하잖아요. 그때가 언제인지도 모르는데."

"내일 저녁이에요. 내일 저녁에 형두 씨 과외 없는 날이라고 전달받았거든요."

"아…, 정의찬 그 녀석, 내 스케줄 허락도 없이 말하고 다녔나 보네."

"의찬이한테는 제가 먼저 부탁했는걸요."

"예? 굳이 저를 소개받으려고 하는 이유가?"

"신선하잖아요."

은경의 상큼한 대답에 형두는 순간 뿜을 뻔했다.

"제가 무슨 과일이에요, 신선하게?"

"뭐, 그와 비슷하다고 할 수 있죠. 신선하다는 건 사람에게는 극찬 아닌가요?"

"요즘 장기 빼내 가는 게 유행이라더니. 제 장기라도 탐을 내는 건 아니겠죠?"

"말이 되는 소리를 해요. 전 그냥 같은 교양 수업을 듣는 형두 씨가 궁금한 거라고요."

은경의 말에 형두는 고개를 갸웃했다. 이번 학기부터는 교양 강의 시간에도 교수님 몰래 사법고시 책을 펴 놓고 공부하는 중이라 누구와 수업을 같이 듣는지 알 길이 없었다. 그러니 은경의 얼굴을 기억하지 못할 만도 했다. 어깨선을 살짝 넘는 길이인 은경의 단정한 머리는 한 번 뇌리에 새겨지면 잊히지 않을 얼굴이기도 했다.

"그런데 저 같은 놈을 굳이 만나려고 하는 이유는요?"

형두의 물음에 은경은 해사하게 웃으며 대답했다.

"그건 다음에요. 내일 봐요. 나 지금 연습하러 가야 하니까요. 아, 시간 되면 음대 공연도 보러 와요. 아직은 제2 플루트이지만, 곧 있으면 메인 플루트로 연주할 수 있을 거 같거든요."

그렇게 은경과의 연이 시작됐다. 조건만 보고 만나려고 했던 은경은 기대했던 잘난 배경과 달리 털털하고 시원시원한 성격이었다. '이 사람을 사랑할 수 있겠다'는 생각이 든 것도 소개팅이 끝나고 손가락이 닿을 듯 말 듯 아슬아슬하게 스치던 순간이었다. 그녀를 집 앞에 바래다주던 그때 형두의 입술에 낯선 입술이 살며시 닿았다. 바로 은경의 것이었다.

"이, 이게 무슨?"

"교양 수업 때부터 그런 생각이 들었어. '아, 저 사람이랑 소개팅해 보면 어떨까?' 하고. 그런데 내 소원이 이루어졌네? 그거에 대한 보답이야."

단아한 외모와 달리 그녀의 털털한 성격은 형두의 마음을 단번에 사로잡았다. 형두는 은경의 허리를 조심스럽게 끌어안고 어설픈 첫 키스를 시도했다. 은경의 도톰한 아랫입술에 살며시 입을 맞추었다. 은경이 입술을 살짝 여는 순간, 형두의 혀가 조심스레 그 틈을 파고들었다. 서툴고 어색한 키스가 몇 분간 이어진 뒤 두 사람은 천천히 입술을 떼었다.

"나, 나……!"

형두가 말을 더듬자, 은경이 이야기했다.

"우리 오늘부터 1일이다?"

그렇게 모든 것이 영원할 줄 알았다.

계절이 몇 번 바뀌어도 은경은 늘 곁에 있었으니까. 서은경이란 존재는 차형두의 삶에서 빼놓을 수 없는 사람이었다. 4학년에 사법고시를 통과하고 연수원 생활이 끝나면 그녀에게 청혼할 생각이었다. 군대 생활 26개월이라는 긴 시간도 서은경 때문에 버텼다.

[보고 싶은 형두에게]

너를 26개월 동안 군대에 보내는 게 처음에는 너무 어렵다고 생각했어. 그런데 벌써 26개월 중 23개월이 흘렀네. 형두야, 우리가 종종 전화 통화를 해서 알고는 있겠지만, 좋은 소식이 있어. 나 드디어 메인 플루트가 되었어. 그리고 독주회를 열 기회도 얻게 되었어. 이쯤 되면 자랑스러운 차형두 애인 맞지? 너를 기다리는 게 힘들 거라고 생각했는데, 너만큼 나도 빛나는 사람이 된 거 같아.
내가 이야기했던가? 교양 듣는 강의실에서 몰래 사법고시 책을 보고 있던 너에게서 반짝거리는 빛이 났다고. 운명처럼 나는 너를 사랑할 수밖에 없게 된 거야. 군대에서 다치지는 않았지? 형두야, 나는 너의 상처에 반창고 같은 사람이 되고 싶어. 네가 기댈 수 있는 사람이 나였으면…….

- 너를 밤낮없이 사랑하는 은경이

"병장님! 뭐 읽습니까? 여자 친구분께 받은 편지라도 읽으십니까? 얼굴에 미소가 한가득입니다!"

형두가 편지에 몰두하고 있을 무렵, 후임 병사의 장난기 섞인 목소리가 들려왔다. 형두는 일부러 거드름을 피우며 후임에게 근엄한 척 기합을 넣었지만, 그게 장난이라는 걸 아는 후임은 키득거리며 계속 말했다.

"이제 곧 전역이시잖습니까? 남은 날 이제 두 자리수 아닙니까? 전역하시면 바로 사법고시만 집중할 계획이십니까?"

형두는 피식 웃으며 고개를 끄덕였다.

"어, 그럴 거야. 그리고…… 프러포즈를 할 거고."

"병장님, 여자 친구분도 대단한 거 같습니다. 26개월 동안 고무신 거꾸로 신는 사람들 많은데 매일 꼬박꼬박 편지 한 통씩 보내는 거 말입니다. 몇백 통 쌓인 편지 들고 나가는 것도 일이겠습니다?"

형두의 얼굴에 온화한 미소가 번졌다.

그리고 두 팔을 가슴에 끌어안듯 교차한 채, 가느다란 신음 소리를 흘렸다.

"으음, 어디 있니?"

"손님, 괜찮으십니까? 불편하신 건 없는지요?"

승무원이 형두에게 다가와 물었다. 형두는 눈을 뜨며 대답했다.

"아, 네 괜찮습니다."

"손님 뭐 필요한 건 없으실까요?"

"네, 찬물 한 잔만 주세요."

"네, 알겠습니다."

형두는 찬물을 한 모금 들이켰다. 물이 식도를 타고 내려가며 잠시나마 몸 안의 열기를 식혔지만, 마음속 몽롱함은 쉬이 가라앉지 않았다. 며칠째 연속으로 꿈에 나타나는 은경. 첫사랑이란 이름 아래, 그녀는 여전히 형두의 밤을 사로잡고 있었다.

그는 한동안 '서은경'이라는 이름을 의도적으로 지워냈다. 아니, 지우려 애썼다. 그 이름 세 글자만 떠올라도 가슴 깊은 곳에서 묵직한 고통이 밀려왔으니까. 이름은 곧 기억이었고, 기억은 곧 상처였다.

'그때 은경이가 그렇게 떠나지만 않았어도…… 내가 이렇게 괴로워할 일은 없었을 텐데.'

은경의 이름을 속으로 곱씹어보던 형두는 아직도 뉴욕까지는 몇 시간을 더 가야 하기에 눈을 감고 다시 잠들려고 했다. 하지만 쉽게 잠들 수 없었다. 하는 수 없이 모루전자의 마약사범 허진호와 관련한 파일을 태블릿으로 다시 한번 확인에 들어갔다. 1년 이상은 안 된다던 모루전자 사모님의 말이 머릿속에서 스쳐갔지만, 이번에는 중대한 죄였기에 아무리 애를 써도 3년은 실형을 선고받을 것이라는 예감이 스쳤다. 그간의 경험이 한 편의 시나리오를 그려냈다.

'인터폴 틀어막는 데에 든 돈만 하더라도……. 그런데 이걸 1년 안으로 줄여달라니. 허진호 같은 인간쓰레기를 법원에서 과연 어떻게 판단할지가 문제인데.'

제아무리 양심 따위는 없는 로펌 시니어 변호사라 하더라도, 형두에게는 나름대로 자부심이 있었다. 그의 자부심의 근원은 모두 은경으로부터 받은 것이었다.

"서은경……."

입술 사이로 새어 나온 이름. 형두는 자신도 모르게 중얼거리다가, 맞은편 시선과 눈이 마주쳤다. 그는 머쓱한 듯 웃으며 얼른 시선을 피했다. 들킨 듯한 기분에 그는 태블릿으로 다시 시선을 돌렸다.

손에 쥔 펜슬이 손가락 사이에서 조용히 회전하고 있었다. 무언가에 집중할 때면 늘 나오는 버릇. 사무실에선 만년필을 돌렸고, 지금은 이 가벼운 펜슬이 그의 손끝을 점령하고 있었다. 펜은 화면 위를 지나며 가끔 밑줄을 그었고, 돌고 도는 손끝처럼, 생각도 제자리에서 맴돌았다. 아직 끝나지 않은 기억처럼.

'은경이라면 지금의 의뢰에 대해 어떻게 생각하고 있으려나? 거부감을 느꼈을까? 아니면 이렇게 변한 나를 싫어했을까. 은경이가 바라던 사람은 인권 변호사였지. 나보다는 의찬이 자식이 은경이의 이상형에 더 가까웠지. 그러기에 그 둘은 너무나도 친했지만.'

기억은 자꾸 과거로 거슬러 올라갔다. 형두는 태블릿에 적힌 법률 용어가 하나도 눈에 들어오지 않았다. 머릿속은 지금으로부터 20년 전 하늘나라로 간 서은경에 대한 기억으로 가득 찼다.

뇌에 있는 모든 뉴런이 26살 11월의 어느 날로 향해 있었다. 남들은 몇 수라도 해서 사법고시를 통과한다던데, 형두는 단 한 번의 시도만에 사법고시를 통과했다. 추석을 지나 발표가 된 10월 사법고시 최종 합격자 발표에서 형두는 온몸이 짜릿해지는 것을 느꼈다. 대학에서 내건 천만 원의 장학금은 형두의 통장으로 입금됐다. 은경은 사법고시 공부 때문에 지친 형두의 삶에 유일한 등대였다. 형두의 사법고시 통과 후 연수원 수석 졸업 소식에 은경이 가장 기뻐했다. 그리고 은경의 부모님들도 그를 사위로 맞아들일 준비를 마친 상태였다. 판검사보다는 자신과 같은 흙수저 편에서 일하는 인권 변호사가 되겠다던 당시의 꿈을 은경의 부모님은 긍정적 평가를 내렸다. 행정고시 출신 공무원으로 정부의 요직을 두루 거치고 고위직으로 퇴임한 은경의 부친은 자신의 딸이 명예롭게 사는 것을 원했으며, 사위도 그러기를 바란다고 하셨다. 형두는 인권 변호사가 되고 싶은 이유를 설명드렸고, 그 꿈을 향해 차근차근 준비하고 있었다.

형두는 긴 법조인 생활을 시작하기 전, 결혼 생활을 하기 전, 연애하는 기분으로 짧은 여행을 가기로 하였다.

"은경아, 우리 여행 어디로 갈까?"

"음, 우리 강원도로 가자. 기왕 가는 길에 보현사라는 유명한 절에 가서 소원도 빌고 오는 게 어때?"

"그래, 좋은 생각이야. 역시 서은경은 센스가 남다르다니까?"

둘이는 그렇게 소원을 빌기 위해 고속버스를 타고 강원도 강릉에 있다는 절 보현사를 찾아가는 중이었다. 은경은 형두의 어깨에 기댄 채 잠들어 있었고, 형두는 조용히 휴대폰을 확인하고 있었다. 자신이 인권 변호사가 된다는 사실이 아직도 믿기지 않았다. 분명 예전에는 판검사로 시작해 대형 로펌에서 거물급 변호사로 성장하겠다는 계획이었는데…. 은경이를 사랑하게 되면서 삶의 방향이 돈과 권력이 아닌, '명예'로 바뀌어가고 있다고 느끼던 그때였다.

"아, 안 돼!"

버스 기사의 다급한 외침과 함께 급브레이크가 밟혔고, 버스는 미끄러지며 그대로 굴러버렸다. 형두가 정신을 차렸을 때엔 차량이 전복되어 있었고, 깨진 차창 밖으로 은경의 몸이 튕겨져 나간 다음이었다.

"으, 은경, 은경아……!"

형두는 그녀를 향해 손을 뻗었다. 하지만 닿지 않았다. 간절한 목소리는 헛된 메아리가 되어 공기 중으로 흩어졌다. 손끝은 허공만을 더듬었고, 그 짧은 거리조차 끝내 좁혀지지 않았다. 그게 은경과의 마지막이었다.

이후의 기억들은 파편처럼 조각나 형두의 마음속에 자리 잡았다. 장례식, 조문객, 검은 옷과 하얀 국화들, 모든 것이 안갯속을 걷는 듯 흐릿하게만 떠올랐다. 형두의 뇌는 무언가를 의도적으로 밀어냈다. 마치 자기를 보호하듯, 고통의 정면을 피하며 기억을 탈색시켰다.

선명하게 남은 건 단 하나, 닿지 못한 그 순간. 손끝에 걸리지도 못한 체온과, 차가운 공기 속으로 사라진 은경의 뒷모습이었다.

품에 안으면 따뜻했던 아담한 체구의 은경이 뼛가루가 되어 돌아온 날, 형두는 자신의 하늘이 원망스러워 양심을 버리기로 결심했다. 처음의 계획대로 인권 변호사가 아닌 대형 로펌 소속의 변호사가 되어야겠단 결심을 하고, 돈과 권력을 좇겠다고 마음먹은 것도 바로 그때였다.

피하려 해도 피할 수 없는 선명한 기억은 바로 사고의 발단이었다. 은경은 강원도로 향하던 7번 국도에서 20중 추돌사고 때문에 세상을 떠났다. 차가 충돌한 여파로 은경의 몸이 깨진 차창 밖으로 튕겨져 나가고, 그 뒤를 따르던 차가 다시 미끄러지며 그녀의 몸을 덮쳤다. 살 수도 있었다. 하지만 그러지 못했다. 뒤차가 덮쳤으니까. 결국 은경은 뱃속 생명을 품은 채 세상을 등졌다. 그때라도……. 마지막으로 은경의 손을 잡아볼 수만 있었더라면 얼마나 좋았을까. 형두는 자꾸만 그런 생각을 되뇌었다. 은경은 자신에게 아무런 말도 남기지 못한 채 그렇게 세상을 뜨고 말았다. 바닥에 피범벅이 되어 형두를 향해 두 손을 내밀던 그녀. 그리고 그런 은경에게로 다가가기 위해 부러진 다리를 질질 끌며 울부짖던 자신의 모습까지 그 모든 장면이 뇌리에 선명하게 남았다.

사람은 받을 수 있는 충격의 정도를 넘어서면 자신을 보호하기 위한 방어기제를 작동시켜 기억을 잠시라도 잊을 수 있다고 했다. 그러나 시간이 갈수록 선명해지는 건 잡지 못한 그녀의 손이었다. 세상에서 제일 허무한 죽음이 있다면 바로 은경의 죽음이 아니었을까 하는 생각이 들었다.

군에 다녀오고 사법고시 합격을 기다려 준 고마운 사람, 연수 기간에도 단 한 번도 자신을 괴롭게 하지 않았던 사람, 늘 형두를 응원해 주며 당신의 상처에 반창고가 되어 주고 싶다던 그녀. 형두가 세상에 태어나 처음으로 죽도록 사랑했던 서은경. 그리고 아무도 몰랐던 임신으로 태명조차 짓지 못했던 아이. 그녀를 허망하게 떠나보낸 뒤로 형두는 인권 변호사가 되어 세상에 선한 영향력을 끼치겠다던 다짐이 너무도 엉뚱하고 충격적인 결과로 되돌아온 것에 깊은 허무함에 빠졌다. 결국 형두는 방향을 틀어 대형 로펌에 들어갔다. 그리고 주니어 변호사부터 시니어 변호사가 되기까지 수많은 시간이 흘렀다. 은경의 죽음으로부터 20여 년이 지난 지금, 형두는 대한민국을 대표하는 유명 그룹 재벌 3세에 대한 죄의 대가를 최소화하려고 뉴욕으로 가고 있었다.

은경이 생각에 태블릿 펜을 돌리며 앉아 있던 것도 잠시. 형두는 순간 약해진 마음을 다잡았다. 은경을 마음속에서 떠나보낼 때도 되었다는 생각이 들었다. 그럼에도 틈만 나면 은경 생각이 나는 이 순간은 아내와의 이혼이 큰 역할을 했으리라는 막연한 확신이 들었다. 또 한편으로는 아내에게 다정하지 못했고, 임신해야 한다는 제안을 거부한 것도 은경과의 기억에서 비롯된 자신의 깊은 상처 때문인지도 모른다고 생각했다.

로펌에 입사한 지 얼마 지나지 않아 맡았던 사건이 바로 장인의 배임 및 횡령에 대한 사건이었다. 아내 인혜보다도 자신을 간절하게 원하는 것은 장인이었다. 수많은 죄의 의혹을 받고 있는 장인은 제 멋대로 움직일 말이 필요했다. 자신의 더러운 일도 마다하지 않는 그런 변호사.

인혜와의 첫 만남이 끝나고 그녀의 집에 찾아가 장인을 만났을 때, 형두는 자신은 가난한 어부 집안에서 태어났고. 아버지가 일찍 돌아가

시고 난 얼마 뒤, 어머니 또한 폐렴에 걸려 딱한 생을 마감했다는 사실도 솔직하게 말했다.

장인은 그렇게 기댈 곳이라고는 아무도 없는 형두에게 자신이 부모가 되어 주고 싶다고 했다. 돌이켜 생각해 보면, 형두와 딸을 결혼시키기로 한 것은 어찌 보면 전략이었다. 무엇보다 두 사람은 첫 만남에서부터 상호 간 결혼 조건이 맞아떨어졌다. 특히 아이를 낳지 않기로 한 것이 그랬다. 인혜는 부모님 앞에서 또 다짐을 했다.

"형두 씨도 동의했듯이 우리 결혼해도 난 아이를 낳기도 싫고, 내 몸매가 망가지는 것도 싫어요. 이건 꼭 지켜줘야 해요."

"인혜 씨, 이미 우리는 합의를 했으니까, 그런 걱정하지 않아도 됩니다."

그때 인혜 부모님들은 그게 무슨 소리냐며 인혜를 나무랐다.

형두는 은경을 잃은 뒤 누구에게도 관심을 가지지 않았다. 마음에 없는 이를 품은 적이 없었다. 유명 룸살롱에 가더라도, 자신에게 뚜렷한 목적을 가지고 다가온 사람들에게도, 형두는 시선을 두지 않았다. 그들이 원하는 게 무엇인지 너무나도 잘 알기 때문이었다. 그랬기에 형두는 아내 말고는 품은 사람이 없었다. 아내와도 섹스리스에 가까웠다. 일 년에 몇 번 섹스를 했는지 셀 수 있을 정도였다. 그러던 아내가 돌변해 아이를 낳고 싶다는 이야기를 하기까지 두 사람은 쇼윈도 부부로서 각자 자신의 역할을 잘하고 있었다. 성공한 변호사이자 패배를 모르는 차

형두와 발레리나로서는 성공하지 못했지만, 교수직을 달고 있는 인혜. 두 사람의 조합은 우아하게만 보였다.

분명 인혜와의 시작점은 좋았다. 인혜와 어느 시점부터 어떻게 비틀렸는지를 생각하던 도중에 비행기는 어느새 뉴욕에 도착했다. 비행기 바퀴가 공항 활주로에 부딪히며 굉음을 빚어냈다. 첫사랑 은경부터 이혼을 선고한 아내의 기억까지 떠올리다 보니 벌써 몇 시간이 지났다는 것을 잊고 있었다. 형두는 비즈니스석에서 천천히 스트레칭을 하며 뻐근한 몸을 풀었다. 뉴욕에서 무엇을 할지 아직 아무것도 정하지 않았다. 맨 먼저 맨해튼에 있는 펍을 찾아갈까 잠시 고민했지만, 결국 서류 더미 속에서 허우적대고 있을 자신의 모습이 그려졌다. 말로는 여행이 포함된 일정이라지만, 실질적으로는 모루전자의 재벌 3세 허진호를 위한 출장에 불과했다. 허진호가 자신을 부르면 몇 번이라도 달려가 비위를 맞춰야 했다. 그것이 '을'의 자리였으니까. 누군가에게는 '갑'일 수도 있었지만, 형두는 어디까지나 자신의 삶을 '을'로 기억했다. 은경을 잃은 그날 이후, 그의 모든 삶은 '을'의 입장으로 굳어져 버렸다.

3

서른여덟, 뒤바뀐 것들

　소영은 비행기를 탈 때부터 운이 따라주지 않았다고 생각했다. 태평양 한가운데서 난기류를 만난 순간, 자신의 삶을 트라우마 덩어리로 만든 사고가 생각났기 때문이었다. 가뜩이나 급하게 예약하느라 비즈니스석이 아닌 이코노미석에 앉아 불편한 자세로 가고 있는데 기체까지 요동치자 그녀는 문득 생각했다. '내 인생이 이렇게 꼬이기 시작한 건 언제부터였지?' 바람을 피우던 그 빌어먹을 자식? 아니면 자신과 연애 중에도 뒤로는 선을 보고 다니다, 끝내는 청첩장을 뻔뻔하게 내밀던 놈? 그녀에게 주마등이란 자신의 삶을 망친 그 개 같은 연애들을 떠올리는 시간에 다름 아니었다.
　기체가 안정을 되찾은 후에도 소영은 쉽게 잠들지 못했다. 인데놀을 몇 정이나 먹은 상태였음에도 말이다. 불안 시에만 먹으라고 쓰여 있는 인데놀 하루 복용량을 한입에 털어 넣었다. 그러면 안 되는 줄 알면서도 그랬던 것은 오래전 사고를 떠올리게 한 기체의 불안정성 때문이었다.

소영은 하마터면 죽을 뻔했던 그때의 기억으로 거슬러 올라갔다. 강원도로 친구들과 여행을 가던 고속버스 안이었다. 어느 순간 차체가 흔들리는가 싶더니 이내 뒤집혔다. 꾸벅꾸벅 졸고 있던 소영은 갑작스럽게 자신을 깨우는 비명 때문에 일어날 수밖에 없었다. 그렇게 일어나서는 안전벨트를 풀고 기어서 도망치려고 했지만, 안전벨트가 풀리지 않았다. 차 엔진 쪽에 불이 붙은 모양이었다. 다른 사람들이 하나둘씩 빠져나갈 때, 자신만 버림받은 듯한 느낌 속에서 소영은 혼란에 빠졌다. 소방차 소리가 가까워질수록 소영은 초조함은 더 커졌다. 이대로 있다간 차와 함께 불타버릴 것만 같았다. 자신의 꿈도 이루지 못하고···.

"아악, 살려주세요! 살려주세요!"

짙은 연기 사이로 허공에 울려 퍼진 소영의 비명은 이내 굉음을 내며 달려오는 소방차의 사이렌 소리에 삼켜졌다. 아무도 그녀의 목소리에 응답하지 않았다. 마치 세상이 귀를 닫아버린 듯, 공기조차 무심했다.

"아, 씨발······. 제발!"

그녀의 입에서 터진 욕설은 절망이 짓이겨 낸 울음 같았다. 팔과 다리를 버둥버둥 휘저으며 안전벨트를 움켜잡은 손은 축축이 젖어 있었고, 차창 밖으로 번쩍이는 불빛은 심장을 쿵쿵 두드렸다.

'찰칵!'

안전벨트가 풀리는 소리 하나에 숨이 '턱' 하고 내려앉았다. 소영은 살았다. 아니, 살 수 있다는 희망에 온몸이 떨렸다. 비척비척, 손바닥을 짚으며 기어 나가는 버스 안은 거꾸로 뒤집힌 세상이었다. 바닥이 천장이 되고, 의자 틈새로 깨진 유리 조각들이 반딧불처럼 반짝였다.

밖으로 나서는 순간, 눈앞에는 지옥이 펼쳐져 있었다.

'꽝! 쿵! 파지직!'

수십 대의 차량이 뒤엉켜, 마치 쇳덩이 장난감이라도 되는 듯 무참히 구겨져 있었다. 불꽃은 쉭쉭 바람을 가르며 튀어 올랐고, 연기는 목을 할퀴듯 거칠었다. 소영이 빠져나온 버스는 곧이어 '후지직' 하며 엔진 부근에서 불이 번지더니, 이내 '휙!'하고 차체를 삼켰다. '펑' 하는 폭음과 함께 타오르는 불길은 마치 분노에 찬 짐승처럼 포효했고, 차는 뜨겁게 비명을 질렀다.

그때의 불은 단순한 화재가 아니었다. 붉은 손이었고, 미래를 태워 삼키는 짐승의 눈동자 같았다. 소영은 그대로 얼어붙은 듯 서서 그 잔혹한 불꽃을 바라봤다. 그날의 전율, 가슴을 훑고 지나간 불길의 형상은 그녀의 평생을 지배할 것처럼 강력했다. 그 기억 이후, 그녀는 연필 대신 붓을 들었고, 선 대신 색과 질감으로 감정을 말하기 시작했다. 그것이 바로 소묘에서 비주얼 아트로 궤도를 튼 결정적인 순간이었다.

비주얼 아트 디렉터 '강소영'.

그녀는 청주의 과수원집 2녀 중 장녀로 태어났고, 예고를 거쳐 명문 뉴욕 아트 스쿨을 졸업했다. 적당한 키에 눈매가 아름답지만 갸름하고 당차 보이는 작은 얼굴, 웨이브 있는 긴 머리가 잘 어울리는 그녀.

서른여덟이라는 나이에 소영은 나름 많은 것을 이루어 가고 있었다.

결혼과 출산을 반복하며 인간은 노화를 반복한다고 했던가? 그런 이유로 소영은 결혼하지 않았다. 자신이 가진 외적인 아름다움을 조금이라도 더 유지하고 싶었으니까. 출산에는 별다른 관심이 없었다. 아이 우는 소리는 소영에게는 고역이었다. 그뿐만 아니라 아이를 키운다는 것은 자신의 삶이 사라진다는 뜻이라고 생각했다. 아이 욕심이 있었더라면 지금까지 만났던 거지 같은 쓰레기 새끼들 중 어느 하나와 인연을 맺었을 법도 하지만, 출산이 여성의 몸에 끼치는 영향을 논문으로 읽은 뒤로는 출산의 '출'에도 관심을 갖지 않았다. 소영은 언제나 불타오르는 뜨거운 연애만 즐겼다. 단 하룻밤의 사랑이라 할지라도, 그녀는 그 순간만큼은 진심을 다해 사랑했다. 하룻밤이 이틀이 되고, 더 긴 시간이 되는 경우도 있었다.

그러나 소영은 어디에도 얽매이지 않은 사람이고 싶었다. 자신에게 주어진 타이틀은 '성공한 비주얼 아트 디렉터'라는 호칭만으로도 충분했으니까. 사람을 믿지 않는 주제에 '다정함은 사람을 구한다'는 타이틀로 전 세계 곳곳에서 전시를 펼치는 중이었다. 그녀가 뉴욕으로 향한 이유도 바로 이것 때문이었다. 그녀의 전시 타이틀은 오래된 시조에서 따와 '다정도 병인 양 하여 잠 못 들어하노라'였다. 그녀는 다정하고 선한 듯했지만, 사랑 앞에서는 누구보다 매몰찬 구석이 있는 사람이었다. 그런 자신이 다정 때문에 잠 못 들어할 정도로 사랑을 했던 기억이 언제인지 곱씹었다.

"손님, 필요하신 게 있을까요?"

승무원이 다가와 친절한 목소리로 물었다. 소영은 조금 전부터 자신이 다리를 달달 떨고 있다는 것을 막 알아차렸다. 불안하면 나오는 증상이었다. 승무원의 말 때문에 소영은 자신에게는 간단히 마실 물과 커피가 필요하다는 것을 깨달았다. 신경안정제를 먹고 나서 커피를 마시는 것은 몸에는 좋지 않았다. 하지만 지금 당장 커피를 마시지 않으면 더 불안해질 것만 같았다.

"커피 한 잔 가능할까요? 이왕이면 뜨겁지 않게요."

"금방 가져다 드리겠습니다. 물은 필요 없을까요?"

"물도 주시면 감사하죠. 아니다, 한 번에 두 잔 들고 오는 일이 번거로우니까 그냥 커피 연하게 한 잔 주세요."

소영은 얼마 지나지 않아 승무원이 가져다준 커피를 마시며 자신의 전시기획안을 태블릿으로 확인했다. 13인치 태블릿 화면 안에 꽉 담긴 전시기획안을 보는데, 소영은 속이 울렁거리는 느낌이었다. 인데놀의 부작용인 듯했다. 멀미와는 차원이 다른 감각이었다. 머리가 핑 돌면서 온몸의 긴장이 확 풀리는 기분이 말초신경을 훑고 지나갔다. 미국 땅 위를 날고 있는 비행기가 빨리 뉴욕에 도착했으면 좋겠다는 생각으로 소영은 태블릿에 낙서를 하기 시작했다.

"우와! 아줌마, 화가예요?"

옆자리 아이가 천진하게 던진 말이었다. 소영은 순간 어정쩡한 미소를 지었다. '아줌마'라는 호칭이 못마땅했다. 하지만 아이에게 분노할 이유는 없었다. 그저 익숙하지 않은 호칭에 자신의 표정이 미묘하게 일그러졌다는 걸 스스로도 느낄 뿐이었다.

"아줌마라니, 누나한테 사과드려야지."

아이 엄마가 부랴부랴 수습에 나섰지만, 소영은 고개를 저으며 괜찮다고 손사래를 쳤다. 하지만 그 말 한마디는 잠시 그녀를 생각에 잠기게 했다.

'그토록 손질한 머리, 공들인 화장, 신중히 고른 옷차림도 아이의 눈엔 그저 '어른'의 범주였구나.'

웃어넘기기엔 뭔가 묘하게 찔리는 기분이었다. 세월이 만든 작은 변화들, 그것들이 이제는 자신도 모르게 얼굴에 새겨져 있었던 걸까.

'나이란 게, 이렇게 불쑥 다가오는 거구나.'

소영은 창밖을 바라보며 깊게 숨을 내쉬었다. 창문 너머, 잿빛 하늘 아래 펼쳐진 구름 바다 위로 기내가 고요히 나아가고 있었다. 그 순간, 조금 전 탑승구 앞에서 마주친 남자의 모습이 스쳐 갔다. 덩치에 비해 어딘가 조용하고 느릿했던 그 남자. 비즈니스석 줄에서 주춤거리던 그를 무심코 스쳐 지나온 장면이 다시 떠올랐다.

'사람이 많았던 것도 아닌데, 왜 그렇게 어정쩡했을까.'

그저 스쳐지나간 우연일 뿐인데, 이상하게 자꾸 떠오르는 그 장면. 그런 사소한 기억조차, 요즘 들어 더 선명하게 다가오는 건… 어쩌면 소영 자신이 '관계'에 조금은 목말라 있었기 때문인지도 몰랐다.

- 소영아, 어디쯤이야?

기내 와이파이를 구매한 것이 그나마 소영의 짜증을 줄이는 데 한몫했다. 기내 와이파이를 구매하지 않았더라면, 소영은 계속해서 짜증을 내고 있었을 것이다. 자신의 뉴욕 아트 스쿨 동창이자, 오래된 친구, 뉴욕에서 갤러리를 운영하는 줄리아 최의 연락이었다.

줄리아는 이중국적자였다. 줄리아 부모는 뉴욕에서 줄리아를 낳았다. 줄리아는 한국으로 들어와 짧은 학교생활을 마친 뒤 다시 미국 뉴욕으로 돌아갔다. 줄리아의 부모는 갤러리를 운영했기에 그녀를 뉴욕 아트 스쿨에 입학시켰다. 사실 미적인 재능이라고는 찾아볼 수 없었던 줄리아였지만 그래도 보는 눈은 꽤 있었다. 그런 줄리아는 디자인스쿨을 졸업하자마자 어머니가 운영하던 갤러리를 물려받았다. 젊은 나이에 갤러리 관장이 된 줄리아는 소영의 크고 작은 일에 대해 모든 걸 아는 유일한 사람이었다. 소영은 자신의 태블릿 상단에 뜬 메시지를 확인하고는 줄리아에게 답장을 보냈다.

- 미국 땅으로는 들어왔는데,
  앞으로 두어 시간은 더 가야 할 듯해.

메시지를 확인했다는 표시는 금세 사라졌지만, 줄리아로부터 답장은 없었다. 기체 밖을 내다보니 미국 땅은 벌써 겨울이 한창인 듯했다.

어둠을 품은 구름이 기체 주변에 있었다. 구름 위로 날고 있을 줄 알았는데, 조금 더 땅에 가깝게 비행 중인 듯했다. 그러고 보니 11월의 뉴욕은 벌써 세 번째였다. 첫 번째 전시 때도, 두 번째 전시 때도, 세 번째 전시를 치르는 지금도 11월이다. 11월의 뉴욕은 한국보다 추웠다. 단순히 코트를 입자니, 바람이 거센 편이었고, 눈이 휘날렸다. 이상기온이 심해진 지금은 언제 눈이 내릴지도 몰랐다. 혹시 몰라 패딩을 챙겨올까 했지만, 명색이 아트 디렉터인데 멋을 내지 못하는 패딩을 짐으로 챙기기엔 귀찮은 일이었다.

소영이 딱딱 소리를 내며 태블릿에 아이디어를 적어 내려가는 동안, 어느덧 비행기는 활주로에 진입했다. '쿠쿵!' 하는 소리와 함께 비행기는 거칠게 착륙했다.

'이 빌어먹을 조종사. 착륙마저 부드럽게 하질 못하네.'

태평양 한가운데서 만난 난기류도, 거칠었던 이착륙도 모두 조종사의 탓으로 여겨졌다. 조종사마다 착륙하는 스타일이 달랐는데, 하필 이번 비행에서 만난 조종사는 거친 운전을 하는 편이었다. 소영은 한 소리를 할까 잠시 고민했지만, 무사히 착륙했으니 서둘러 비좁은 이코노미석에서 빠져나가는 것이 목표였다.

"아줌마, 잘 가요!"

소영이 자리에서 일어나 기내용 캐리어를 들고 급히 나가려 하자, 옆 좌석 아이가 눈치 없이 아줌마라는 단어를 또 내뱉었다. 말끝이 맑았지만, 소영의 마음은 묘하게 씁쓸했다. 부정할 수 없다는 사실이 더 거슬렸다. '그래, 아줌마다.' 귀엽고도 무례한 말 한 마디에 정체성이 덜컥 확인되는 기분이랄까. 그녀는 억지로 미소 지으며 말했다.

"그래, 꼬마 승객님도 안녕!"

겉으론 웃었지만, 속은 바싹 타고 있었다. 소영은 애써 상냥한 표정을 지었지만, 비행시간 14시간 내내 피곤하고, 예민하고, 짜증이 나 있었다. 아무리 인데놀을 삼켜도 가라앉지 않는 이 초조함. 원인은 명확했다. 니코틴이다. 담배 한 대 없이 버틴 14시간. 평소보다 조금만 시끄러워도 신경이 곤두섰고, 어깨에 조금만 닿아도 짜증이 솟구쳤다.

입국 심사는 생각보다 수월했다. 그러나 소영의 머릿속은 그 순간에도 오직 하나의 갈망으로 가득 차 있었다. 담배였다. 공항 입국심사대의 자동문을 지나자마자 밀려든 공기 속에서 그녀는 간절하게 니코틴의 존재를 찾았다. 이제 막 자유로워졌다는 기분보다, 한 모금 깊게 들이마신 연기가 더 확실히 그녀를 현실로 끌어줄 것 같았다.

소영에게 담배는 단순한 습관이 아니었다. 그것은 사고의 예열이었고, 감정의 정리장이었다. 연기가 목을 타고 폐 깊숙이 스며들 때, 그녀는 마치 머릿속의 불필요한 소음들이 하나씩 증발해 가는 듯한 명료함을 느꼈다. 그 순간만큼은 세상이 단순해지고 생각이 선명해졌다. '창작과 담배.' 그녀에게 이 둘은 뇌와 심장처럼 맞물려 있었다. 연기를 빨아들이는 시간은 곧 생각을 정제하는 의식이었고, 그녀의 고요한 집중은 종종 그 연기 속에서 태어났다. 물론 그런 사고방식을 못마땅하게 여기는 이들도 많았다.

"담배 끊을 수 있잖아. 창작과 담배가 관련이 있다는 건 그저 흡연자들의 변명일 뿐이라고. 소영아, 그러니 담배를 끊는 게 어때?"

그녀에게 넌지시 금연할 것을 강요하던 남자들이 생각나 소영은 더욱더 화가 난 발걸음으로 자신의 캐리어가 나오는 곳으로 이동했다. 머리가 빙글빙글 도는 느낌이었다.

입국 심사에만 30분을 허비했으니, 캐리어는 이미 컨베이어 벨트를 돌고 있을 거라 생각했다. 하지만 수하물 벨트는 아직 한산했고, 짐들은 이제 막 하나둘씩 나오기 시작한 참이었다. 오히려 자신보다 수속이 더 오래 걸린 승객들도 있는 듯했다.

소영은 갑자기 아랫배를 짓눌러오는 낯선 긴장을 지우려 잠시 화장실에 들렀다. 나오는 길에 휴대폰을 확인했다.

- 소영아, 나 밖에서 기다리고 있어.

줄리아에게서 온 짧은 메시지였다. 그 글자들을 보는 순간, 심장이 조급하게 뛰었다. 한국은 11월이라도 햇살이 따뜻했지만, 뉴욕 공항의 공기는 싸늘했다. 히터가 꺼진 듯한 냉기가 온몸을 감싸고, 긴 비행의 피로와 초조함이 더해져 서늘함이 피부 깊숙이 스며들었다.

소영은 흡연구역에 가야 한다고 생각하면서도, 짐이 나올까 봐 그 자리에서 좀처럼 발이 떨어지지 않았다. 주머니에서 연초를 꺼내 물었지만 불은 붙이지 않았다. 필터를 잘근잘근 씹는 쓴맛이 오히려 긴장된 마음을 조금 가라앉혔다.

수하물이 점점 줄어들고 있었다. 승객들이 하나둘씩 자신의 짐을 찾아 사라졌다. 하지만 소영의 캐리어는 어디에도 보이지 않았다. 불안이 가슴을 파고들었다. 벨트 주변을 몇 바퀴 돌며 한참을 기다리던 그때였다. 익숙한 남색 캐리어 하나가 눈에 들어왔다. 한쪽 모서리가 찌그러진 것까지, 자신의 것과 똑같았다. 소영은 얼른 캐리어를 끌어내렸다.

'이제야 나오는구나!'

안도감이 밀려들었지만, 그 감정은 삽시간에 무너졌다. 캐리어를 자세히 들여다본 순간, 어딘가 이상했다. 뭔가 달랐다. 고개를 가까이 대고 바코드 태그를 확인했다. 다른 이름이 적혀 있었다.

'아냐, 이건……'

소영은 수하물 벨트를 다시 바라보았다. 하지만 더 이상 짐은 나오지 않았다.

'바뀐 거야. 분명해. 이건 다른 사람의 캐리어야.'

손이 떨렸다. 그렇다고 이 캐리어를 그냥 둘 수도 없었다. 바꾸려면, 이 짐이라도 들고 있어야 했다.

'근데 내 캐리어는 언제 사라진 거지? …… 화장실?'

남의 물건을 끌고 다니는 기분은 이상했다. 마치 낯선 사람의 비밀을 억지로 들여다보는 듯한 묘한 위화감이 몸을 휘감았다.

소영은 황급히 공항 직원에게 다가가 수하물 태그를 보여주며 말했다.

"제 캐리어가 아직 안 나왔는데, 혹시 어디 있는지 알 수 있을까요?"

직원은 태그를 받아들고 그녀를 수하물 서비스 데스크로 안내했다. 데스크 직원이 컴퓨터 화면을 들여다보더니 이내 미안한 표정을 지었다.

"죄송합니다. 고객님의 짐이 다른 승객에게 잘못 전달된 것 같습니다. 지금 연락을 취해 보겠습니다."

"다른 사람이요?"

소영은 어지러운 머리를 감싸 쥐었다. 수하물 태그에 인식 스티커까지 부착하는 이 시대에, 이런 일이 어떻게 가능한 걸까? 그 순간, 비행기 탑승 직전 한 남자의 모습이 떠올랐다. 양복에 코트를 입고 느릿하게 비즈니스석으로 들어가던 남자. 그의 캐리어가 유난히 눈에 띄게 자신의 것과 비슷했다.

'혹시 그 남자가 내 캐리어를 가져간 건 아닐까?'

소영은 공항 출구 쪽을 바라봤지만, 남자의 모습은 이미 사라진 뒤였다. 아마 자신이 실수한 사실조차 모른 채 공항 밖으로 나갔을 것이다. 깊은 한숨이 나왔다. 돌아오지 않을 누군가를 기다리는 것도, 지금 당장 아무것도 할 수 없다는 것도 무력했다.

소영은 무거운 마음으로 물었다.

"이게 그 사람 캐리어인가요?"

직원은 조용히 고개를 끄덕이며 설명했다.

"네, 두 캐리어가 너무 비슷해서 그분이 혼동한 것 같습니다. 지금 연락을 시도하고 있는데, 아직 연결이 되지 않네요. 조금만 더 기다려 주시겠어요?"

소영은 한참을 초조하게 기다렸다. 하지만 돌아온 답은 기대와는 달랐다. 직원이 손을 저으며 말했다.

"불편을 드려 죄송합니다. 현재로선 정확한 위치 확인이나 교환은 어렵습니다."

"……."

"어떻게 하시겠어요? 캐리어를 맡겨놓고 가실 수도 있고, 아니면 임시로 가져가셨다가 따로 만나 교환하셔도 됩니다. 고객님의 일정을 고려해서 결정하시죠."

머릿속이 복잡했다. 줄리아는 밖에서 기다리고 있고, 더 이상 지체할 수는 없었다. 원칙대로라면 이 캐리어를 맡기고 기다리는 게 맞지만, 현실은 그렇지 않았다. 그리고 무엇보다 지금쯤 그 남자도 이 상황을 알아차렸을 것이다. 그리고 그녀를 찾으러 돌아올지도 몰랐다.

모든 혼란과 불편이 이상하게도, 누군가와 이어질 실마리처럼 느껴졌다. 소영은 깊게 숨을 들이마셨다. 마음 한켠이 묘하게 설렜다. 어쩌면 이 어색한 상황이, 뜻밖의 무언가를 끌어당기고 있는지도 모른다고…….

그녀는 직원에게서 그 남자의 연락처가 적힌 쪽지를 건네받아 지갑

속에 넣으려다 말고, 얼른 바지 주머니에 쑤셔 넣었다. 그리고 바삐 캐리어 손잡이를 잡았다. 밖에서 줄리아가 기다리고 있을 것이기 때문이었다. 캐리어가 자꾸 거슬렸다. '이건 남의 짐이다.' 하지만 지금, 이 순간 그 무게를 감내하지 않으면 앞으로 나아갈 수 없다고 생각했다.

소영은 이어폰을 꽂고, 한 걸음씩 게이트를 향해 걸었다. 찬 바람이 얼굴을 스쳤고, 캐리어 바퀴는 바닥을 부드럽게 미끄러졌다. 몇 번을 방문해도 낯선 공항, 그리고 손에 들린 낯선 이의 캐리어. 그렇게 소영의 새로운 하루가 시작되었다.

"음악도 듣지 않는 애가 무슨 이어폰이야? 너 작업할 때 배경음악으로 틀어놓는 걸 제외하고는 음악도 듣지 않잖아."

줄리아가 게이트 앞에서 소영에게로 걸어오며 핀잔을 줬다.

소영은 바람이 휙 부는 듯한 공항 내부에서 몸이 움츠러드는 것을 느꼈다.

줄리아는 그럴 줄 알았다는 듯 길고 두꺼운 목도리를 건넸다.

"내가 너 이럴 줄 알았다. 그놈의 멋만 따지느라 제대로 안 입고 올 줄 알았어. 뉴욕 겨울은 서울보다 춥다고 몇 번을 말해야 해?"

"그래도 코트 외엔 입기 싫은걸. 목도리는 잘하고 다닐게. 고마워, 줄리아."

"네가 갑자기 다정한 목소리로 줄리아라고 부르니까 소름이 쫙 돋는 기분인 거 알지? 고마우면 오늘 저녁은 네가 맛있는 것으로다 쏘든가.

내가 얼마 전 스테이크 맛집을 찾아냈거든. 기가 막히는 곳이야."

"돈 없어서 이코노미석을 타고 온 예술가에게 스테이크로 삥을 뜯겠다?"

"네가 돈이 없으면 나는 더 가난하겠다, 강소영. 누굴 속이려고 들어."

티격태격하면서도 두 사람의 얼굴에는 미소가 은은하게 퍼져 있었다. 공항 밖으로 나오자마자 우버 택시를 잡아탄 줄리아는 익숙하게 뉴욕 한복판에 있는 자신의 갤러리로 가 달라고 이야기했다. 11월의 공항 밖에는 옅은 눈발이 흩날리고 있었다. 비행기에서 내리고 짐을 찾을 때에 불미스러운 일만 있지 않았더라도 지금의 기분은 꽤 괜찮았을 텐데. 소영은 아쉬움이 남았지만, 더 이상 깊게 생각하지 않기로 결심했다.

"너 우리 갤러리 오는 길 또 까먹었지?"

줄리아의 질문에 소영은 피식 웃었다. 소영은 뉴욕에 여러 차례 왔음에도 매번 줄리아가 운영하는 갤러리의 주소를 까먹곤 했다. 그때마다 줄리아의 도움이 아니었더라면 소영은 곤란했을 것이다. 소영은 문득 자신이 '아줌마'라고 불릴 연령대로 보이는지 궁금했다.

"줄리아, 내가 아줌마로 보여?"

"왜? 누가 너더러 아줌마라고 했어? 매우 예의가 없는 사람인데?"

"그러니까. 옆자리 애가 말이지······."

소영은 비행기 안에서 있었던 일을 털어놓았다. 막상 말을 하다 보니 속이 메슥거리는 듯한 느낌을 받았다. 스테이크나 썰며 전시와 관련한 우아한 이야기를 늘어놓을 생각이었는데, 갤러리 인근에 예약한 호텔부터 가는 게 먼저일 듯했다.

"줄리아, 이야기 도중에 미안한데……. 나 혹시 먼저 호텔로 가도 될까? 이상하게 속이 메슥거려서 견딜 수가 없네."

"강소영, 14시간 비행에 많이 약해졌다? 아줌마라는 소리에 속이 안 좋아진 건 아니지?"

"그건 아니고. 내가 그래도 아줌마 소리에 발끈할 나이는 아직 아니지 않아? 서른여덟이 대체 뭔 대수라고. 마흔은 되어야 아줌마 소리를 들어도 그러려니 하게 되는 거지."

"내일모레 이야기를 하고 있네. 일단 갤러리에 다 왔으니까 호텔까지 데려다줘? 아니면 혼자 갈 수 있겠어?"

소영은 트렁크에 실린 남의 캐리어가 신경 쓰여 줄리아의 제안을 사양했다.

"웬일이야? 한식이라면 환장하는 애가 열흘씩이나 뉴욕에 머물 생각을 다하고?"

"실은 말야. 내가 급하게 만나야 할 사람이 있거든."

소영은 캐리어가 뒤바뀐 사연을 줄리아에게 들려주었다. 줄리아가 걱정스런 눈빛을 보이다가 키득거리며 말했다.

"너 참 웃기다. 이렇게 큰일을 당했는데, 아줌마로 보이냐는 것부터 물었니? 캐리어 바뀐 것보다 아줌마로 보이는 것이 더 싫었구나?"

"그러게 말야. 아직은 나이 들어 보이는 게 싫어. 근데 그건 그렇지만, 나 지금 캐리어도 그렇고, 새로운 아이디어도 필요하니까. 일 이야기는 나중에 하도록 하고, 먼저 호텔로 갈게. 웨스트 14번가에서 왼쪽으로 꺾은 다음 한 블록 직진하면 되는 거지?"

"맞아. 그리고 저녁은 같이 먹자. 또 궁상맞게 한식집이나 찾아갈 생각하지 말고. 뉴욕에서는 뉴요커답게 행동할 것. 알겠어?"

"하여간 잔소리는. 알겠어. 조금 있다가 봐."

소영의 말에 줄리아는 고개를 끄덕였다.

소영은 거칠게 부는 바람에 한기를 느끼고 몸을 움츠렸다. 줄리아가 준 도톰한 목도리가 아니었더라면 머리는 산발이 되었을 테고, 목 근처는 차갑게 식어 추위에 한없이 약해질 뻔했다. 멋이 최고라는 것을 아는 자신에게 줄리아가 선물한 목도리는 최고의 센스였다. 브랜드를 슬쩍 살피니 뉴욕 소호에서 한창 뜨고 있다는 패션 브랜드의 것이었다.

'하여간 줄리아. 센스 하나는 죽인다니까.'

그런 생각을 하며 소영은 캐리어를 끌었다. 그런데 바퀴 하나가 제대로 돌아가지 않았다.

'이런 젠장!'

소영은 부츠를 신은 앞발로 돌아가지 않는 캐리어 앞바퀴를 툭툭 찼다. 몇 번 차고 나니 잘 굴러가는가 싶다가, 다시 터덜거렸다. 분명히 택시 짐칸에 캐리어를 실을 때까지만 하더라도 멀쩡했는데…….

'재수가 없다 보니 바퀴값까지 물어달라고 하는 거 아냐?'

생각할수록 그가 괘씸했다. 소영은 자신의 것도 아닌 남의 캐리어를 질질 끌며 호텔 안으로 들어갔다. 대리석이 깔린 부드러운 바닥에서도 바퀴 하나가 말을 듣지 않았다. 그 바람에 소영은 캐리어를 힘으로 들 수밖에 없었다.

인포메이션 데스크에서 예약자 이름을 대자, 호텔 프론트 직원이 룸 키를 건넸다. 호텔 안으로 들어서자 강하진 않았지만, 바깥보다는 따뜻한 바람이 살랑거리며 로비를 데우고 있었기에 비로소 살 만하다는 느낌을 받았다. 조금 전까지만 하더라도 차가운 뉴욕의 칼바람에 몸이 식어 춥다고만 느꼈는데 말이다.

룸키를 엘리베이터 아래에 찍고, 위층으로 올라간다는 버튼을 누르자마자 엘리베이터가 도착했다. 비행기 안에서는 짜증 나는 일만 있었을지 몰라도 적어도 비행기 밖으로 나오니 또 다른 느낌이었다. 소영은 한쪽 바퀴가 고장나 어설프게 굴러가는 캐리어를 들고는 엘리베이터에 올라탔다.

오늘 밤은 시차 적응을 위해 라운지에 가서 한잔할 생각이었건만, 아쉽게도 속이 좋지 않아 챙겨 온 라면이나 먹어야 할 듯했다.

"어디 보자, 809호가…. 아, 저기 있네."

룸키를 가져다 대자 문이 열렸다. 소영은 무거운 캐리어를 밀어 넣고 나서야 긴장이 조금 풀렸다. 몸이 천근만근이었다. 슬슬 허기가 밀려오는 걸 느꼈지만, 입맛은 없었다. 이럴 줄 알았으면 줄리아와의 약속을 잡지 말 걸 그랬나. 그래도 어차피 형식적인 인사니, 무르자고 후회할 일은 아니라고 스스로를 달랬다.

"일단 그 남자한테 연락부터 해야겠어."

소영은 그 남자의 연락처가 담긴 쪽지를 꺼내려고 얼른 주머니에 손을 밀어넣었다. 그런데 주머니 속이 허전했다. 분명 오른쪽 바지 주머니에 넣은 것으로 기억하는데, 손에 잡히지 않았다.

'어디 갔지?'

소영은 당황해하며 바지 주머니를 뒤지고, 상의 주머니까지 샅샅이 확인했다. 하지만 어디에도 없었다. 심장이 철렁 내려앉았다. 작은 파우치까지 뒤엎었지만, 메모는 보이지 않았다. 정신이 아득해졌다. 도대체 언제 떨어졌던 걸까?

"진짜 왜 이래, 오늘?"

말은 내뱉었지만, 체념에 가까운 숨이었다. 하는 수 없었다. 결국 그녀는 거실에 놓인 캐리어를 바라보았다. 분명히 남의 물건이다. 그래도 지금 이 상황을 해결하려면, 무례를 감수하고라도 그 남자의 정체를 알아야 했다. 소영은 손가락으로 캐리어 지퍼를 조심스레 잡아당겼다. 작은 '칙' 소리와 함께 천천히 열린 지퍼 너머로 내부가 드러났다. 그 순간, 소영은 알 수 없는 감정이 물밀듯이 밀려오는 걸 느꼈다.

이상했다. 이건 누군가의 사적인 공간을 무단으로 들춰보는 일이 아닌가. 속옷이며 셔츠, 가지런히 개어 놓은 정장 셋업, 여행용 트레이닝복, 정갈하게 구획된 세면도구 파우치까지. 불쾌함은 아니었지만, 묘한 위화감이 피부를 타고 스며들었다.

알지도 못하는 남자의 삶의 단면을 훔쳐보는 듯한 기분. 낯선 이의 체온이 고스란히 남아 있는 물건들 속에서, 소영은 왠지 모르게 자신이 침입자처럼 느껴졌다.

'이 남자… 유난히 깔끔하네.'

무심코 옷을 정리하는데, 와이셔츠 틈 사이에서 얇은 종이카드가 하나 떨어졌다. 소영은 그걸 주워 들었다.

'리온 로펌, 변호사 차형두.'

눈이 휘둥그레졌다. 리온 로펌이라면 국내 굴지의 대형 로펌이 아닌가. 그 이름을 모를 리가 없다. 재벌가 가사 소송부터 대기업 분쟁까지 다룬다는 곳. 그런 곳의 변호사라면, 적어도 기본적인 판단력은 있을 줄 알았다. 그런데, 지금 뭐?

"…… 이 정신 나간 자식이 진짜 내 캐리어를 가져가 놓고선 연락도 없다고?"

분노가 치밀었다. 자신의 캐리어 안에는 메이크업 박스며, 수첩, 심지어 명함까지 다 들어 있다. 그런데 그가 그것들을 보고도 아무런 연락을 하지 않았다면, 그건 단순한 실수가 아니라 캐리어 주인에 대한 무례였다.

'진짜 뻔뻔한 거야? 아니면 무관심? 그것도 모자라 변호사? 어이가 없다, 정말.'

이제 더는 참을 수 없었다. 소영은 명함 뒤에 적힌 번호를 손끝으로 눌렀다. 신호음이 울렸다. 한 번, 두 번, 세 번. 하지만 건너편 그 남자의 음성은 들리지 않고, 그쪽으로 향한 신호음만 연이어 울렸다. 이를 악물고 다시 한 번 전화를 걸었다. 이번에도 마찬가지. 기계음이 울리는 동안 소영의 인내심도 함께 바닥을 쳤다.

"진짜 뭐 하는 인간이야…?"

분이 가시지 않은 채, 그녀는 서둘러 가방을 뒤져 노트북을 꺼냈다. 다행히 중요한 작업 관련 기기들은 기내용 캐리어에 챙겨 두었었다. 만약 저 멀리 사라진 위탁 수하물 안에 넣어뒀더라면, 이번 전시회 기간 내내 진땀을 흘릴 뻔했다.

호텔 와이파이에 접속하고, 노트북을 부팅한 뒤, 소영은 명함 아래쪽에 적힌 이메일 주소를 복사해 새 메일 창을 열었다. 그리고 짧지만 단호한 톤으로 문장을 적기 시작했다.

차형두 님!
제 캐리어 가져가셨네요.
저는 열흘 정도 뉴욕에 머물 예정입니다.
그 캐리어 안에는 제 소중한 작업 자료가 담겨 있으니,
메시지를 확인하는 대로 연락 주세요.
제 휴대폰 번호는 000-000-0000입니다.

잠깐 망설이다가, 결국 '전송'을 눌렀다. 그제야 속에서 억눌려 있던 말이 툭 튀어나왔다.

"나쁜 자식!"

소영은 헛웃음을 지으며 혼잣말을 중얼거렸다. 계속 신경이 쓰였던

줄리아와의 저녁 약속도, 갑자기 짜증이 확 솟구쳐 더는 이어가고 싶지 않았다. 지금은 그 누구와도 밥을 먹고 싶지 않았다.

소영은 바로 줄리아에게 전화를 걸었다. 신호음이 두 번 울리기도 전에, 줄리아 목소리가 들렸다. 기다렸다는 듯한 빠른 응답이었다.

"어, 소영아."

소영이 힘없이 말했다.

"나, 아직 캐리어 못 찾았어."

"뭐야. 연락이 안 돼?"

"응. 그래서 말인데 오늘 저녁은 따로 먹어. 원래 너랑 스테이크나 썰려고 했는데, 지금 기분으로는 뭘 먹어도 체할 것 같아. 계획 변경이야."

"오케이. 그래도 뭐라도 챙겨주려고 했는데…. 내가 호텔로 갈까, 아니면 네가 갤러리로 올래?"

"휴……, 할 수 있는 건 없으니 일단 갤러리로 갈게."

간단한 대화를 주고받은 뒤 소영은 남자의 옷 중에서 도톰해 보이는 맨투맨 티를 꺼내 걸쳤다. 자신의 캐리어에 있을 작은 사이즈의 맨투맨보다 남자의 옷이 훨씬 따뜻해 보였기 때문이었다. 어차피 캐리어를 바꿔 가져간 것도 그쪽 잘못이니, 옷 한 번 슬쩍해서 입는다고 뭐라 하진 않겠지. 그런 생각으로 소영은 코트를 걸치고 목도리까지 칭칭 맨 뒤에야 호텔 밖으로 나왔다. 그나마 다행인 건 뉴욕이라는 거대한 공간은 흡연자에게 관대하다는 점이었다. 소영은 길에 우뚝 서서 연초를 마음껏 빨아들였다. 폐부 가득히 들어차는 니코틴의 느낌에 그제야 긴장이 스르륵 풀리는 것이 느껴졌다.

"…… 이 맛에 못 끊지. 예술가랑 담배는 떼려야 뗄 수 없는 사이라니까?"

말도 안 되는 주장이라는 걸 잘 알고 있었지만, 소영에게 무엇보다 중요한 것은 그녀의 삶에 보태질 약간의 쾌락이었다. 예술가로서 늘 새롭고 다양한 쾌락을 맛보긴 하지만, 익숙한 담배가 주는 쾌락은 놓칠 수 없는 것이기도 했다. 그건 마치 무수한 가능성 속에서 유일하게 확실한 위안을 붙잡는 일 같았다.

수많은 사람이 오가는 길을 걸으며 소영은 주변을 두리번거렸다. 혹시 우연히라도 그 남자를 발견할 수 있을까 해서. '마주친다면 멋있게 주먹 한 방을 날려줘야지'라는 생각을 했지만, 동양 남자는 인근에 보이지도 않았다.

"나쁜 자식. 내 캐리어 안에 든 라면을 자기가 먹는 건 아니겠지? 내가 일부러 라면도 종류별로 챙겨 왔는데."

열흘이나 머물 생각을 했으니, 그만큼 라면을 많이 챙겨 왔던 터. 소영은 일어나지도 않은 일을 걱정하며 줄리아가 운영하는 갤러리로 향했다. 빠른 걸음으로 도착하자마자 갤러리 문을 연 소영의 몸은 딱딱하게 굳었다.

줄리아가 어떤 남자와 포옹하고 있는 장면이 눈에 들어온 것이다. 처음엔 반가운 인사쯤으로 넘기려 했다. 그런데 그 남자의 옆얼굴이 낯설지 않았다.

백일훈.

소영은 숨을 들이켰다. 의도치 않게, 아니 어쩌면 늘 마음 어딘가에 숨겨 두고 있었던 이름. 그를 보는 건 정말 오랜만이었다. 한때 소영의 삶에서 '결혼'이라는 단어가 유일하게 가능성을 가진 사람이었다면, 그건 아마도 그였을 것이다.

지금은 과거형. 그러나 감정이란 건 그렇게 간단히 과거로 정리되지 않았다. 그가 떠난 후로 오랜 시간이 흘렀지만, 소영은 여전히 가끔 그를 떠올렸다. 미련이라 부르긴 애매하지만, 감정의 끝이 '완전히 끝났다'고는 말할 수 없었다. 더 정확히는, 끝내지 못한 감정이었다.

그의 고개가 천천히 소영 쪽으로 향했다. 두 눈이 분명히 마주쳤다. 하지만 그는 아무 일도 없었다는 듯 시선을 돌리고, 말 한마디 없이 갤러리 바깥으로 걸어 나갔다.

'저건 또 무슨 상황인 거지?'

소영은 애써 무덤덤한 표정을 지으려 했지만, 가슴 한복판이 조용히 무너져 내리는 기분이 들었다. 그저 그 남자가 '다른 여자와 포옹하고 있는 모습'을 봐서가 아니라, 그 여자가 하필 '줄리아'였기 때문이었다. 마주친 순간, 공기 중에 흩날린 익숙한 향기가 소영의 기억을 건드렸다. 베르가못, 머스크, 그리고 약간의 나무 냄새 같은 잔향. 그가 좋아하던 향수였다. 이름은 희미해졌지만, 향은 여전히 명확했다. 마음속 어딘가 여전히 그를 기억하고 있는 자신이 있었다.

그와 다시 이어지고 싶다는 생각은 아니었다. 다만, 누군가에게 그토록 큰 자리를 내어준 자신이 지금 얼마나 무방비했는지를, 순간 깨달은 것이다.

줄리아를 보며 소영은 문득 묻고 싶었다.

'언제부터였어?'

'나한테 말하려던 적은 있었니?'

그간 줄리아가 꺼낸 적 없는 몇몇 대화들에 대한 기억이 퍼즐처럼 이어지기 시작했다. 입술이 바싹 마르는 걸 느끼며, 소영은 가볍게 한숨을 내쉬었다. 말하지 않아도 알 수 있는 게 있다고 믿었지만, 이제는 그게 얼마나 오만한 생각이었는지도 함께 깨닫는 순간이었다. 소영은 모른 척 그냥 넘어갈까 생각하다가 더는 견딜 수 없어 입을 열었다.

"무슨 사이야?"

"뭐가?"

"백일훈 말야."

"친구지. 내가 설마 친구가 사랑했던 남자와……."

"최서희. 거짓말하지 마."

화가 날 때만 부르는 줄리아의 본명을 내뱉은 소영을 보며 줄리아는 곤란해했다.

"줄리아. 내가 백일훈을 하루 이틀 봤어? 너희가 껴안고 있다는 게 무엇을 의미하는지 모를 거 같아? 그러니까 무슨 친구냐고. 애인? 아니면 뭐? 내가 저 자식을 잊는 데 얼마나 걸렸는지 알면서 저 자식과 다정하게 껴안고 있어?"

"소영아. 정말 그냥 친구일 뿐이야. 내가 우정을 두고 사랑을 택할 사람으로 보여? 여기 사람들 그냥 인사……."

"저 자식이랑 그렇게 다정하게 포옹했으면서, 그냥 친구라고? 말이 되는 거짓말을 해. 이번 전시, 다시 생각해 볼게."

소영은 자신을 붙잡으려는 줄리아의 손길을 뿌리치고는 밖으로 나왔다. 길을 걷다 보니 작은 펍이 보였다. 라이브라고 적혀 있는 걸 보니, 이름 없는 가수가 와서 노래하나 본데, 소영은 음치의 노래라도 필요했다. 펍 안으로 들어간 소영은 당장에라도 쏟아질 것 같은 눈물을 억지로 참으며 주문했다.

'하필 말야, 다른 사람도 아니고, 왜 하필 백일훈이야. 그 자식이 왜 내 앞에 또 나타난 거야. 그것도 줄리아 옆에서.'

소영은 진동이 계속해서 울리는 왼쪽 손목에 찬 스마트워치를 살폈다. 2024년 11월 16일이었다.

'빌어먹을!'

뉴욕의 거리에는 벌써 크리스마스 장식이 걸리기 시작했다. 형형색색의 불빛과 반짝이는 트리, 거리마다 울려 퍼지는 캐럴, 축제의 온기가 도시 전체를 감싸고 있었지만, 그 화려한 풍경 속에서 소영은 오히려 더 고립감을 느꼈다. 마치 환하게 빛나는 쇼윈도 안에 진열된 인형들 사이에, 홀로 낡은 먼지투성이 인형 하나가 끼어 있는 듯한 기분이었다. 그녀는 깊게 한숨을 내쉰 뒤, 음정도 박자도 엉망인 가수가 감정을 토해내듯 부르던 펍을 나섰다. 그리고 익숙한 방향인 웨스트 14번가 대신 7

번가 쪽으로 발길을 돌렸다. 자주 가던 조용한 펍이 그쪽에 있었다. 익숙한 조명, 낯익은 바텐더의 무심한 눈빛, 말없이 잔을 채워주던 손짓, 그곳은 마치 그녀의 상처를 잠시 숨겨줄 피난처 같았다.

"정말, 오늘은 되는 일이 하나도 없네."

어린아이처럼 투정을 부려도 위로해 줄 사람은 없었지만, 그래도 입 밖으로 새어 나온 말이 공허한 밤공기 속으로 흩어져 속은 시원했다. 그러나 그것도 잠시, 이제는 지워야만 하는 이름, 잊었다고 믿고 싶은 얼굴이 오늘 다시 그녀를 무너뜨리고 있었다. 시간이 지날수록 옅어질 줄만 알았던 감정은, 도리어 오래된 와인처럼 더 짙은 향을 풍기며 마음속을 감쌌다.

잊어야 한다. 이 사랑은 이미 끝났다는 사실을 그녀는 머리로 알고 있었다. 하지만 가슴은 그 낡은 사랑을 아직도 손에 쥐고 놓지 못했다. 백일훈. 그의 이름이 아프도록 선명한 것이다. 그것은 더 이상 이별이 아니라 상처가 되었다. 그녀는 갑자기 발길을 멈췄다. 차가운 바람이 코끝을 스쳤고, 전광판에 반사된 빛이 그녀의 눈동자에 일렁였다.

"제발!"

그 말은 누구를 향한 절규였을까. 그녀 자신일까, 아니면 여전히 그녀 마음 한편을 차지하고 있는 그 사람이었을까.

4

추악한 모습들

　소영의 머릿속은 뒤엉킨 실타래처럼 복잡했다. 방금 전 마주친 백일훈, 그리고 그의 곁에 선 줄리아. 그 장면은 잊고 있던 이별의 순간을 날카롭게 다시 꺼내놓았다. 시간이 흘러 아물었을 줄 알았던 상처는 마치 살갗 아래 숨죽이고 있던 유리 조각처럼 다시 그녀를 베어냈다.

　한때 그녀는 백일훈과 평생 함께할 거라 믿었다. 불안정한 삶 속에서 유일하게 확신했던 것이 그였다. 예술가라는 이름으로 살아가는 일은 언제나 불규칙하고 위태로웠다. 수입도 일정치 않았고, 전시 하나가 무산되는 것만으로도 생계가 흔들리는 삶이었다. 그런 소영 곁에서 일훈은 언제나 다정하게 그녀를 바라봐 주었다. 사소한 실수를 해도, 중요한 약속을 잊어도, 그는 별로 목소리를 높이지 않았다. 그래서 그의 다정함은 일시적인 감정의 불꽃이 아니라고 생각했다. 그것이 착각이었을까. 그를 향한 소영의 마음은 늘 한결같았다. 결혼이라는 단어가 자신의 삶에 가능하다면, 그 상대는 틀림없이 백일훈일 것이라고, 그녀는 그때 진심으로 믿었다. 그 믿음은 변덕스러운 설렘이 아니라, 오랜 시간에 걸쳐 다져진 확신이었다.

소영은 종종 생각하곤 했다. 우주도 언젠가는 소멸하는데, 그 안에 먼지만도 못한 인간의 삶에 '영원'이란 존재할 수 있을까. 늘 그런 식으로 자신의 감정을 세상과 거리를 두며 살아왔지만, 백일훈만은 예외였다. 그를 향해서 만큼은 '영원'이라는 단어를 조심스럽게 꿈꿨었다.

"강소영 작가의 데뷔전을 저희 갤러리에서 열고 싶습니다."

대학교를 졸업하기도 전, 내로라하는 신인 작가들이 거쳐 간다는 평창동의 알엔갤러리로부터 데뷔전 제안을 받은 것은 그녀에게는 삶의 자부심이자 자랑이었다. 소영이 머무는 뉴욕까지 찾아온 알엔갤러리 큐레이터는 관장을 대신해 왔다며, 소영의 작품을 눈여겨봤다고 이야기했다. 이미 다른 길을 택한 동기들도, 재능이 부족하다 느껴 자신의 갈 길을 찾지 못해 방황 중인 친구들도 모두 그녀를 응원했다. 소영은 그런 자신의 삶이 계속 이어질 것이라 생각했다. 강소영의 삶에서 강소영을 흔들 수 있는 건 자신밖에 없다고 믿었다.

"강소영 작가님이시죠? 데뷔전 축하드립니다."

데뷔전이 열리던 날은 봄날이었다. 한 남자가 프리지아 한다발을 사 들고 와서는 소영에게 친절하게 인사를 건넸다. 길거리에서 파는 봄날의 프리지아를 단 한 번도 유심히 살펴본 적은 없었지만, 소영은 그가 선물한 프리지아 한다발을 감사하다며 받아들었다. 집에 가서 풀어보니 꽃다발 안에 남자의 명함이 있었다. 그의 정체가 자신의 데뷔전을 보러 온 관람객이 아니라, 다른 뜻을 가지고 있다는 것을 알아차린 것은 바로 그때였다. 그것이 백일훈과의 첫 기억이었다.

웨스트 7번가 블록을 따라 걷던 그녀는 당장에라도 꺼질 듯한 불빛으로 희미하게 빛나는 'PUB'이라고 적힌 글자를 발견했다. 뉴욕에 올 때마다 갈 정도는 아니었지만, 누구의 간섭 없이 혼자서 술을 마시기에는 적당할 정도로 한적해 가끔 들르던 곳이었다. 펍 안은 뜻밖에도 사람으로 북적이고 있었다. 여러 차례 방문했던 곳이라 익숙한 느낌을 받았다. 소영은 직원이 다가오기 전까지 어떤 음료를 마실까를 고민했다. 맥주, 위스키, 럼, 보드카……. 음료의 종류는 다양했다. 하지만 한 가지를 굳이 선택해야 한다면 보드카였다. 타오르는 듯한 알코올의 기운으로 속이 시원해질 수 있을 것이란 생각에서였다. 직원이 다가오자, 소영은 유창한 발음으로 보드카 스트레이트 3잔을 시켰다. 직원은 "혼자서 세 잔을 마시다니, 당신 무슨 일 있어요?"라고 물었다. 소영은 씁쓸한 미소를 지으며 고개를 저었다.

다들 가벼운 옷차림이었지만, 소영은 그들 사이에서도 이방인처럼 느껴질 정도로 특히나 가벼운 옷차림이었다. 소영을 힐끔거리는 사람들의 시선이 느껴졌다. 소영은 애써 무시했다. 어차피 자기들끼리 술

한잔 하며 쳐다보다가 말 시선이었다.

 소영이 바라는 것은 딱 하나. 오늘, 이 술집에서 자신의 속상한 마음을 모두 비워낼 것. 줄리아에 대한 미움을 털어버릴 것. 물론 줄리아가 백일훈을 이성으로서 좋아하는 것은 아닐 거라고 생각했다. 줄리아에게 이름 모를 결혼 상대가 있다는 것쯤은 알고 있기 때문이었다. 줄리아와 전화를 수없이 했지만, 상대가 누구인지 어떤 사람인지 그녀는 단 한 번도 말하지 않았다. 자꾸 숨기려 한다는 인상을 받았던 터였다.

 부를 대물림하기 위해 줄리아의 집안에서는 그녀가 어린 나이일 때부터 선 자리를 주선했다. 선 자리가 싫다고 하면서도 줄리아는 꼬박꼬박 나갔다. 그렇게 세월은 흘렀고, 누구보다 일찍 결혼할 줄 알았던 줄리아는 서른여덟에도 결혼을 하지 못한 상태였다.

 "어쩌면?"

 문득 그 상대가 백일훈일지도 모른다는 생각이 그녀의 머릿속을 짧게 스쳐갔다. 백일훈이라면 재벌 3세라고 소문이 파다했다. 어느 집안 아들인지는 밝혀진 바 없었다. 한때 줄리아가 선망의 눈빛으로 일훈과 자신의 연애를 지켜봤던 일, 모든 퍼즐 조각이 맞춰졌다.

 "정말 젠장이잖아. 어떻게 이런 일이 나에게 벌어질 수 있어?"

 혼잣말로 한국어를 중얼거리고 있을 때, 종업원이 다가와 보드카 스트레이트 잔을 내려놓았다.

 "정말 스트레이트로 마실 거예요? 이러면 취해요. 뉴욕의 밤은 위험하다고요. 보드카 스트레이트보단 온더록으로 마시는 게 어때요?"

소영은 뉴욕의 밤이 얼마나 위험한지 알고 있었다. 호텔서 먼 곳도 아니었으니 괜찮을지도 모른다는 막연한 생각만으로 자신이 객기를 부리고 있다는 것도 알았다. 하지만 오늘이어야만 표출할 수 있는 객기였다. 차디찬 뉴욕의 칼바람도 그녀의 의지를 꺾을 수 없었다. 소영은 정확히 2분 만에 스트레이트 잔 세 잔을 마시고는 돈과 팁을 올려놓고는 가게에서 나왔다.

40도가 넘는 알코올이 온몸에 들어가니 견딜 수 없을 만큼 몸이 뜨거워졌다. 평소 추위를 많이 타는 소영이었지만, 겉옷을 벗고 걷고 싶을 정도로 몸이 달아올랐다. 그녀는 누구라도 좋으니 자신을 꽉 안아줬으면 좋겠다고, 오늘 밤만은 외롭게 보내기 싫다고 생각했다. 하지만 그러기에는 자신의 나이가 이제는 젊지 않았고, 누군가와 하룻밤의 온기를 나누기 위해 살아가는 삶은 멈춰야 한다는 것을 알고 있었다.

뉴욕은 늘 소영에게 환상 속 무대 같았다. 어릴 적 스크린 너머로 보던 찬란한 불빛, 어디선가 재즈가 흘러나올 것만 같은 골목, 그리고 예술가로서 언젠가는 그 일부가 되고 싶던 도시. 하지만 오늘의 뉴욕은 달랐다. 찬란함은커녕, 한기가 가득한 공기 속에서 소영은 길을 걷고 있는 자신이 마치 이방인 같았다.

줄리아와 백일훈의 이름을 떠올리는 것만으로도 속이 뒤틀렸다. 줄리아는 오래된 친구였고, 백일훈은 오래된 감정이었다. 어느 날 불쑥 나타나 수줍게 프리지아 한다발을 내밀던 그 모습이, 여전히 눈앞에서 흐릿하게 빛나고 있었다. 하지만 그 빛은 지금 다른 사람에게로 향하고 있는 중이었다. 그게 현실이었다.

그들이 정말 결혼하게 된다면, 소영은 단지 한 사람을 잃는 게 아니었다. 자신의 가장 깊은 추억을 함께 품어준 존재, 한때의 자신을 알아봐 준 유일한 관람자까지도 함께 잃게 되는 것이었다. 그 생각은 자신도 모르게 그녀를 무너뜨렸다.

그녀는 휘청이는 걸음으로 호텔로 돌아왔다. 안도의 숨을 내쉬기엔 머리가 너무 복잡했고, 감정을 식히기엔 몸에 남은 알코올 기운이 너무 뜨거웠다. 엘리베이터 안의 거울에 비친 자신을 바라보며, 괜히 여기까지 온 게 아닐까 하는 생각이 들었다.

룸키를 받아 들고 객실에 도착했을 무렵, 문득 캐리어가 아직도 바뀐 채라는 사실이 불현듯 떠올랐다. 상대방은 아무런 연락도 없었다. 그 순간, 소영의 머릿속에 다시 짜증이 차올랐다. 정제되지 않은 감정이 술기운을 타고 천천히 올라오기 시작했다.

"아이씨, 이 인간은 뭐 하고 있는 거야? 이쯤 되면 연락을 해 줄 때도 되지 않았나? 캐리어를 내다 버리기라도 한 거야?"

소영은 술에 취해 짜증만 나는 상태였다. 모든 상황이 세상을 원망하라고 말하고 있는 것처럼 느껴졌으니까.

소영은 자신의 메일 앱을 확인했지만, 상대방으로부터 온 연락은 없었다. 상대는 캐리어가 바뀐 줄도 모른 채 뉴욕에서 일을 하고 있다는 생각이 들었다. 그래도 그렇지, 밤이 위험한 뉴욕에서 이 시간까지 일을? 소영은 그의 휴대폰으로 전화를 걸었다. 가까운 호텔에 머물고 있다면 캐리어를 바꾸고 싶었다. 취기가 슬슬 올라오는 가운데 오늘 밤만은 편하게 잠들고 싶다는 것이 그녀의 바람이었다. 바람이 무색하게도 상대가 전화를 받지 않는다는 안내음만 흘러나왔다.

"휴대폰을 왜 안 보는 거야? 도대체 왜? 캐리어가 바뀌었으면 인지를 해야 할 거 아냐? 자신의 중요한 물품들이 내게 있다는 걸 모르고 있는 건가?"

그 무렵 형두는 저녁 식사도 하지 못한 채 대마초의 역한 냄새만 맡고 있는 지금 상황을 생각 중이었다. 실내를 뿌옇게 채운 대마초 연기에 정신을 차릴 수 없었다. 대마초 특유의 쩐내가 형두의 코를 자극했다. 형두는 마스크라도 쓰고 싶었지만, 그건 의뢰인에 대한 예의가 아니었다. 물론, 모루전자 허진호가 먼저 예의를 지키지 않고 있는 것이었지만.

"그러니까…… 저는 1년 이상 살고 싶지 않거든요. 그런데 이번에 걸린 게 꽤 많더라고요? 취미로 양귀비도 키워봤고, 유통도 해 봤어요."

형두는 "모르고 하진 않았을 거 아니냐"고 말하고 싶었지만, 총 수임료 50억이 걸린 사건 의뢰에 있어서는 얌전할 수밖에 없었다. 의뢰인이 자신의 앞에서 대마초를 피우든 담배를 피우든 상관없었다.

뉴욕에 떨어지자마자 허진호로부터 연락을 받은 뒤, 형두는 지금까지 휴대폰을 신경도 쓰지 않고 있었다. 어차피 연락이 올 곳도 없었다. 온다고 하더라도 이혼을 선언한 아내가 서둘러 달라는 연락에 불과할 것이 뻔했다.

"그러고 보니 차 변호사님. 일신상에 중대한 일이 생기셨더라고요?"

허진호는 형두의 이혼을 가리켜 이야기하는 듯했다. 아마도 자신의 어미한테 들었으리라. 경영과는 무관한 행보를 보이고 있는 허진호가 그런 소소한 소식을 알고 있을 리 없었다.

"그런가요. 저는 별반 달라진 게 없습니다만."

"여자들 말이야. 자기 좋을 땐 달라붙다가 결국엔 다른 놈하고 붙어먹더라고. 난 그래서 여자를 좋아하지만 믿진 않아. 차 변도 그런 경우 아니에요?"

굉장히 건방진 소리를 내뱉는 허진호를 보며 형두는 순간 욱하는 감정을 느꼈지만, 상대는 의뢰인이었고 몇십억이 걸린 만큼 침착해야 했다.

"일단 저 혼자로는 부족할 듯해 전관예우 변호사를 어렵게 구했습니다. 전관예우 변호사가 낀 만큼 이번 판은 조금 커질 것으로 예상이 됩니다. 그쪽에서도 긍정적으로 생각을 해 보겠다고 했……."

"차 변. 내가 왜 이 시간에 여기로 불렀는지 알아요?"

"글쎄요. 아무래도 여기가 편해서 그런 게 아닐까요. 진호 님의 펜트하우스잖아요."

"여기서는 별 지랄발광을 해도 들리지 않거든. 외부에. 난 여기 한가운데서 섹스하는 걸 좋아한다니까? 기집년들이 신음을 내뱉는 게 집 안에 울려 퍼지면 그만한 쾌감이 없어. 다들 한 번 봉 맞고 나면 더 놔달라고 졸라대서 그건 좀 귀찮지만. 그래서 이 펜트하우스를 좋아하거든.

차 변, 원한다면 여자 하나 끼고 이야기 좀 해 볼까? 남자 둘이서 사무적으로 이야기를 나눌 수만은 없는 일이잖아."

허진호는 형두를 철저히 을로 보고 있었다. 그것을 알면서도 형두는 아무런 대꾸도 할 수 없었다. 구역질이 났다. 이런 유의 사람에게는. 돈이면 전부 다 되는 줄 아는 사람들. 그런 사람들과 함께 일을 한다는 건 언제나 역겨움을 참아야 하는 일이었다. 자신의 모습이 조선시대 천민과 다를 바 없다는 생각도 잠시 들었다. 형두는 잠시뿐이지만, 자신이 하는 일에 대한 지겨움을 느꼈다. 가난했기에, 개천에서 용 난다는 말을 듣고 싶었다. 사법연수가 끝나갈 무렵, 시보로서 실습을 하면서도 지금과 같은 미래를 꿈꾸지 않았다. 은경이 곁에 있었을 때엔 선한 영향력을 행사하는 사람이 되고 싶었다.

은경은 자신의 추악한 모습마저도 선하게 해 줄 수 있는 유일한 사람이었다. 그런 은경을 먼저 떠나보내고 나서 십여 년이 지난 11월. 형두는 두 번 다시는 누구도 사랑하지 않으리라는 마음으로 결혼했다. 하지만 사랑이 떠나간 자리는 아리고 쓰렸다. 그 쓰린 흔적을 견뎌낼 수 없기에 들어오는 선 자리를 일부러 마다하지 않았다. 방황은 이어졌고, 어찌 보면 장인의 전략 속에서 인혜를 만났다. 그동안 이런저런 핑계를 대며 인혜와의 만남을 거절했지만, 그 방법은 끝까지 통하지 않았다. 그래, 부동산 재벌의 사위라도 되자. 어차피 은경이 아니라면, 다른 여자는 그저 사랑에 빠질 필요 없는 사회적 명분을 만들어 주는 존재일 뿐이었다. 인혜의 아버지가 사고 친 걸 무혐의로 만든 것을 시작으로 리온 로펌에서 시니어 변호사가 되기까지 오랜 시간이 걸렸다. 시니어 변호사가 되면 수십억짜리 의뢰라 하더라도 가뿐하게 넘길 수 있을 것이라고 생각했던 것이 자신의 잘못이었다. 고작해야 20대 중반인 범죄자 놈이 자기 눈앞에서 대마초를 피우며 악의 길로 인도하고 있다는 게 믿기지 않았다.

"죄송합니다. 그런 쪽으로는 제가 관심이 없습니다. 일단, 형량을 줄이는 것을 목표로 이야기를 나누시죠."

형두는 몇 번인가 주머니 안에서 휴대폰 진동이 울리는 것을 느꼈지만 모른 척했다.

"차 변, 전화 안 받아요? 그 소리에 내가 거슬리잖아. 아씨, 대마 맛 떨어지게."

허진호는 변덕스러운 인물이었다. 조금이라도 자신의 심기를 거스른다면 무슨 일을 저지를 줄 몰랐다. 허진호와 변호사 대 의뢰인으로 만난 것이 벌써 세 번째였다. 이번에는 형량을 1년 이하로 하라는 것. 그러나 아무리 형량을 줄여도 1년 이상의 실형을 면할 수 없을 듯했다. 전관예우가 있다 하더라도 아슬아슬하게 1년 정도의 실형을 살게 될 것이다. 허진호가 중간에 변덕을 부리지만 않는다면.

"죄송합니다. 의뢰인과의 상담 중에는 전화를 받지 않아서요. 어차피 중요한 전화가 이 시각에 걸려 올 일은 없습니다."

"그럼, 휴대폰을 꺼놓든가."

형두는 자신이 철저한 '을'이라는 걸 누구보다 잘 알고 있었다. 이 방

안에서 주도권은 처음부터 허진호에게 있었다. 그의 말수가 적어질수록 더 많은 것을 계산하고 있다는 사실도 익히 알고 있었다. 형두가 천천히 휴대폰 전원을 끄자, 허진호의 얼굴이 미묘하게 풀렸다. 불쾌함이 걷히고, 비로소 대화를 시작해도 좋다는 신호처럼 느껴졌다. 그 순간, 형두는 직감했다. 허진호 같은 인간은 권위가 아니라 복종에 반응하는 사람이라는 걸.

입을 다문 채 고개를 살짝 끄덕인 형두는 오늘도 또 하나의 연기를 시작하고 있었다.

"그래, 바로 그거지. 나는 말이야. 이야기할 때 방해받는 게 너무 싫거든. 내가 한창 이야기하는데 '지이이잉' 하는 소리가 들리니까 내 신경이 어땠겠어요? 아무리 차 변이 바쁜 사람이라고 하더라도 아닌 건 아닌 거잖아, 그렇지? 우리 엄마가 그러라고 돈 쥐여준 것도 아니고."

돈에 미친놈처럼 살았다. 모루전자 사모님에게서 의뢰 명목으로 평생의 부를 누릴 수 있는 금액만큼을 받았음에도 형두는 그 돈이 부족하게 느껴졌다. 물론 과욕이 언젠가 자신을 망치리라는 것을 알고 있었다. 하지만 변호사로서 제명당하는 일은 없을 것이다. 암암리에 모두 그렇게 살고 있었으니까. 각종 범죄 승소 전문 변호사, 차형두. 그 타이틀을 얻기까지 살아온 세월이 있었다. 경험한 것이 있었다. 늦가을과 초겨울의 경계에서 은경을 잃은 뒤 싸늘하게 식어버린 그의 마음은 돈만을 좇았다. 돈이 아닌 것은 그에게 아무런 의미도 없었다.

"그렇죠. 그럼, 다음 이야기를 해 볼까요? 일단 전관예우 변호사를 구하는 데까진 성공했지만, 말을 맞춰야 합니다. 대마 재배부터 다른 마약류 유통에 관련한 이야기라면 아무것도 몰랐다고 주장하셔야 합니다."

"요즘 경찰이나 검찰이나 바보도 아니고 아무것도 몰랐다고 전과 있는 놈을 그냥 보내 줘?"

"판은 제가 짰습니다. 그냥 보내줄 수밖에 없을 겁니다. 길게 나온다고 하더라도 1년……."

"1년이면 길잖아. 이봐요, 차 변. 나는 형을 살고 싶은 게 아니라니까? 우리 엄마는 내가 1년까지 살아도 좋다고 생각하는가 본데, 내 생각은 달라요. 나는 딱 집행유예 정도로 끝내고 싶거든. 증거? 없어. 도주? 왜 해. 가진 것도 많은 내가 경찰이나 검찰에 쫄려 뒤지겠다고 도주할 일은 없을 거란 생각이 들지 않아요? 가오 다 뒤진 것처럼 살 순 없는 일이지."

범죄자 주제에 혀만 길다는 느낌을 지울 순 없었다. 하지만 이 역시 형두가 받아들여야 하는 일이었다. 늘 범죄자들은 혀가 길었고, 자신의 형량을 최소한의 것으로 만들기 위해 노력했다. 그런 그들을 변호함으로써 검찰 측에서 악명을 날리고 있는 것이 바로 자신이었다.

"최대한 노력해 보겠습니다. 일단, 말을 맞추는 쪽으로 하시죠. 말을 맞추지 않는다면 형량이 올라갈 가능성이 높습니다."

"아오, 가오 다 뒤졌잖아. 내가 굳이 형량을 낮추기 위해 변호사가 하라는 대로 해야 해? 형량 낮추는 일은 당신이 할 일이잖아. 나는 법정에서 얌전히 있다가 집행유예를 받으면 안 되는 거냐고."

"어쩔 수 없습니다. 피고에 대한 심리와 심문은 이루어지기 때문에 말을 맞추는 수밖에 없어요. 제가 일방적으로 무언가를 할 수는 없는 일입니다."

형두는 다른 의뢰인보다 허진호가 더 깐깐하고 괴롭게 한다는 느낌을 지울 수 없었다. 자신의 표정이 일그러지지 않도록 관리하는 것도 한 가지 일이었다. 어린 녀석이 범죄를 저지르고도 재벌 3세라는 이유로 뻗대는 모습을 보는 것은 여간 불편한 게 아니었다. 오늘은 호텔에 일찍 돌아가야 할 이유가 있었다. 그런데 허진호 때문에 시간을 끌고 있으려니 속이 답답했다.

"저희가 나누는 말의 앞뒤가 맞아야 합니다. 그건 어쩔 수 없습니다."

다시 한번 형두가 강조하자, 허진호가 욕설을 내뱉었다.

"아, 씨발. 그럼 그대로 하든가. 전관예우인지 뭔지 내 알 바 아니고, 대본이나 써 와. 그럼, 그대로 외워서 읊을 테니까."

"협조해 주셔서 감사합니다."

"그리고 말인데…."

자리에서 일어나는 형두를 향해 탁한 눈빛의 허진호가 자신의 손에 든 대마를 가리키며 이야기했다.

"이거 한 번 피워 봐. 그럼 알아? 내가 조금 더 협조해 줄지? 어차피 내가 협조하지 않으면 당신이 아무리 노력해도 무산되는 건 마찬가지잖아. 안 그래요?"

대마를 권유하는 허진호를 보며 형두는 욱했지만, 참았다. 그러고는 정중하게 인사했다.

"죄송합니다. 몸에 아무리 좋다 해도 전 병원 약이 아니고서는 안 먹어서요. 처방전대로만 먹습니다."

"와 씨, 그러니까 지금 내가 처방전대로 사는 인간이 아니라서 헛지랄하고 있다고 말하고 싶은 거지?"

제멋대로 꼬아서 듣는 허진호 때문에 형두는 살짝 욱했지만, 애써 웃음 지었다.

"그런 뜻이 아니란 거 잘 아시지 않습니까. 오늘은 이만 가 보겠습니다. 변호 준비를 해야 해서요. 대본은 추후 연락 주실 때까지 작성해 놓도록 하겠습니다. 소장 작성부터 해야 할 일이 많습니다."

대마를 문 허진호는 귀찮다는 듯 손을 휘휘 저었다. 얼른 꺼지라는 뜻이었다. 형두는 자신을 쳐다보지 않는 허진호를 향해 고개를 꾸벅 숙이고 나왔다. 펜트하우스에서 1층 로비로 내려오자마자 형두는 숨통을 조이고 있던 자신의 넥타이를 느슨하게 풀었다.

"빌어먹을 개새끼 같으니라고."

자연스럽게 욕이 치밀었다. 범죄자 변호를 한두 번 하는 게 아니었지만, 허진호 같이 돈만 가득한 놈들을 맡는 건 그로서도 고역이었다. 돈이면 다 되는 줄 알고 있었으니까.

우버로 호텔까지 가는 택시를 불러 탔다. 호텔까지 가는 동안 택시

기사는 동양인에 대해 궁금한 듯 여러 가지 질문을 던졌으나, 형두는 성의 없는 대답만을 내놓을 뿐이었다. 그러자 택시 기사는 더 말을 걸지 않았다. 지금은 누군가와 대화하는 일조차 버거웠다.

호텔에 도착해서 룸키를 받아 들고, 자신의 방에 도착하고 나서야 형두는 휴대폰을 확인했다.

"뭐야, 이 모르는 번호는."

모르는 번호로 전화가 계속 와 있었다. 허진호와 면담 중에도, 허진호와 면담이 끝나고 돌아오던 길에도, 전화가 걸려 와 있었다. 그뿐만 아니라, 이 메시지를 보면 당장 전화해 달라는 내용이 있었다.

"아니, 이 사람은 뭔데 이렇게 급한 거야?"

형두는 구두를 슬리퍼로 갈아 신고는 캐리어를 열었다.

그러자 안에 보이는 것은……

"뭐야, 이게?"

형두는 당황했다. 자신이 절대 입지 않을 것 같은 색색의 옷들이 캐리어 안에 담겨 있었는데, 누가 보더라도 여자 옷이었다. 그제야 형두는 공항에서 캐리어가 바뀌었음을 실감하게 되었다. 갑자기 머릿속이 하얘졌다. 그때 허진호와의 만남 시간을 맞추기 위해 황급히 기내를 빠져나와 수하물 벨트 앞에 섰을 때, 공교롭게도 자신의 캐리어와 똑같은 남색 캐리어가 벨트를 휘돌아 나오고 있었다. 평소 자신은 꼼꼼하고 신중한 성격이라 믿었기에, 이런 실수를 했다는 게 도무지 믿기지 않았다. 아무리 바쁜 일이 있었다손 치더라도 있을 수 없는 일이었다. 당시는 그 캐리어가 남의 캐리어라는 생각은 전혀 하지 않았다.

"아~. 이를 어쩌나?"

형두는 침대 위로 던져뒀던 휴대폰을 확인했다.

자신에게 걸려 온 여러 개의 부재중 전화가 찍혀 있었고, 문자도 연달아 도착해 있었다. 그중 가장 먼저 도착한 전화와 문자는 존 F. 케네디 국제공항이었고, 내용은 아래와 같았다.

안녕하세요,
이곳은 존 F. 케네디 국제공항(JFK) 분실물 센터입니다.
고객님의 수하물이 다른 승객의 수하물과 실수로 바뀐 것이 확인되었습니다. 수하물의 교환 및 반환을 도와드리자 하오니, 아래의 연락처로 가능한 한 신속히 분실물 센터에 연락해 주시기 바랍니다.

- 전화 : +1 (718) 244-4225
- 이메일 : jfk.lostandfound@airport.org
- 운영시간 : 월요일-금요일, 오전 8시-오후 6시 (미 동부표준시)

불편을 끼쳐드려 진심으로 사과드리며, 신속히 문제를 해결할 수 있도록 최선을 다하겠습니다. 감사합니다.

— 존 F. 케네디 국제공항 분실물 센터

그리고 그녀의 연락처가 담긴 문자의 뒤를 이어서 또 다른 메시지들도 연속적으로 도착해 있었다.

- 그쪽 캐리어랑 제 캐리어 바뀌었으니까
   이거 보면 빨리 연락 줘요.

  - 제 문자 안 봐요?
   변호사가 자신의 캐리어 하나 간수하지 못하고,
   남을 곤란하게 해야 했어요?

  - 저기요, 차형두 씨. 캐리어가 바뀌었다고요.

마지막 문자 메시지가 온 시간을 확인하니 지금으로부터 1시간 전이었다. 여자가 잠들어 있을 확률이 높았다. 혹시나 하는 마음으로 전화를 걸었지만, 여자는 받지 않았다. 예상대로 잠든 듯했다. 잠든 이에게 폐를 끼치긴 싫어서 형두 자신도 문자 메시지를 남겼다.

  - 어느 호텔에 묵고 계신지 알려주신다면
   캐리어 가져다드리도록 하겠습니다.

답변을 보내고 나서 형두는 생각했다. 11월의 저주는 여전히 유효하다고. 때마침 자신의 생일을 몇 분 남긴 11월 16일 밤 11시 35분이었다.

***

"아, 목말라."

소영은 다음 날 늦은 아침이 되어서야 깨어났다. 깨어나자마자 머리가 깨질 듯 아팠다. 캐리어에서 비상약을 꺼내 먹으려던 그녀는 캐리어가 자신의 것이 아님을 알고는 한숨을 푹 쉬며 휴대폰을 확인했다.

"뭐야, 연락이 왔잖아?"

기대도 하지 않았다. 술에 취해 몇 번이고 문자 메시지를 보냈지만, 단 한 번도 답장이 없던 그가 답장을 해 온 것을 보며 소영은 깜짝 놀랐다. 캐리어를 가져다준다고 하니 마음이 급해 전화를 걸었다. 그러자 상대는 잠에서 막 깬 듯 눅눅한 목소리로 전화를 받았다.

"차형두 씨 되시죠. 공항에서 캐리어 바뀐 사람이에요. 강소영이라고 합니다."

"죄송합니다. 어제는 일 처리를 하느라 메시지를 늦게 봤어요. 지금이라도 괜찮으시다면 호텔로 캐리어를 가져다 드리려고 하는데 어느 호텔입니까?"

남자의 말투는 굉장히 사무적이었다. 변호사라는 직업과 사무적인 목소리가 빚어내는 무미건조함이 그가 재미없는 인간이라는 것을 증명하는 듯했다.

"여기가 몇 번 스트릿이냐면요."

소영이 뉴욕 웨스트 14번가에서 한 블록 떨어져 있는 호텔 위치를 이야기하자, 형두는 다행히 인근 호텔에 머물고 있다며 로비로 나와 있으면 20분 내로 가져다주겠다고 약속했다. 소영은 조식 시간이 이미 지났음을 깨닫고는 자신의 캐리어를 24시간 가까이 가지고 있던 남자에게 브런치라도 얻어먹어야겠단 생각을 했다.

"맨입으로 캐리어 바뀐 걸 사과할 건 아니죠?"

소영의 물음에 남자는 잠시 대답이 없었다.

"저는 연락 기다리다가 조식 시간도 놓쳤거든요."

"늦게 일어나셨겠죠. 제가 캐리어를 착각해서 혼란을 빚은 점은 죄송하지만, 굳이 무언가를 사서 보답해 드려야 하는 것이라고 생각하신다면야……."

남자는 캐리어 교환 이외의 만남에는 선을 긋는 셈이었다. 소영은 그가 꽤 뻔뻔한 사람이라고 생각했다.

'뭐, 이런 사람이 다 있어? 식사 대접은 해야 하는 거 아니야?'

속으로 잘난 변호사에 대한 흉을 보고 있을 때였다. 전화 너머 그의 목소리가 조금 바뀌었다.

"저 역시 조식을 먹지 않고 아침부터 서류 검토를 하느라 바빴네요. 브런치 정도는 대접할 수 있습니다. 캐리어는 교환하고 나서요. 그리고 참, 캐리어 안을 건드리거나 하시진 않으셨겠죠. 중요한 것들이 들어 있습니다."

"지금 누구를 도둑 취급하는 거예요? 제가 그쪽 캐리어를 왜 뒤져요. 직원이 그쪽 연락처 알려줘서 연락한 건데. 그리고 캐리어 여니 떡 하고 명함이 꽂혀 있는데 내가 모른 척해야 해요? 어찌 되었든 남의 캐리어를 가지고 갔으면서 메일도, 문자 메시지도, 전화도 받지 않은 건 그쪽 아닌가요?"

소영이 쏘아붙이자 남자는 죄송하다는 간결한 답변만을 남긴 채 전화를 끊었다.

소영은 거울 속 자신의 몰골을 확인했다. 술을 마시고 난 다음날에는 피부결에 광이 돌았다. 알코올 때문에 건조해진 피부를 보호하기 위해 보호 작용을 한다는 이야기는 들었지만, 나쁘지 않은 모습이었다. 지금의 모습만으로도 그를 만나 충분히 브런치를 얻어먹고 돌아올 수 있을 듯했다. 꾸미지 않은 상태로 나가는 것을 싫어하는 그녀였지만, 어차피 상대에게 원하는 건 주린 배를 채울 수 있는 한 끼뿐이었으니까.

소영은 빨래도 하지 않은 옷을 두 번 입는다는 것이 마음에 걸렸지만, 어차피 상대와는 브런치만 먹고 돌아올 예정이니 이대로 나가도 괜찮겠다는 생각으로 자신을 위로했다. 하필 캐리어 색깔과 사이즈까지 똑같아서는……. 그런 생각이 들었지만, 일단 남자가 캐리어를 가져다준다고 하니 소영은 가운을 벗고 어제 입었던 옷을 다시 입었다. 그때 '지이이잉' 휴대폰이 울렸다. 문자 메시지였다. 문자 메시지의 주인공은 다름 아닌 줄리아였다.

- 어제 그렇게 가서 혼자 술이라도 마신 건 아니지? 해야 할 말이 있어. 전시와 관련한 이야기는 아니야. 일단 갤러리로 와. 기다릴게.

문자 메시지를 보자마자 소영은 심장이 세차게 뛰었다. 전시와 관련한 이야기는 아니라는 말에 다정한 눈빛으로 서로를 껴안고 있던 백일훈과 줄리아의 모습이 겹쳤다. 무명이었던 시절을 버티게 했던 사람들이었다. 백일훈은 무명이자 신인인 작가의 데뷔전에 프리지아 한다발을 들고 와서 행복하게 했던 사람이었고, 줄리아는 어떤 전시를 기획해야 할지 몰라 힘들어하던 자신에게 큰 힘이 되어 주던 사람이었다. 게다가 기댈 친구라고는 줄리아밖에 없었다. 그런 두 사람이 진짜 결혼을 전제로 만나고 있다면 자신이 할 수 있는 일이라고는 축하밖에 없었다. 이미 오래전 백일훈과의 연은 끝났다. 미련이 남은 쪽은 자신이었다. 백일훈을 잊지 못해 수많은 사람을 만났지만, 그 누구도 그와 같진 않았으니까.

"휴……, 이걸 어쩐담."

마주해야 할 상황으로부터 도망치고 싶었다.

몸을 웅크린 채 무릎 사이에 고개를 박고 있던 그녀를 깨운 것은 휴대폰의 긴 진동음이었다. 아마도 캐리어를 가진 상대가 도착한 듯했다.

"그래, 강소영. 지금은 그걸 따지고 있을 때가 아니야. 캐리어부터 바꾸고 나서. 그다음 일을 생각하자."

5

기억을 걷다

지난밤 그대로의 옷차림으로 서 있으니, 마치 뼈마디 틈새마다 서리가 스며드는 듯한 추위가 온몸을 휘감았다. 호텔 로비는 따뜻할 거라는 기대와는 달리, 공기엔 묘한 냉기가 감돌았다. 체감으로 전해지는 냉정한 기류는 로비의 세련된 인테리어조차 차갑게 느껴지도록 만들었다. 소영은 떨리는 어깨를 웅크린 채 자신의 캐리어가 나타나기만을 기다렸다. 캐리어 안에는 니트가 있으니, 니트라도 걸치면 조금 나아질 것 같았으니까. 로비로 내려와 기다리고 있을 때 자신의 캐리어를 들고 오는 남자와 눈이 마주쳤다.

남자는 로비에서 덜덜 떨며 서 있는 여자, 소영을 보고 걸어왔다. 소영은 군소리라도 하고 싶었지만, 남자가 수고를 덜어줬기에 다행이라는 생각을 하며 그의 캐리어를 건넸다.

"차형두 변호사님. 여기 그쪽 캐리어예요."

"폐를 끼쳐 죄송합니다."

유선상으로는 뻔뻔하기 짝이 없더니, 막상 만나니 공손한 태도를 보이는 것이 묘한 웃음을 자아냈다. 소영은 남자의 얼굴을 바라봤다. 얼마나 뻔뻔한 얼굴인지 알아보기 위해. 그러나 남자의 얼굴은 깔끔했다. 면도 자국 하나 없었고, 무테안경을 쓴 얼굴은 꽤 지적인 사람처럼 보였다. 변호사라는 직업을 떠올리면 상상할 수 있는 얼굴이었다. 준수한 얼굴을 가진 사람과 뉴욕에서 브런치라……. 썩 나쁘지 않은 일이라는 생각이 들었다.

"잠시만 기다려 줄 수 있나요? 추워서 캐리어 안에 든 옷을 꺼내 입어야 할 듯해서요."

"아, 혹시 몰라서 오는 길에 이걸 사 왔는데……."

남자가 쇼핑백을 건넸다. 오는 길에 수프라도 사 온 건가? 궁금해서 쇼핑백을 연 소영은 깜짝 놀랐다. 척 보기에도 비싸 보이는 숄이 들어 있었다. 숄을 걸치라고 사 올 줄은 전혀 몰랐다. 예상 밖의 행동에, 소영은 이루 말할 수 없는 감정이 자신을 스치고 가는 것을 느꼈다. 불안한 징조였다.

'안 돼, 강소영. 강소영 넌 아직 백일훈을 잊지 못했잖아. 백일훈의 프리지아 꽃다발도 잊지 못했으면서 고작해야 밥 한 번 먹을 사이를 기억에 남겨두려고? 다정함은 세상을 구한다지만, 이 남자는 수렁에 빠진 나를 구하지 못할 거야.'

소영은 애써 긴장한 기색을 감추려고 노력했다. 남자는 별생각 없이 미안한 마음에 숄을 샀을 텐데, 자신은 몇 발 앞서 나가고 있었다.

"감사해요. 그럼, 캐리어만 올려다 두고 올게요. 아니면 변호사님도 캐리어를 두고 와야 하니 중간 지점에서 다시 만나는 건 어떨까요?"

"호텔이 한 블록밖에 떨어져 있지 않으니, 중간에서 만나는 것으로 하죠. 저 역시 옷을 갈아입어야 할 필요를 느껴서요. 슈트 차림으로 있으니 꽤 춥더군요."

형두의 말에 소영은 고개를 끄덕였다.

"그럼 30분 뒤 만나기로 해요. 그 정도면 충분한 여유가 있겠죠?"

"예. 알겠습니다."

"그런데……. 한 가지만 물어봐도 돼요? 아니다, 이런 이야기는 식사하면서 해요."

소영은 캐리어를 들고 로비 밖으로 나가는 형두를 보다가 다시 위로 올라왔다. 아직 룸 청소 시간이 되지 않은 것이 다행이라면 다행이었다. 만약 룸 청소 시간과 맞물렸다면 큰일 날뻔했다. 룸에 도착하자마자 자신의 캐리어임을 확인한 소영은 안에 입은 옷을 갈아입었다. 캐리어 안에 든 물건을 가지런히 꺼낸 소영은 니트 두 벌을 겹쳐 입었다. 그제야 온몸에 온기가 도는 기분이 들었다.

"……결혼했겠지?"

소영은 멍하니 허공을 바라보다, 나지막이 혼잣말을 흘렸다.

'백일훈과 줄리아….'

두 사람의 포옹이 자꾸 머릿속을 맴돌았다. 생각보다 더 오래, 더 깊게. 이제는 정리되었다고 생각했는데, 그 장면 하나가 잊고 지낸 감정의 뚜껑을 조용히 열어젖혔다. 자신이 사랑했고, 또 사랑하려고 했던 사람. 그가 자신의 가장 친한 친구와 평생을 함께하겠다고 결심했다면, 그건 분명 축하할 일이었다.

그런데 축하와는 다른 감정이 마음 한켠에서 천천히 번지고 있었다. 약간의 서운함, 약간의 질투, 그리고 아주 미세한 상실감.

'이제 정말, 끝이구나.' 그 사실을 받아들이는 데는 시간이 조금 더 걸릴 것 같았다. 그러는 사이, 머릿속에 또 다른 인물 하나가 불쑥 떠올랐다.

차형두. 처음엔 그저 자신의 캐리어를 가져간 '상대방'일 뿐이었다. 하지만, 명함을 손에 쥐고 연락을 시도하던 그 순간부터 어딘가 알 수 없는 이끌림이 시작된 것 같았다. 무례하지 않으면서도 단호했던 말투. 차가워 보이지만 어딘가 깊은 피로가 배어 있던 눈빛. 그 속엔 묘하게 단정하지 않은 인간적인 결이 서려 있었다.

소영은 조용히 숨을 내쉬었다.

"이렇게 다정한 사람이라면, 가정에서도 더없이 따뜻하겠지."

무의식 중에 떠오른 생각이었다. 곧바로 고개를 젓고는 쓸쓸하게 웃었다. 그가 결혼했는지, 아이가 있는지조차 모른다. 오히려 너무 완벽하게 정리된 이력과 로펌이라는 시스템 속에서 살아가는 그가 사적인 감정에는 무감각할지도 모른다는 생각도 들었다.

하지만 그럼에도 이상하게 마음이 간다. 누군가에게 다정하다는 건, 그만큼 상처를 감내해본 사람이란 뜻일지도 모른다. 소영은 그가 어떤 사람인지, 그 안에 어떤 이야기들이 숨어 있는지 궁금해졌다. 백일훈과의 기억이 완전히 사라지지 않은 채, 차형두라는 이름이 그 위로 조용히 겹쳐지고 있었다.

"구차한 생각은 하지 말자, 강소영. 오늘은 뉴욕에 여행 온 기분으로 즐겁게 보내는 거야."

***

형두는 캐리어에서 맨투맨과 데님 팬츠를 꺼내 입었다. 롱코트를 걸친 채. 그 나름대로 깔끔한 패션을 선택한 축에 속했다. 슈트 차림으로 다니는 건 몇십 년이 지나도 불편했다. 슈트가 익숙해질 때도 되었건만, 마음속에 남은 아주 작은 마음은 그를 대학생처럼 만들어 놨다. 영포티라는 말도 유행하고 있는 와중에 자신이 이런 패션을 입는다고 해서 뉴욕 거리에서 손가락질받을 일은 없다는 것을 잘 알고 있었다.

캐리어 안은 여자의 말대로 깔끔했다. 다만 자신의 옷에 옅게 남은 향수 냄새로 파악하건대, 여자는 추워서 자신의 옷을 대신 입고 있었던 듯했다. 형두는 향수 따윈 뿌리지 않았다. 범죄자들을 상대할 때 향긋한 냄새는 그들의 엇갈린 욕망을 자극했으니까. 누군가는 형두에게 향수라도 뿌리고 다니라는 말을 하기도 했다. 고작해야 몇십 밀리미터 든 향수가 몇십만 원에서 몇백만 원씩 하는 걸 뿌리고 다니면 범죄자들도 알아서 고개를 숙일 것이라는 말과 함께. 그러나 그것이 현실이 아닌 걸 알고 있었기에 형두는 깔끔하게 입는 것만을 중요하게 여겼다. 형두에게는 나름의 규칙이었던 셈이다.

"귀찮지만 세탁을 맡겨야겠군."

이미 후각이 대마초로 물든 허진호일지라도 형두의 몸에서 여자 향수 냄새가 나는 것을 알아차린다면 괜한 오해를 살 수 있었다. 몇십억짜리 의뢰 건을 성사시키기 위해서는 최대한 멀끔한 모습을 보이는 것이 좋았다. 비록 성공하지 못한다 하더라도 이미 통장으로 들어온 돈을 생각한다면.

옷을 갈아입은 후 애플워치로 시간을 확인하니 얼추 출발하면 중간 지점에서 만날 수 있을 듯했다. 여자가 머물던 호텔과 다르게 형두가 머무는 호텔은 온기가 가득했다. 늦가을과 초겨울의 경계에 태어난 형두가 추위에 강한 것도 있었겠지만.

형두는 중간 지점을 향해 걸어갔다. 그때 꽁꽁 싸맨 여자가 눈에 들어왔다. 여자 이름이 궁금했다. 전화로 여자의 이름을 들었음에도 기억나지 않았다. 생각해 보니 캐리어가 서로 바뀐 것도 인연인데 이름이나 다시 한 번 물어볼 것을 그랬다. '지나치게 허진호에게 몰두했나?' 하는 생각도 들었다. 그러나 모루전자 사모님은 자신에게 열흘이라는 쉴 시간을 줬다. 형두 자신도 여기에 일만 하러 온 것은 아니었으니까. 그저 가벼운 말동무나 삼으면 적어도 심심하진 않겠다 싶었다. 하필 그가 왔던 이 시기의 뉴욕은 공연이 몇 열리지 않았고, 그마저도 매진이었다. 이 시기에 뉴욕으로 갑작스러운 출장을 오게 될 줄은 몰랐다. 은경을 떠나보낸 이후 그는 은경과 같은 플루트 소리를 내는 연주자에게 한때 빠져 있기도 했다. 이성적인 감정이 아니라, 존경이라는 감정으로. 그럼에도 은경의 빈자리를 채울 수는 없었다. 은경이 내는 플루트 소리는 청아하고, 숲 속에서 새가 지저귀는 듯한 느낌을 안겨줬으니까. 만약 지금까지 살아 있었더라면……. 은경은 플루트 쪽에서 알아주는 유명 연주자가 되었을 것이다. 그녀의 운명을 자신이 망친 듯한 느낌에 형두는 심장이 아렸다.

"무슨 생각을 그리해요?"
여자가 덜컥 다가와 물었다.
형두는 순간 멍한 눈빛으로 여자의 얼굴을 들여다봤다. 그녀의 얼굴은 전체적으로 오밀조밀하고 조화로운 인상이었다. 작고 단정한 이목구비가 마치 정성스럽게 빚어낸 도자기처럼 섬세하게 어우러져 있었다. 크지 않은 눈이지만 눈매가 살아 있고, 속눈썹이 길고 또렷해 눈빛에 힘을 실어주고 있었다. 살짝 올라간 눈꼬리에는 단단한 자존감이 묻어났고, 그 속엔 낯선 사람을 거리낌 없이 마주 보는 당찬 용기가 엿보였다. 그것은 은경을 처음 만났을 때의 당돌함 같은 그런 눈빛이었다.
"이름이 뭡니까?"
"변호사라 그런가, 말투도 딱딱하네. 비주얼 아트 디렉터 강소영이에요. 그쪽이 내 작업물이 든 캐리어를 가져가는 바람에 제 일정이 다 하루씩 늦춰졌어요. 그러니까 브런치는 내가 고르는 집으로 가기로 하죠. 설마, 뉴욕까지 오면서 돈이 없다는 이야기는 하지 않겠죠?"

소영은 당찼다. 형두는 자신도 모르게 소영이 이끄는 브런치 가게로 향했다. 브런치 가게는 한두 좌석만 겨우 남아 있을 뿐이었다. 소영은 직원에게 인사를 하며 능숙하게 두 자리를 얻어냈다.

"원래 아는 곳입니까?"

형두의 물음에 소영은 메뉴판을 펼치며 대꾸했다.

"메뉴나 고르세요. 아는 곳이니까 왔겠죠? 모르는 곳이라면 오지 않았을 테고요."

"대답하는 화법이 참 독특하네요. 이렇게 톡톡 쏘아붙이는 게 요즘 청년들의……."

소영이 말을 끊으며, 웃음을 지었다.

"청년이라고 보기엔 제 나이가 어리지 않은데요. 겉모습이 화려해서 다들 저를 어리게 보시더라고요. 저 그렇게 안 어려요. 내일이면 마흔이에요, 마흔. 아, 정정. 내일모레요. 서른여덟씩이나 된 여성에게 청년이라는 말은 조금 무례한 거 아닐까요? 뭐, 청년으로 불리는 게 아줌마라고 불리는 것보다 낫지만."

소영은 비행기에서 옆좌석 아이가 했던 말에 마음이 걸렸지만, 그런 티를 내지 않으려 애썼다.

"아. 죄송합니다. 제가 너무 어린 친구라고 생각을 했네요."

형두의 사과는 빨랐다.

"그럴 수도 있죠, 뭐. 어리다고 오해받는 일이 한두 번은 아니니까요."

소영은 개의치 않는다는 듯 어깨를 으쓱했다.

"그러고 보니 궁금한 게 있다고 하시지 않았나요?"

형두는 소영이 자신에게 궁금해하는 게 무엇일지 알고 싶었다.

"아, 결혼은 했어요? 아, 별다른 이유는 없고, 그냥 요즘 주변 돌아가는 상황도 상황인지라, 결혼이 인생에서 필수인지 인생 선배님께 배우고 싶었거든요."

"으음. 글쎄요. 제가 사생활 이야기를 좋아하진 않지만, 현재 아내와 협의이혼 절차를 밟고 있습니다. 이런 인생 선배의 이야기가 도움이 될지 모르겠네요."

형두의 말에 소영은 어쩌면 한 번 만나고 말 사이인 그에게 자신의 이야기를 털어놓고 싶어졌다.

"저는 제 인생에서 결혼이라는 단어가 저에게 어울리지 않을 거라고 생각했어요. 그런데 유일하게 그런 남자가 있었죠. 그 사람을 놓친 걸 후회해요. 하지만 그 사람은……."

"결혼했나요? 아니면 예정?"

"아마도 제 친구와 결혼하려는 것 같아요. 두 사람 다 저에겐 너무나도 소중한 사람들이라 둘 중 하나도 포기할 수는 없어요. 이런 때에는 어떻게 해야 하는 게 좋나요?"

소영의 질문이 끝나자마자 기다렸다는 듯 종업원이 브런치를 서빙해왔다. 소영은 고맙다는 말과 함께 팁을 건넸다. 형두는 몇 번이나 미국을 오갔음에도 팁 문화가 적응되지 않아 잠시 망설이고 있었는데, 그

문제는 소영이 해결했다.

"절친한 친구와 오랜 시간 사랑했던 사람의 결혼이라……. 저는 겪어 본 적 없어서 잘 모르겠지만요. 글쎄요. 포기해야 할 건 포기해야 하지 않을까요? 이미 그 남자분에게 소영 씨는 지나간 추억의 대상이잖아요. 추억의 대상이 되어 버린 소영 씨에게 남자분은 아주 조금 미안한 마음이 있을지도 모르겠습니다만."

"제가 놓쳤어요. 저는 그 사람과 온도가 달랐거든요. 사랑에도 온도가 있다는 말을 믿어요?"

소영의 말에 형두는 자신의 아내, 인혜를 떠올렸다. 인혜와는 한 번도 사랑의 온도가 뜨겁게 불타올랐던 적이 없었다. 계약 결혼이나 마찬가지였으니까. 의무감으로 한 섹스, 의무감으로 나가던 부부 동반 모임까지. 모든 것은 의무감 때문이었다. 인혜는 아주 조금이라도 자신에게 희망을 걸었을지도 모른다. 조건으로 시작해서 사랑이 이루어질 수 있다고 믿었을 수도 있다.

하지만 자신은 아니었다. 은경을 떠나보낸 뒤로 어느 여자도 마음대로 품을 수 없었다. 은경의 죽음은 자신의 모든 것을 앗아갔다.

"온도가 있겠죠. 그런데 사람마다 온도가 다르기 때문에 꼭 어느 말이 성립된다고는 할 수 없겠지요. 그 사람과 온도 차이가 많이 났었나요?"

그 말에 소영은 잠시 고민하다 대답했다.

"네. 나는 그 사람의 애정을 끊임없이 갈구했어요. 하지만 그 사람은 늘 나를 애타게 만들었어요. 시작은 자기가 먼저 해 놓고. 그런데 순간의 다정함을 나 혼자서 움켜쥐고 보고 싶었어요. 그래서 그 사람에게는 '결혼'이라는 단어가 성립할 수 있다고 생각했죠. 그런데 그 사람은 아니었나 봐요. 그렇게 쉽게 끝날 줄은 몰랐으니까."

 소영은 백일훈과의 첫 만남부터 마지막 이별의 순간까지를 떠올렸다. 몇 년이라는 시간이 지났음에도 머릿속에서 지워지지 않은 순간들이었다. 기억은 왜 사라지지 않는 것일까. 소영은 기억을 지울 수만 있다면 얼마든지 지우고 싶었다. 백일훈이라는 존재 자체를 기억하지 않는 것이 자신에게 좋을 것이라는 생각이 들었으니까.

 "처음 호감을 내비칠 땐 제 데뷔전에 프리지아 꽃다발을 사 들고 왔어요. 계절이 바뀔 때마다 그 계절의 꽃을 사다 줬죠. 저는 그 사람이 참 다정하다고 생각했어요. 이런 사람이라면 결혼은 내 인생에 없다는 나의 신념을 바꿀 수 있겠다고도 생각했죠."

 "그분은 진심이었던 거겠죠? 소영 씨는 그 진심을 의심한 것이고요?"

 "저는 사소한 것에도 좋아하는 사람이에요. 처음에는 그가 저를 좋아하지 않을 거라곤 생각하지 못했어요. 하지만 주변에서 그러더라고요. '계절에 따라 꽃다발을 사주기만 하는 게 연애냐? 지나친 낭만 추구자와 함께 무엇을 하는 것이냐?'라고 하더라고요."

 형두는 소영이 주변 사람들의 말에 흔들렸다는 것을 알아차렸다. 그녀는 끊임없이 주변 사람들에 의해 진정한 사랑이란 무엇인가에 대한 판단 기준을 들었을 것이 분명했다. 그 끝에 자신의 사랑을 의심했고, 자신을 사랑하는 사람을 의심했을 것이다.

"때로는 눈에 보이지 않는 것도 있습니다."

형두는 조용히 소시지를 썰며 말을 이어가고 있었다. 포크 끝에 꽂힌 소시지를 머스타드에 푹 찍어 입에 넣는 순간, 맞은편에 앉아 있던 소영의 눈에서 눈물이 뚝 떨어졌다.

형두는 순간적으로 멈칫했다. 소시지를 제대로 삼키지도 못한 채 입 안에서 우물우물 씹기만 하며, 눈앞에 펼쳐진 그녀의 무너지는 얼굴을 멍하니 바라봤다. 뭐라도 말해야 할 것 같았지만, 어떤 말도 지금의 그녀를 감쌀 수 없을 것 같았다.

결국 그가 건넨 것은 포장지에서 조심스레 뽑아낸 티슈 한 장뿐이었다. 조심스럽고, 그저 인간적인 마음이 담긴 작은 동작이었다.

"그 둘은 잘 어울려요. 전 그게 싫은 거예요. 나였어야 할 자리가 다른 사람으로 대체된다는 것이. 어쩌면 그 자리에 어울릴 사람은 나였는데 그 기회를 놓쳐버렸다는 사실을 인정할 수 없어요. 오늘 친구가 연락이 와서 할 말이 있다고 하더라고요. 전 친구를 어떻게 대해야 할까요? 아, 처음 만났는데 너무 주책이었다. 그렇죠?"

형두는 자신에게 누군가가 사랑에 관한 솔직한 감정을 털어놓는 게 오랜만인지라, 아무런 말도 할 수 없었다. 자신의 절친한 친구인 의찬은 이미 가정을 꾸려 알뜰살뜰 잘살고 있었고, 그는 늘 행복해 보였다. 오히려 첫사랑을 떠나보낸 후 불행 속으로 저벅저벅 걸어 들어간 것은 자신이었다. 처음에는 조건에 맞는 결혼을 하는 것이 불행을 이끈다고는 생각하지 못했다.

하지만 막상 살아보니 조건이 맞는다고 해서 서로가 추구하는 삶이 맞는 건 아니었다. 인혜와의 결혼 생활은 표면적으로는 안정적이었지만, 그녀의 변덕스러움을 받아주는 것에도, 그녀 친정의 간섭을 자꾸 받아야 한다는 것도 형두에게는 어려운 일이었다. 은연중에 묻어 나오는 자신의 집안에 대한 무시 같은 것까지. 많은 것을 견뎌야 했다. 은경과의 사랑이 활활 타오르는 불이었다면, 인혜와는 사랑이라는 단어가 성립한 적이 단 한 번도 없었다.

'사랑이라?'

오랜 시간 사랑이라는 단어는 그의 삶에서 잊고 지냈다. 어쩌면 더 이상 필요 없는 것처럼 여겨졌다. 형두는 사랑을 잊으려 했고, 그 빈자리를 다른 것으로 채우려 했다. 서은경과 함께한 시간이 끝나버린 이후, 형두는 사랑이란 감정이 자신에게 주는 고통을 원망했다. 그 감정이 이제 더 이상 의미가 없다고 믿었다. 그래서 그는 감정에서 멀어지기로 결심했다. 그렇게 세상의 모든 감정을 대신할 수 있는 돈, 권력, 그리고 사람들을 자신의 방패로 삼았다.

하지만 아무리 많은 돈을 거머쥐어도, 아무리 사람들과 떠들썩한 시간을 보낸다 해도, 마음 한구석 은경의 빈자리는 채워지지 않았다. 세상 어느 것도 채울 수 없는, 그 어떤 물질적인 것도 상쇄할 수 없는 공간이었다. 형두는 그것을 애써 외면하려 했고, 마음속 깊은 곳에서 그녀를 잊으려 했지만, 그건 불가능한 일이었다. 은경은 자신의 인생에서 단순한 사람이 아니라 자신의 일부분이었기 때문이다. 그녀와 나누었던 모든 순간들이 자신의 마음에 새겨져 있었기 때문이다.

"사실 전 사랑이라는 감정에 대해 잘 모릅니다. 이야기를 들으면서도 왜 지나간 사랑을 붙잡고 있는지 모르겠어요. 이미 친구와 결혼하기로 약속한 사이라면……. 이젠 더욱더 놓아줘야 하는 게 아닐까요?"

"제가 머리로 그걸 이해 못 해서 물어본 것일까요? 머리로는 충분히 이해하고 있죠. 그런 사랑도 있다는 것을요. 저는 오늘 친구를 만나러 가지 못할 것 같아요. 오늘 만나서 들을 이야기가 두렵거든요. 내 마음에 남은 미련을 훌훌 털어내야 한다는 뜻이기도 하잖아요. 저는 그럴 자신이 없어요."

"저는 말입니다. 제 이야기를 타인에게 꺼내는 일이 처음이긴 합니다만……. 정확히는 낯선 사람요. 아주 오래전 소중한 사람을 잃었습니다."

소영은 그가 잃었다고 표현하는 것이 '죽음'임을 알아차리고는 말문이 막힌 채 믿기지 않은 듯 형두를 바라보았다. 하지만 형두의 표정은 고요하기 짝이 없었다. 슬픔의 격랑도 눈물의 흔적도 없이 너무도 고요하고 담담한 표정이었다. 마치 모든 감정을 오래전에 비워낸 사람처럼, 아니면 감정을 느끼는 법 자체를 잃어버린 사람처럼 평온했다. 그런 형두의 표정을 마주하는 것만으로도 소영의 마음 어딘가가 조용히 저려왔다.

"사고였어요. 결혼을 약속한 사이였고, 제가 사시를 통과 후에 늦가을과 초겨울 사이였죠. 바다를 보러 가던 길이었는데…… 고속도로에서 대형 사고가 났어요. 20중 추돌이었죠."

형두의 목소리는 담담하려 애썼지만, 그 말끝에는 여전히 떨림이 배어 있었다. 오래전 기억이라지만 아직도 그날의 공포는 그의 말에 생생하게 남아 있었다. 그 순간 소영은 숨이 잠시 멎는 듯했다. 눈앞에서 낡은 필름처럼 한 장면이 겹쳐졌다. 짙은 연기 속, 뒤집힌 버스, 무너진 차체, 파열음, 불길, 절규……. 그 장면은 꿈이 아니었다. 현실이었다.

"잠깐만요!"

형두의 말을 끊으며 소영이 자리에서 몸을 조금 앞으로 내밀었다. 목소리는 떨렸고, 얼굴은 창백해졌다. 형두는 그녀의 반응에 순간 당황한 듯 눈을 동그랗게 떴다.

"혹시 그 사고가 강원도 강릉으로 향하던 고속도로에서 벌어진 일…… 이었나요?"

"…… 네?"

"고속버스 운행사는 진수여객이었고요. 맞죠?"

형두는 그제야 말문이 막히는 듯 눈을 껌뻑였다. 가슴 언저리 어딘가가 '툭' 하고 무너져 내린 듯한 표정이었다.

"…… 진수여객 맞습니다. 그걸 어떻게 알고 있는 거죠?"

소영은 입술을 앙다물었다. 그날의 연기 냄새가 다시 코끝을 스치는 듯했고, 귀에선 아직도 사이렌 소리와 함께 자신의 비명소리가 메아리치고 있었다. 목이 바짝 말라와 그녀는 겨우 말끝을 이었다.

"저……, 그 버스에 타고 있었어요. 맨 뒷좌석에서……."

형두의 눈이 커졌다. 숨쉬는 것조차 잊은 얼굴이었다.

"그날 안전벨트를 하고 있었던 덕에 앞 좌석에 부딪힌 걸로 끝났지만……, 전 버스 안에서 혼자 기어 나왔어요. 불이 번지기 직전에요. 그 안에서 죽을 뻔했죠."

잠시 두 사람 사이에 침묵이 흘렀다. 무겁고 먹먹하고 차가운 침묵이었다. 형두는 말을 잇지 못했다. 소영은 한 발 더 내디뎠다. 두려움과 확신이 뒤섞인 목소리로,

"그때 그 사고로… 사망하셨다는 분이 있었어요. 혹시…… 그분이…… 당신이 말한 그 사람이었나요?"

"…… 그래요. 내 약혼자였어요. 그녀는…… 나 대신 죽었죠."

그 순간 소영의 눈앞에는 다시 불꽃이 튀는 차체와 타오르던 엔진, 그리고 그 안에서 들렸던 마지막 누군가의 신음이 떠올랐다. 무너지는 철골처럼 머릿속에서 무언가가 와르르 무너져 내렸다. 그것은 단순한 우연이 아니었다. 스쳐 지나간 인연도 아니었다. 그들의 인생은 이미 오래 전, 같은 불길 속에서 교차했던 것이랄까.

잠시 침묵이 흘렀다. 그 침묵은 허공을 맴돌며 두 사람의 심장 깊숙한 곳에 스며들었다. 형두는 마치 오랜 준비 끝에야 꺼내놓을 수 있었던 것처럼 조심스럽게 말을 꺼냈다.

"맞아요. 제가 사랑했던 유일한 사람. 앞으로도 유일하게 사랑하고 있을 사람이었습니다. 그 사람은 그렇게 떠나갔어요. 이름은 서은경이에요. 같은 사고를 겪은 사람과 이야기하는 게 처음인지라 뭐라고 이야기해야 할지는 모르겠지만요. 서은경이라는 이름을 기억해 주세요. 부탁드립니다."

형두의 말은 여전히 담담했다. 하지만 소영은 형두의 고요하고 평온할 것 같기만 한 그 담담함을 들을수록 이루 말할 수 없는 깊은 상실과 무너진 마음이 조용히 스며 있다는 것을 느꼈다. '기억해 주세요.' 그 한마디가 사랑의 마지막 숨결을 누군가에게 전하는 유언처럼 깊이가 있었다. 소영은 괜스레 가슴이 먹먹해졌다. 그와 같은 버스를 탔고, 단지 캐리어가 바뀐 우연으로 그를 알게 되었지만, 그 우연이 이렇게 가슴 아픈 이야기로 이어질 줄은 꿈에도 몰랐다. 그가 품었던 사랑과 상실의 깊이를 생각하자, 소영의 가슴엔 조용한 슬픔이 잔물결처럼 번져 나갔다.

"그분이 부럽네요."

"네, 그게 무슨?"

소영의 느닷없는 말에 형두는 놀란 듯 되물었다.

소영은 대답 대신 잠시 시선을 내렸다. 오랜 시간이 지나도 여전히 누군가의 기억 속에 살아 있는 서은경이 부러웠다. 기억이라는 이름으로 기억되는 '사랑'. 그 존재만으로 누군가의 삶을 깊이 흔들었던 사람. 그건 그녀가 한 번도 가져보지 못한 자리였다. 그 부러움의 뿌리는 백일훈으로부터 비롯한 감정이었다. 자신의 데뷔전에 왔던 백일훈, 프리지아 꽃다발을 한 아름 들고 와서 수줍게 건네던 손길, 서로 감정의 온도가 달라 헤어지던 순간까지도 소영의 머릿속에는 모든 것이 선명했다. 하지만 그 기억은 백일훈에게는 없는, 단지 그녀만의 것이었다.

"그냥 시답지 않은 소리예요. 전 그 사고를 겪은 분과 이렇게 인연이 닿을 줄 몰랐네요. 사실 그래서 이번 비행 때도 긴장을 많이 했어요. 비즈니스석이면 그나마 나은데, 이코노미석이라 좌석 간격도 좁고 난기류 때문에 고생을 해서요."

"그건 저도 마찬가지입니다. 난기류 때문에 잊고 지냈던 기억이 떠오르더라고요. 그게 바로 그 사고였습니다."

"지금은 괜찮아요?"

소영은 빵을 나이프로 자르며 물었다.

소영의 질문에 형두는 잠시 뜸을 들이다 대답했다.

"여전히 기억이 되살아나면 아픈 건 마찬가지입니다. 마냥 괜찮은 날도 있지만, 아직도 사고의 트라우마로부터 벗어나지 못하긴 했어요. 혹시 소영 씨는요?"

"전…… 버스를 못 타요. 차라리 택시를 타면 탔지, 버스를 못 타는 트라우마가 남아 있어요. 지독하더라고요. 이거 때문에 병원을 한두 번 찾아가 본 게 아니에요. 그런데 의사가 그런 말을 하더라고요. 사람들은 육체를 건강하게 하기 위해서 운동을 하는데, 뇌의 건강을 위해서는 움직이지 않는다고요. 그때부터였던 것 같아요. 스물한 살에 사고를 겪고, 트라우마를 극복하기 위해, 또 나를 위해 다정한 것들을 찾아다니며, '다정함'을 테마로 기획하고 기록하게 된 것이요."

형두는 소영이 예술을 시작하게 된 이야기까지 들을 줄 몰랐다. 가벼운 이야기나 하고 헤어지려나 싶었는데, 뜻밖에도 소영의 이야기가 흥미로웠다. 지금까지 만났던 사람 중에 자신과 결이 가장 다를 듯한 사람이 소영이었는데, 뜻밖에도 이야기가 통했다. 소영의 이야기를 들으니,

형두는 자신의 이야기도 아무렇게나 늘어놓고 싶었다. 그걸 소영이 어떻게 받아들일지는 모르겠지만. 한편으로는 소영의 전시가 궁금해졌다.

"혹시 전시 일정을 알 수 있을까요?"

"음. 뉴욕에서는 이제 2주 정도 남았네요. 저는 아마 그 기간에 갤러리에 작품을 맡기고 한국에서 또 다른 작품 작업을 진행할 것 같아요. 이 전시는 연작이거든요. 다정함이 사람을 구한다는 콘셉트 자체는 사실 흔한 것이잖아요. 끊임없이 모티프를 찾아야 하고, 기획하고 작품을 만들어야죠. 그러기 위해서는 부지런해야 하거든요. 2주나 남았는데 지금 온 까닭은 마지막 점검을 위해서죠."

처음엔 그저 흔한 사람 중 하나라고 여겼었는데, 뜻밖에 소영의 전문적인 모습을 보자 형두의 마음속에 묘한 호기심이 일었다. 자신의 상처로부터 벗어나기 위해 '다정함이 세상을 구한다'는 콘셉트의 전시를 기획했다는 이야기를 듣고 나자 문득 궁금해졌다. '이 사람에게는 무슨 일이 있었을까?' 누군가의 존재 자체에 대한 호기심이 인 건 실로 오랜만이었다. 정확히는 은경 이후 처음이었다. 은경에게 처음부터 이성적으로 끌렸다면, 눈앞의 소영은 다른 감정이었다. 같은 사고를 겪은 아픔, 그로 인한 트라우마에서 오랫동안 벗어나지 못하는 고통, 그리고 연인 혹은 배우자와 이별 후 공허한 감정 속에서 헤매고 있다는 것까지, 소영에게선 형두가 오랫동안 껴안고 있었던 감정의 잔해와 닮은 구석이 있었다.

"아프지 않았어요?"

"어떤 게요?"

"사랑하는 사람이 다른 사람과 결혼을 한다는 걸 짐작했을 때 말이에요."

소영은 어느새 브런치를 다 먹고 커피를 들이켜고 있었다. 그녀는 천천히 커피 맛을 음미하며 이야기를 꺼냈다.

"아프죠. 안 아팠으면 이야기를 꺼내지도 않았을 거예요. 언젠간 돌아갈 수 있을 거라고 생각했거든요. 그런데 그건 저만의 착각이었고, 오만이었어요. 이제는 돌아갈 곳이 없네요. 쓸쓸하지만 이게 우리의 마지막이라고 생각을 하니, '차라리 이게 낫구나!' 하는 생각이 들기도 해요."

소영은 생각보다 고통을 잘 견디는 사람처럼 보였다. 형두의 눈에는 그 고통을 마냥 숨기거나 외면하지 않고, 오히려 삶의 일부로 받아들이려 애쓰는 모습이 읽혔다. 그녀는 감정을 눌러 삼키는 대신, 그것을 언어와 기획, 예술이라는 형태로 드러내며 자기만의 방식으로 승화시키고 있었다. 형두 역시 비슷한 방식으로 아픔을 처리해 온 사람이었지만, 소영처럼 그것을 타인에게까지 전해지는 메시지로 완성해 내는 데에는 이르지 못했다.

그녀는 고통의 굴에서 빠져나오는 법을 예술 안에서 모색하고 있었고, 그것을 '다정함'이라는 키워드로 풀어내고 있었다. 처음엔 흔한 사람 중 하나로 여겼지만, 그녀가 내면의 어둠에 직면하고 그 속에서 의미를 찾아가는 모습을 보자 형두는 점점 더 궁금해졌다.

"한 가지 질문 더."

"궁금한 게 많은가 봐요. 비주얼 아트 디렉터를 처음 만나보셨나? 의뢰인 중에 예술하는 사람은 꽤 많을 것 같은데 말이죠."

"그것도 그렇지만……. 다정함이 세상을 구한다고 했잖아요. 어떤 식으로 구한다고 생각합니까?"

"대질심문을 받는 기분이네요."

그 말을 하며 소영은 '푸흐흐' 웃었다. 차형두 이 남자, 자신의 직업은 어디 가서도 속이지 못할 것 같다는 생각이 들어서였다. 말투에서 묻어나는 사무적인 느낌은 예사롭지 않았다.

"제가 깊은 굴에 빠진 적이 있어요. 제 감정의 굴이죠. 그 안에서 저는 곰곰이 생각했어요. 내가 이 난관을 어떻게 타개할 수 있지? 어떻게 해야 벗어날 수 있지? 그런 생각을 계속해서 했어요."

"보통은 그냥 숨어버리거나, 우울함에 갇혀 살지 않습니까?"

"그렇죠. 그런데 저는 그 감정의 늪에서 제 힘으로 헤어 나오고 싶더라고요. 그래서 데뷔전을 치르게 되었고, 그때 누군가 제게 건넨 것이 프리지아 한 다발이었어요. 봄이면 길거리 꽃가게에서 흔히 볼 수 있는 꽃이잖아요. 그런데 이상하게도 그 평범한 꽃이 제 마음을 움직였어요. 저는 전시회에 찾아온 그 남자에게 사랑에 빠진 거죠. 사실 꽃다발 자체는 흔한 것이었죠. 누구나 편하게 건넬 수 있는 특별하지 않은 꽃다발이지만, 그 당시의 제게는 봄꽃처럼 앞으로 피어나라는 뜻으로 여겨졌어요. 그 사람은 계절마다 다른 꽃을 선물해 주고, 능소화 필 여름이면 함께 그 꽃을 보러 산책을 가곤 했죠. 저는 그와 함께하는 그 모든 것이 '다정함'이라고 느꼈죠. 그때 알았어요. 누군가의 다정함은 다른 사람의 세계를 구할 수 있다는 걸요. 그러고 나서 생각했죠. '아, 내가 가야 할 길은 이쪽이다.' 그렇게 저는 제 길을 찾았어요."

형두는 공항과 호텔서 소영을 마주하고 이야기를 할 때까지만 하더라도 그녀가 막연히 애처럼 떼를 쓰는 사람인 줄 알았다. 그러나 이야기를 나누다 보니 전혀 아니었다. 오히려 마흔여덟인 자신보다 사상적으로는 한 단계 위에 있는 듯한 성숙함이 느껴졌다. 이것이 예술을 하는 사람들이 가진 고유의 특성인 것일까. 형두는 점점 더 소영의 이야기가 듣고 싶었다.

"오늘 시간 돼요?"

"오늘은 뭐……. 의뢰인을 만날 일도 없고, 시간은 됩니다."

"그럼, 저랑 맨해튼 거리를 좀 걸을래요? 거기, 낮에는 진짜 예쁘거든요. 사람 많고 복잡한 곳이 뭐가 예쁘냐고 하겠지만, 제 눈에는 그저 천상낙원이에요. 뉴욕에 올 때마다 맨해튼의 수많은 길거리 중에서 인적이 가장 드문 길을 걸었어요. 할렘가는 아니니까, 걱정하지 않아도 되고요."

소영이 덧붙인 말에 형두는 자신도 모르게 웃었다.

"어? 웃었다. 그거 알아요? 저랑 대화하면서 지금 처음으로 웃어 보인 거……. 웃으니까 훨씬 나이스하네요. 그렇게 웃고 다녀요. 무뚝뚝한 표정은 억지로 지어낸 것 같아 보였으니까요."

그 말을 하며 소영은 앞서 걸었다.

자리에 우뚝 선 형두는 가게 창문에 비친 웃는 얼굴의 자신을 살폈다. 정말 오랜만에 미소를 지었다. 일하면서도, 아내를 대하면서도, 절친인 의찬을 만날 때도 지어 보이지 않던 웃음을 되찾은 기분이었다. 웃음이라는 게 이런 감정이었나? 형두는 조금 빠른 걸음으로 소영의 뒤를 따라갔다.

그러다 문득 소영이 뒤를 돌아 형두를 쳐다봤다.

"그러고 보니, 내가 알려고 하다가 알게 된 건 아니고요. 캐리어 속에 여권이 있어서 보게 됐는데 한국 날짜로는 이미 지났겠지만, 오늘 생일 아니에요? 축하해요, 차형두 씨. 특히, 나 같은 사람이랑 생일을 보내는 걸 영광으로 알라고요."

그제야 형두는 자신의 생일이라는 것을 떠올렸다. 생일이 다가올 때면 은경의 생각 때문에 심경이 복잡했던 그였지만, 지금은 다르다. 눈앞에 통통 튀는 여자가 있다. 그 여자의 존재감으로 인해 은경에 대한 생각을 잠시 지울 수 있었다.

"축하, 고맙습니다."

"뭐야, 그게 끝이에요? 생일은 원래 거하게 보내야 하는 거예요. 그쪽도 나도 일하러 왔지만, 오늘 하루는 신나게 놀아보기로 하죠. 어떻게 생각해요?"

대답은 필요하지 않다는 듯 소영은 손을 뻗어 택시를 잡았다. 얼떨결에 택시에 같이 올라타게 된 형두는 소영이 말하는 맨해튼 첼시마켓으로 향했다.

6

그녀는 나의 세상을 바꾸어 놓았다

하루 동안 의뢰인에 대한 생각을 하지 않는다는 것만으로도 형두는 기분이 좋았다. 로펌에 들어간 이후 늘 일에 치여 살기만 했던 터였다. 휴식이라고는 제대로 즐겨본 적 없던 형두는 소영이 이끄는 대로 작은 갤러리에서 열리는 전시회에 들어가 구경도 하고, 한적한 카페에 앉아 고소한 맛이 느껴지는 드립 커피를 마시기도 했다. 한국이었더라면, 혹여나 아내와의 협의이혼 과정에 영향을 받을까 봐 절대 하지도 못했을 일을 하고 있었다.

한참을 다니다 들어간 식당에서 간단한 음식과 커피를 주문한 두 사람은 이야기를 이어갔다.

"소영 씨가 하는 일이 정확히 뭐랬죠?"

형두는 어색하게 물었다. 누군가에 대해 호기심을 가지고 묻는 건 오랜만이었다. 그런 감정이 낯설었다.

"비주얼 아트 디렉터요. 보통 이렇게 말하면 못 알아듣더라고요. 비주얼 아트 디렉터를 한마디로 정의하자면, 시각적으로 보이는 것을 통해 어떠한 메시지를 전달하는 일이라고 해야 할까요. 엔터사 쪽이랑도 일해 보셨을지 모르겠지만, 엔터사 쪽에도 비주얼 아트 디렉터가 있고, 각 분야에서 자신만의 방식으로 디자인 감각을 뽐내는 사람들이 있죠. 그런 범주를 모두 아우르는 말이에요. 그중에서도 전 시각 디자인을 통해 제가 전하고자 하는 메시지, '다정함은 세상을 구한다'를 전하는 사람이고요."

 공항에서 소영을 처음 봤을 땐, 제정신이 아닌 사람처럼 보였다. 돌이켜 생각해 보니 소영에게 미안한 말이었다. 형두는 괜한 사과를 할까 싶다가도, 입을 꾹 다물었다. 어설프게 한 사과가 오히려 일을 그르칠 수도 있다는 생각 때문이었다. 상대의 마음을 제대로 파악하지도 못했으면서 말을 얹는 건 좋은 일은 아니었다. 말 때문에 조심해야 한다는 건 오랜 변호사 생활로 인해 잘 알고 있었다. 쓸데없는 말을 흘리지 말 것. 보장할 수 없는 것을 보장하지 말 것. 가벼운 감정은 가볍게 넘길 것. 그것이 형두가 변호사 생활 동안 배운 것들이었다.

 소영은 자신 앞에 놓인 아이스 아메리카노를 홀짝거리며 이야기했다. 춥다고 니트 두 겹에 숄까지 두르고서는 정작 아이스 아메리카노를 시킨 그녀가 모순적으로 보였지만, 형두가 지적할 만한 것은 아니었다. 사람마다 제각기 다른 취향이 있는 법이니까.

"형두 씨는 변호사로서 주로 어떤 유형의 의뢰인을 대상으로 작업하시나요? '작업'이라고 하니까 조금 웃습게 들릴 수도 있지만요?"

순간 형두는 망설였다. 자신이 범죄자들만을 상대로 변호한다고 밝히는 것이 몹시 부끄러웠다.

"그, 아무래도……."

"아. 이야기 못 하는 거 보니깐 알겠다. 피의자들을 위한 변호사. 맞죠?"

소영은 제법 눈치가 빨랐다. 그녀의 재빠른 말에 형두는 얼빠진 표정으로 고개를 끄덕였다.

"그래요. 세상에는 착한 사람들을 위한 변호사도 있는 반면, 소위 말하는, 있는 집 자식을 위한 변호사도 있겠죠. 자본주의 사회에서는 모두 용인이 되는 거니까요. 이번에 뉴욕에 온 것도 그것과 관련이 있어서겠죠?"

"네, 굳이 따지고 들자면 형량을 낮추기 위해 이런저런 토의를 해 보려고 왔습니다."

"토의는 성공적이었나요? 그게 문득 궁금해지네요. 제가 궁금해한다고 해서 달라질 건 없겠지만."

"뭐……. 늘 잘못한 사람은 자기 잘못을 모르긴 해요. 그냥 돈이면 다 되는 줄 알거든요."

"처음부터 꿈이 범죄자들을 변호하는 사람이었어요?"

소영의 질문은 예리했다. 형두는 자신의 아내 인혜도 궁금해하지 않았을 내용을 알고 싶어 하는 소영의 질문에 심장 한구석이 아렸다. 은경이 살아 있다면 지금의 자신을 어떻게 볼까? 같은 버스를 타고 가다 사고 트라우마를 여전히 앓고 있는 소영은 은경의 또 다른 모습으로 느껴졌다. 은경을 지울 때도 되었다고 생각했는데, 소영의 예리한 질문은 마음속을 파고들어 자신에 대한 반성으로 이어졌다. 은경이 만약 지금 하늘에서 지켜보고 있다면 변한 자신에게 얼마나 큰 실망감을 느꼈을지 상상조차 할 수 없었다.

"그건 아니죠. 인권 변호사를 꿈꾸던 시절이 있었습니다. 아주 오래전에요. 그……, 그녀가 살아 있을 적에요."

그 말에 소영은 짧게 "아!" 하더니 형두가 무슨 이야기를 하려는지 잘 알겠다는 듯 진중한 눈빛으로 변했다.

"누구에게나 시작점은 있는 법이죠. 그 시작점이 어떤 부분이냐에 따라 달라지겠지만요. 그분이 생의 모든 것을 바꿀 정도로 굉장히 소중한 사람이었나 봐요."

"그 사람을 위해서라면 더러운 일은 손에도 대고 싶지 않았습니다. 깨끗한 삶을 살고 싶었죠. 그 여행이 마지막이 될 줄 알았더라면 전 애초에 시작조차 안 했을 겁니다."

"두 분은 어떻게 만나게 되었어요?"

소영의 질문에 형두의 기억은 1학년 2학기 9월로 되돌아갔다. 슬슬 낙엽이 하나둘 날리기 시작할 무렵이었다. 푸릇했던 여름은 가고, 가을이 다가오고 있었다. 1997년의 가을. 법대 1학년, 아직 낭만이 있던 시절이었다. 대학교 신입생인 자신은 늘 자신감에 꽉 차 있었다. 그런 자신에게 들어왔던 음대생과의 소개팅 제안. 형두는 당찬 목소리로 자신을 찾아왔던 은경의 모습을 떠올렸다.

"그 친구가 저를 먼저 좋아했어요. 같은 교양 수업을 듣고 있었더라고요. 전 관심이 없었죠. 여자는 제 관심 밖이었으니까요. 저는 누구보다 빠르게 사시를 통과하는 것이 목표였어요. 그럴 수밖에 없는 가정 형편에서 자랐으니까."

형두는 자신의 속내를 상세히 밝히는 것이 꽤 오랜만이라는 생각이 들었다. 자신의 친구, 의찬에게나 가끔 털어놓고 했던 이야기를 제대로 만난 지 몇 시간도 안 된 여자에게 하고 있다는 것만 봐도 그랬다.

"가을이었어요. 낙엽이 슬슬 떨어지려고 하는 순간. 캠퍼스는 낙엽색으로 물들어 있었고, 그때 그 친구가 저에게 다가와서 자신이 소개팅 상대라고 하더군요. 신선했어요. 제아무리 시대가 바뀌었다고 하더라도 먼저 다가오는 여자는 없었으니까. 잘난 것이라고는 좋은 머리밖에 없는 제게 부잣집 딸이자, 유명한 아티스트로 물망에 오른 그녀가 말을 걸어준다는 것이 신기하게만 느껴졌죠."

형두는 말을 멈추고 잠시 창밖을 바라보았다. 밤공기 속 가로등 불빛 아래 나뒹구는 낙엽이 마치 그날의 은경처럼 다가왔다. 무심히 불어온 바람결에 반쯤 지워졌던 기억이 다시 또렷해졌다. 그때의 자신은 세상의 모든 것을 가질 수 있다고 믿고 있었다. 은경조차도, 자신에게 어울리는 운명이라 착각했었다. 소영은 그의 말에 가볍게 고개를 끄덕이며 말했다.

"혹시 몇 학번이었는지 물어봐도 되나요?"

"97학번이요."

"와. 저는 06학번이요. 저랑은 9학번 차이가 나네요. 저는 뉴욕에서 디자인을 전공해서 어차피 학번이 비슷하다 하더라도 마주칠 일은 없었겠네요."

엉뚱하게 흐르는 소영의 말에 형두는 자신도 모르게 웃음이 새어 나오는 것을 막지 못했다.

소영의 말은 잠시 회상에 잠겼던 형두를 현재로 끌어당겼다. 그 말투도, 표정도 한결같이 경쾌했지만, 그 안에 무심한 듯 깊이 있는 배려가 숨어 있는 듯했다.

"미국에서 대학을 나왔어요?"

"네. 디자인 쪽은 뉴욕이라는 인식이 강하잖아요. 예고를 졸업하기 전부터 유학을 준비했어요. 뉴욕 아트 스쿨로요. 물론, 유학을 준비하던 그때 당시만 하더라도, 전 제가 비주얼 아트 디렉터가 될 줄은 몰랐죠. 머나먼 꿈이라고 생각했으니까요. 이야기를 하다 보니 사고가 났던 그날이 떠올라요. 한국에서 친구들과 여행을 가는 길이었어요. 그때의 친구들과 지금은 연락을 하지 않고 지내지만."

"왜 연락은 하지 않게 된 건데요? 보통 어렸을 적 친구가 오래간다고 하지 않나?"

형두의 말에 소영의 표정은 한순간 쓸쓸해졌다.

"친구 사이에서도 따져야 할 것들이 많더라고요. 집안 환경, 서로가 자라는 환경, 주변을 감싼 모든 것이 달라지면 달라질수록 인연이 잘려 나가더라고요. 그건 차 변호사님, 형두 씨도 경험했을 듯한데 아닌가요? 제아무리 인연을 유지하고 싶어서, 다정하고 싶어도 다정할 수 없는 것들이 있어요. 온 마음을 다해 움직이려고 해도 움직여지지 않는 것들요. 전 그런 것들을 느끼며 점점 무기력해졌죠."

"그럼, 지금은 친구가 없단 말입니까?"

그 말에 소영은 호탕하게 웃었다.

"아뇨. 있죠. 대학 친구들. 뉴욕 아트 스쿨을 함께 나온 친구들이죠. 몇 안 되는 소중한 친구들이에요. 그 친구들이 없었더라면 아무래도……. 상황은 많이 달라졌겠죠. 대학에서 만난 친구를 통해 데뷔전을 기획할 수 있었고, 그 친구들 때문에 무명의 작가 생활도 견뎌냈으니까요."

"혹시 그 친구가 결혼을 꿈꿨다던 분과 결혼을 약속한……?"

"맞아요. 줄리아 최. 한국 이름은 최서희예요. 아무튼 줄리아는 뉴욕에서 태어났죠, 저와는 뉴욕 아트 스쿨 동기예요. 졸업하자마자 엄마가 운영하던 갤러리를 물려준 업계의 금수저랄까요. 제 오랜 무명 생활 속에서도 저를 지켜 준 친구였어요. 한 번에 빵 뜰 줄 알았건만……. 뭐 이젠 지나간 이야기죠. 아무튼 저는 보이는 것보다 무명 생활이 길었어요. 지금이야 성공적인 전시를 하고 있다지만……. 언제 업계 트렌드가 바뀔지도 모르는 일이고요."

"저처럼 늘 공부해야 하는 직업이로군요."

"방향성은 다르지만 그렇다고 할 수 있죠."

형두는 낯선 사람과 대화를 하고 있음에도 이야기가 잘 통한다는 생각이 들었다. 공항에서 마주했던 소영의 예민한 모습은 잊힌 지 오래였다. 지금의 소영은 '다정함이 세상을 구한다'는 말처럼 말 한마디 한마디에 다정함이 묻어 있었다. 주변을 생각하는 마음이 어떤 것인지 형두 역시 자신을 돌이켜볼 기회였다. 의찬이가 형두의 머릿속을 기웃거렸다.

'의찬이 녀석한테 연락을 해 봐야 할 것도 같은데…….'

며칠 동안 바쁘다는 이유로 의찬에게 연락하지 않았다. 의찬이 먼저 연락해 오더라도 그가 꾸려나가는 삶이 부러워 무시했던 적도 있었다. 의찬은 늘 형두에게 이야기했다. 지금이라도 늦지 않았으니 인권 변호사로 다시 시작할 생각이 없냐고.

"초심은 잃어도 좋아. 그런데 형두야. 초심을 잊지는 마라. 이게 내가 너한테 해 주고 싶은 말이다. 초심은 잃을 수도 있어. 그런데 잊는 건 아니야. 네가 지금 가는 길이 처음부터 네가 원하던 길인지 다시 생각해 봐. 우리가 캠퍼스에 앉아 이야기를 나누던 그 시간들을 말이야."

다들 형두가 쌓은 부와 권력을 부러워할 때, 의찬만은 다른 의견을 냈다.

"저에게는 친구 한 명이 있어요. 인권 변호사로 활동 중인 친구죠. 저보다 사시는 늦게 합격했지만, 그 친구는 뜻이 확고했습니다. 지금도 인권 변호사로 지내요. 잘 사는 것은 아니지만 가정을 꾸리고 행복하게 알콩달콩 살고 있어요. 저도 인권 변호사를 꿈꾸던 시절이 있었으니 그 친구가 때로는 부럽기도 하더라고요."

그러자 소영이 의아하단 얼굴로 물었다.

"그럼, 지금이라도 범죄자들을 변호하는 일을 그만두면 되는 거잖아요?"

"이제 와서 그런다고 하더라도 달라지는 일이 있을까요? 한 번 손에 더러운 걸 묻힌 놈이 깨끗해지려고 한다고 해서, 과연 깨끗해질 수 있는지 저는 알고 싶거든요. 그럴 수 없다는 걸 알아요. 부와 권력은 쌓았지만, 명예는 밑바닥을 기고 있죠. 모두가 제 뒤에서 욕을 할 거예요. 더러운 놈이라고."

형두는 어쩌다 자신의 이런 속마음까지 소영에게 이야기하고 있는 것인지 의아했다.

소영이 듣고 싶은 건 이런 유의 이야기가 아닐지도 몰랐다. 그런데도 인혜에게조차 털어놓지 않았던 속마음이 툭툭 터져 나오는 데엔 이유가 있을 것이 분명했다.

"성인군자라 하더라도 뒤에서는 욕을 먹게 돼 있어요. 질투하고 시기하는 사람들은 언제나 존재하니까요. 그런 것들을 신경 쓰기보다는 다른 쪽으로 생각해 보는 게 어떨까요? 97학번이라……. 저랑 9학번 차이가 나니 9살 차이가 나겠네요. 마흔여덟. 새로 출발하기 딱 좋은 나이라는 생각이 들지 않아요? 그보다 더 늦게 자신의 꿈을 찾아 나서는 사람도 있는데 말이죠."

소영의 말을 듣는 순간, 형두는 무뎌졌다고 믿었던 마음 한구석이 조용히 뭉클해지는 걸 느꼈다. 소영은 춥다며 몸을 떨면서도 아이스 아메리카노를 끝까지 놓지 않았다. 스스로에게는 모순적이고, 남에게는 단호하게 옳은 말을 하는 사람. 그 말들 안에 인간에 대한 애정이 배어 있었다. 그녀와 이야기를 나누다 보니, 형두는 문득 자신이 해 온 변호사 일에 깊은 회의가 밀려드는 걸 느꼈다. 감정을 지우고, 논리만 좇아온 시간들. 그 앞에 소영은 낡고 무거운 거울처럼 서 있었다.

물론 그만두려거든 얼마든지 그만둘 수 있었다. 이미 벌 만큼 벌었고, 장인의 수족 노릇도 더는 할 필요가 없었다. 인혜와 이혼하게 되었으니, 로펌을 떠나 새로운 출발을 할 수도 있었다. 또 알뜰살뜰 살림을 꾸려가며 소소한 행복 속에서 즐거움을 찾는 의찬처럼 살 수 있었다. 이미 평생을 놀고먹는다 하더라도 부족하지 않을 정도의 부를 쌓았다. 자신이 허튼 데에 쓰지 않는다면 가진 돈은 줄어들지 않을 것이다. 도박, 주식, 코인 따위로 돈을 날리지만 않는다면.

형두는 문득 궁금한 것이 생겼다. 눈앞에 앉은 예술가라면, '다정함이 세상을 구한다'라고 믿는 이라면 과연 그는 어떤 선택을 할 것인가.

"다정함이 세상을 구한다고 했잖아요. 그쪽이라면 어떻게 할 겁니까?"

그러자 소영이 정정했다.

"그쪽이 아니라 강소영이요, 강소영. 이름 부르는 게 편해요. 이쪽, 저쪽, 그쪽 같은 표현보다."

"그래요, 소영 씨. 당신이라면 만약 나처럼 부와 권력만을 좇던 사람이라면 어떤 선택을 하겠습니까?"

"저라면 그 선택을 버릴 거예요. 다정하지 않잖아요. 다정한 것이 세상을 구한다고 이야기하고 다니는 사람인데, 다정하지 않은 것들을 행할 필요가 있을까요?"

소영의 말은 틀린 게 없었다. 맞는 말이었다. 다정하지 않다? 형두의 마음에도 깊게 와닿는 말이었다.

포크와 나이프를 먼저 내려놓은 것은 형두였다. 소영은 소시지를 마지막까지 야무지게 잘라 먹었다.

"입이 짧으시네요? 건강 관리, 그런 거 하는 거예요?"

소영의 질문에 형두는 고개를 저었다. 딱히 건강 관리를 한 적은 없다. 외적으로 초라해 보이지 않기 위해 꾸준히 헬스는 했지만, 오늘은 헬스를 간만에 쉰 날이다.

"변호사로서 깔끔해 보이기 위해 헬스를 하긴 합니다만, 식단까지는 하지 않아요. 뭐든 잘 먹고 살자는 마인드로 살거든요. 피곤해요, 식단까지 관리하는 거. 고객들 수임료 받아가면서 일처리하는 것도 지치는데, 식단까지 관리하기란……."

"그럼, 다 드셨으면 일어나요. 머리 좀 식히죠. 시간 되죠?"

소영의 말에 형두는 조금 놀란 듯, 그러나 거부할 수 없다는 듯 고개를 끄덕였다. 살펴야 할 서류들이 산더미처럼 아득했지만, 일보다 더 중요한 게 있다는 걸 아주 오랜만에야 떠올린 순간이었다. 인간답게 쉬는 법을 까맣게 잊고 살았다는 걸 형두는 이 자리에서야 실감했다.

식당을 나서자, 뉴욕의 초겨울 바람이 옷깃 사이를 디밀고 들어왔다. 차갑고도 맑은 공기, 그 차가움이 오히려 형두의 정신을 또렷하게 만들었다. 멍하니 살아왔던 지난 시간들이, 바람 한 줄기에 씻겨 내려가는 기분이었다. 그리고 옆에 걷는 소영. 그녀의 존재는 그 바람만큼이나 또렷하게 형두의 감각을 일깨웠다.

"걸을까요?"

소영의 말에 형두는 다시 한번 고개를 끄덕였다. 그는 늘 누군가를 이끌며 살아왔다. 법정에서도 인생에서도. 하지만 지금만큼은 그 무게를 내려놓고 싶었다. 누군가에게 이끌려도 괜찮겠다고 느꼈다. 소영은 생각보다 유쾌했고, 또 단단했다. 처음엔 그 단단함이 거칠고 버릇없어 보였지만, 조금씩 대화를 나누다 보니 알 수 있었다. 그녀는 제멋대로가 아니라, 그저 자기 확신이 분명한 사람이었다. 그리고 그런 사람이 지금은 그의 곁을 천천히 걷고 있다.

"아, 추워."

소영은 몸을 바르르 떨더니 다짜고짜 형두의 팔에 팔짱을 꼈다. 깜짝 놀란 형두가 시선을 아래로 향하자, 소영은 미소를 지으며 이야기했다.

"춥잖아요. 추울 땐 이래도 되죠? 어차피 혼자도 아니고, 둘이 걷는데 둘 다 추울 이윤······."

그때였다.

소영의 말이 멈춘 것은.

소영의 시선은 어느새 정면을 향하고 있었고, 맞은편에 동양인 남녀가 다정하게 손깍지를 낀 채 걸어오고 있었다.

형두는 눈치챘다. 동양인 남녀가 소영의 지인이라는 것을.

그리고 하소연 속 '다른 사람과 결혼한다'던 사람이 맞은편 커플이라는 것도.

"줄리아!"

소영의 목소리가 낮게 가라앉았다.

사람이 적지 않은 곳이었음에도 소영의 목소리는 줄리아에게 가닿았다.

분노한 듯한 소영을 발견한 줄리아의 표정은 긴장으로 가득 차 있었다. 그러자 옆에 있던 일훈이 줄리아를 자신의 품에 안았다.

'강소영. 그딴 눈으로 바라보지 마. 우린 이미 끝난 사이야. 우리가 시작하는 데에 문제될 건 없었어.'

백일훈은 마치 그렇게 말하는 눈빛으로 소영을 쏘아보았다. 그러나 소영은 일훈을 신경 쓰지 않았다. 그녀의 신경은 온통 줄리아에게만 향해 있었다.

"줄리아. 너, 아니라고 했잖아."

"소영아, 그게 말이야. 내가 나중에 차근차근 이야기하려고 했는데……."

"아니라며?"

"그러니까 소영아, 내가 말하고자 하는 건……."

갑자기 일훈이 나섰다.

"이번 뉴욕에서 열리는 전시전. 그 총기획 담당자가 나인 건 알고 있지?"

일훈의 말은 협박에 가까웠다. 그런 일훈의 말을 듣던 소영은 비꼬듯 이야기했다.

"그래서 뭐? 너희 둘을 건드리면 전시도 취소시키겠다, 이딴 구시대적인 발언을 하고 싶은 거야? 작성한 계약을 무를 수는 없다는 걸 백일훈 너도 알고 있을 텐데."

소영이 으르렁대듯 이야기했다.

"너야말로 다른 남자 팔짱 끼고 다니며 여유로워 보이는데, 우리라고 해서 그러지 못할 건 없잖아?"

갑작스러운 줄리아의 말에 소영의 표정은 순간적인 당황이 역력했다.

남녀 두 커플이 길거리에서 목소리를 높이자, 맨해튼 첼시마켓을 지나가는 사람들이 힐끔거렸다. 수많은 사람의 시선을 받으면서도 소영은 밀릴 수 없었다. 지금 지는 건 앞으로도 진다는 것과 동일한 뜻이었다.

"줄리아. 너 아니라고 했어, 분명히…. 그런데 지금 백일훈하고 네가 손을 잡고 다정하게 있다? 결혼이잖아."

그러자 줄리아가 피식 비웃더니 말을 이었다.

"야, 그래. 강소영. 나 일훈이랑 결혼해. 너 같이 태초에 반짝거리던 보석은 아니었을지 몰라도 우리 둘은 조건이 맞거든. 강소영, 너 솔직히 일훈이 부모님이 널 탐탁지 않게 여겼기 때문인 거잖아? 불규칙적인 수입, 성공할지조차 모를 불확실한 미래, 결국 그 모든 것이 너를 밀어낸 거잖아?"

 줄리아의 말은 사실이 아니었다. 소영은 재벌가의 아들이라 소문이 돌던 일훈의 부모님을 뵌 적이 없었다. 한 가지 확실한 것은, 지금 자신의 앞에 있는 사람은 오랜 시간 곁을 지켰던 친구 줄리아의 모습과 다르다는 것이었다. 지난 시간 알아 왔던 줄리아는 톡 쏘는 말을 할 줄 모르는 사람이었다. 줄리아의 모습을 보며 소영은 자신이 알고 있던 세계가 무너져 내리는 듯한 느낌을 받았다.

 "나에게 독설을 퍼붓는 게 진짜 줄리아 네가 맞아?"

 소영의 목소리가 떨리자, 옆에 있던 형두가 조심스럽게 소영의 손을 잡았다.

 가뜩이나 차가웠던 소영의 손이 줄리아에 대한 분노 때문인지 얼음장처럼 식어 있었다. 소영은 쉽게 진정되지 않는지 거친 숨을 내뿜으며, 감정을 억누르고 있었다.

 "네가 뭔가 오해를 하고 있는가 본데, 난 일훈 씨 부모님 뵌 적이 없어. 나를 공격하기 전에 너에 대해 돌아보는 게 어때?"

 "소영 씨, 그만……."

 형두가 말렸지만, 소영의 입에선 적나라한 말이 튀어나왔다.

 "적어도 집안에 돈이 많아 갤러리 차리고 은근슬쩍 갑질하는 너보다 내가 나아. 나는 알엔갤러리에서 데뷔전을 치른 작가니까. 일 년에 몇 안 되는 소수 작가가 데뷔하는 그곳에서 나는 데뷔했어. 너는? 전공을 한 너는 아무것도 못 했잖아. 그러지 않아? 네 부모님 아니었으면 네가 뉴욕 한복판에 있는 갤러리 관장이 될 수 있었을까?"

결국은 인신공격까지 흘러갔다. 형두는 머리가 지끈거렸다. 법정에서 자주 볼 수 있는 모습을 여기서까지 볼 줄은 몰랐다. 소영이 쉽게 무너지지 않는 것은 좋았지만, 이러다 쌍방 과실 폭행으로라도 이어진다면……. 자신이 소영의 변호사를 맡을 의사는 있었지만 난처했다.

"강소영. 이번 전시 취소야. 위약금은 다 낼 테니 그리 알아."

줄리아는 일훈의 손을 뿌리치고는 뒤돌아섰다. 그런 줄리아를 보던 일훈은 소영을 향해 고개를 돌리곤 막말을 퍼부었다.

"내가 이래서 너한테 질린 거야. 알았어? 너는 사랑 같은 거 받을 자격 없는 사람이니까. 겉으로는 다정함이 세상을 구한다? 이 따위로 말하면서도 결국은 보잘것없고 하찮고 쓸모없는 사람이라는 걸 네 스스로 증명하고 말잖아. 나, 줄리아랑 결혼할 거야. 방해하지 마. 난 내 앞길 방해하는 사람, 난 그런 사람 제일 싫고, 역겨워. 지금 네 모습처럼."

일훈은 멀어지는 줄리아를 향해 뛰어갔다. 소영은 얼빠진 얼굴이 되었다. 이 모습을 지켜보던 형두는 조심스럽게 소영에게 물었다.

"괜찮아요?"

그러나 소영에게서 돌아오는 대답은 없었다. 자세히 들여다보니 그녀의 눈가에 이미 눈물이 고여 있었다. 잠시 후, 그 눈물이 조용히, 그러나 멈출 수 없다는 듯 그녀의 뺨을 타고 흘러내렸다.

형두는 잠시 망설이다 소영을 품에 안고 다독였다. 그러자 소영의 울음이 커졌다.

"단 한 번도……. 저런 말을 한 적 없던 사람들이 나에게 저런 말을 했어요. 믿기지 않아요. 어떻게…… 어떻게 이럴 수 있죠? 나는 저들에게 단 한 번도 냉정했던 적이 없어요. 제가 가장 믿었던 사람들이기도 하고요. 다정도 세상을 구한다며 믿던 사람들이었는데……. 제가 역겹대요. 어떻게 그런 표현을?"

소영은 말을 더듬으면서도 속상한지 자신의 안에 있는 모든 것을 털어놓았다. 모든 상황을 알지 못하는 형두로서는 안고 위로해 주는 것이 전부일 뿐이었다.

"누군가는 때때로 다정함을 받을 자격이 없기도 해요."

형두의 이성적인 머리가 선택한 말은 고작해야 이런 것이었다. 그러나 소영의 마음에는 깊이 가닿지 않은 듯했다. 그녀의 울음은 쉽게 멎지 않았으니까.

흐느끼는 소영을 안은 채 형두는 걱정스러운 표정으로 주변을 살폈다. 그녀의 어깨가 미세하게 떨리고 있었고, 눈에 띄게 감정이 북받쳐 있었다. 하지만 두 사람을 지나치는 이들의 시선도 점점 거슬리기 시작했다. 도심 한복판, 벤치에 앉은 아시안 커플이 울고 있는 모습은 쉽게 눈길을 끌었다. 몇몇은 힐끔거리다 못해 아예 발걸음을 멈췄고, 한 외국인 여성이 다가와 조심스레 물었다.

"괜찮으세요? 이 사람이 울린 건가요?"

형두는 당황한 채 고개를 저었다.

"아뇨, 제가 울린 게 아닙니다. 그냥…… 슬픈 일이 있었어요."

그의 해명을 들었는지조차 확실치 않았다. 이미 사람들의 눈빛엔 오해와 호기심이 잔뜩 묻어나 있었다. 형두는 괜히 주위를 둘러보다가 시선을 거두고, 조용히 소영의 어깨를 감싸 안았다. 지금은 그저, 그녀가 울음을 멈출 때까지 옆에 있어야 했다.

"소영 씨. 조금 움직일까요? 여기는 사람이 너무 많아요. 우리는 오해를 사기 딱 좋은 상황이 되었고, 나는 지금 수많은 오해를 받고 있어요. 우리는 조금 더 인적이 드문 곳에서 속을 털어놓을 필요가 있어요."

"담배, 담배 좀 피워요."

한참 울던 소영이 꺼낸 말은 뜻밖에도 담배 한 대 피우자는 말이었다. 형두는 조용히 고개를 끄덕이며 그녀와 함께 인적이 드문 골목길로 들어섰다. 그곳에는 희미하게 마리화나의 쩐내가 나돌았지만, 형두는 애써 모른 척했다. 소영이 담배필터를 입술에 물자 라이터로 불을 붙여주고는 이윽고 자신도 담배를 꺼내 물고는 깊게 한 모금 들이마셨다.

"정말 이번 전시가 취소되는 거예요?"

"저도 모르겠어요. 줄리아가 저런 말 내뱉은 적은 단 한 번도 없어서요. 줄리아가 내뱉은 말을 온전히 이해할 수 없어요. 표독스러운 모습을 보인 적 없던 애가……. 그런데 나 나빴죠. 사람을 이해한다면서, 다정함이 세상을 구한다면서 다정하지 못했잖아요. 모순적이죠. 이런 사람이…….."

그때 형두가 차분한 목소리로 이야기했다.

"강소영 씨. 지금 생각할 건 단 하나밖에 없어요."

"무슨?"

"다정함은 세상을 구하죠. 그 대상을 바꿀 필요도 있는 거예요. 모든 이를 구해낼 수는 없어요. 모두를 구하는 건 존재하는지 안 하는지도 모를 신이 하는 것이고요. 소영 씨는 소영 씨의 자리에서 최선을 다하면 되는 거예요. 알겠어요? 이성을 차려요. 이럴 때일수록 더 냉정해져야 해요. 잔인하게 들릴지 몰라도."

"아……."

형두는 소영의 얼굴을 물끄러미 바라봤다. 눈물길을 따라 화장이 살짝 지워져 있었다. 형두는 조심스럽게 소영의 얼굴로 손을 뻗었다. 소영은 무의식적으로 눈을 감았다. 그런 소영의 얼굴에 번진 화장을 엄지로 지운 형두는 소영을 다시 한번 품에 안았다. 시원한 멘톨향이 소영을 감싸고 있었다.

"소영 씨, 어떠한 것들은 때때로 잘 쌓아왔다고 해도 무너지는 날이 있어요."

"형두 씨는 저보다 많은 것을 알고 있네요. 저보다 더 멋진 삶을 살아온 것만 같아요."

"아뇨. 저는 단 한 번도 떳떳했던 적 없는 사람이에요. 지금이야 당당하게 이런 말을 내뱉고는 있지만……. 아무튼, 그래요. 소영 씨. 무너지지 마요. 그 말을 해 주고 싶었어요."

형두의 시선이 소영의 눈동자에 닿았다. 눈물로 젖어 어딘가 흐릿한 그 눈빛에는 말로 다 전할 수 없는 슬픔이 담겨 있었다. 형두는 잠시 숨을 고르고는 고개를 천천히 기울였다. 그리고 마침내 그녀의 입술에 아주 조심스럽게, 마치 허락을 묻듯 입을 맞췄다. 소영은 물러서지 않았다. 오히려 그녀의 두 팔이 조심스레 형두의 허리를 감싸안았다. 망설임 없이, 그러나 서두르지 않고, 그녀는 형두의 입맞춤에 마음을 실어 화답했다. 입술이 부드럽게 포개졌다. 소영의 입술은 미묘하게 달콤했고, 약간은 떨리고 있었다. 형두는 그 떨림을 고요하게 받아들이며, 그녀의 아랫입술을 살짝 깨물었다가 놓았다. 한숨처럼 가벼운 숨결이 두 사람 사이를 스쳤다.

그는 이어서 조심스럽게, 날아오를 듯 가벼운 버드 키스를 한 번 더 남겼다. 감정을 다 전하지는 않되, 그 감정이 존재한다는 것을 알려주는 짧고 은은한 입맞춤이었다. 그 순간만큼은, 슬픔도 죄책감도 잠시 말을 멈춘 듯했다. 형두는 그녀의 이마에 손끝을 살짝 얹으며 숨을 고르듯 속삭였다. 말은 없었지만, 그의 눈빛은 말하고 있었다.

"이건……. 뭐예요?"

소영은 혼란스러워 보였다.

그런 소영에게 형두는 이야기했다.

"오늘의 첫 번째 선물이라고 해 두죠. 술 좋아해요? 한잔할까요? 이 근처에 잘 아는 술집이라도 있어요? 전 아무래도 출장을 주로 왔다 보니 근처를 둘러볼 여유가 없었거든요."

그러자 소영이 물었다.

"혹시 올드 재즈 좋아해요? 쳇 베이커라든가…… 빌 에반스 같은 사람들."

소영의 물음에 형두는 잠시 고민했다. 일할 때는 음악조차 듣지 않는 그였기에, 음악 쪽으로는 문외한이었다. 그나마 오래전 첫사랑이 연주하던 곡들은 기억했지만, 그마저도 오래되었기에 정확한 기억이 맞는지 확신할 수 없었다.

"사실 음악과 거리를 두고 지낸 지 오래되었네요. 쳇 베이커나 빌 에반스 같은 사람들의 이름은 스쳐 간 적 있지만, 정확히 기억하진 않아요. 그들의 대표곡이라거나 이런 것들은 모르거든요."

"혹시 재즈에 대한 거부감 같은 게 있는 건 아니죠?"

"그럼요, 거부감이라고 할 만한 건 없죠. 그냥 편히 음악을 듣자는 주의여서요."

"그렇다면 오늘 그 시간을 체험해 보기로 해요. 올드 재즈의 매력을 느끼다 보면, 형두 씨도 기분이 조금 더 나아지지 않을까, 하는 생각이 들거든요."

정작 기분이 좋아져야 하는 건 강소영 자신이면서, 형두는 자신을 배려하는 소영의 모습이 사뭇 웃기기도 했다.

"일어나요, 가죠. 문라이트 블루라는 펍이 있어요."

"문라이트 블루라……."

"월백이라는 뜻이죠. 푸르스름한 달빛을 이야기하는 단어예요. 아름답지 않나요? 달빛을 이야기하는 바에 앉아 쳇 베이커, 빌 에반스 같은 이들의 음악을 들으며 한 잔 하는 게 저에겐 뉴욕 여행 중 가장 즐거운 기억이었거든요."

"그럼 가죠."

문라이트 블루는 두 사람이 있는 맨해튼 첼시마켓의 가장 구석진 자리에 있었다. 골목을 네 번쯤 도니 문라이트 블루라는 작은 간판이 당장에라도 꺼질 듯 아슬아슬했다. 아는 사람만 아는 가게라는 느낌이 물씬 들었다. 형두는 뉴욕에 와서 맨해튼의 거리 곳곳을 구경해 보는 것이 이번이 처음이었기에 모든 것이 신기했다.

"꽤 구석에 있죠? 그렇다고 해서 이상한 곳은 아니에요. 꽤 분위기 좋은 곳이기도 하고요. 아는 사람들만 안다는 게 단점이긴 하지만. 아니, 그게 오히려 장점이라고 해도 될 거 같아요. 그 나름대로 매력이 있잖아요."

입구 문을 열기 전까지는 구석에 있는 낡고 작은 바로 보였기에 형두는 다른 말을 보태지 않았다. 그러나 막상 문을 여는 순간 들려온 음악은 'I fall in love too easily'라는 노랫말이었다. 나는 쉽게 사랑에 빠진다는 노랫말이 형두의 몸을 훑고 지나갔다. 순간 형두는 자신보다 한 뼘쯤 작은 소영 쪽으로 시선이 향했다. 그녀의 눈빛은 반짝이고 있었다. 지금 나오는 노래가 그녀에게는 익숙한 노래인 듯 노랫말을 흥얼거리고 있었다. 그런 그녀의 모습에 형두는 은연중에 그녀의 입술 쪽으로 시선이 꽂혔다. 도톰한 아랫입술을 보는 순간, 형두는 자신도 모르게 침을 꼴깍 삼켰다. 누군가를 보면서 욕망이 인 건 오랜만이었다. 이 바의 분위기 때문인지, 아니면 어두운 불빛 때문인지, 그마저도 아니면 소영이 탐스럽기 때문인지 머릿속이 복잡했다. 인혜와 의무적으로 맺었던 섹스, 그 이상의 것을 소영과 함께 하고 싶었다. 인혜와는 다른 감정이었다. 인혜와의 섹스가 의무적이었고, 그녀가 원할 때만 이루어졌던 것에 비한다면, 지금은 전혀 결이 달랐다. 소영의 밤을 훔치고 싶었다. 그녀의 탐스러운 아랫입술도. 그녀의 모든 것이 자신에게 속했으면 하는 마음이 생겨났다. 그런 욕망이 이는 것을 소영은 아는지 모르는지 익숙하게 웨이터에게 주문했다. 팁을 건네며.

"지금 나오는 이 노래의 제목은 들어서 알겠지만, 'I fall in love too easily'라는 곡이에요. 쳇 베이커의 곡이죠. 제가 곡 설명을 조금 길게 해도 될까요? 너무 좋아하는 아티스트라서 그래요."

소영의 물음에 형두는 고개를 끄덕였다. 그러자 소영의 설명이 이어졌다.

"저는요, 이 아티스트를 좋아하게 된 게 오래전 만났던 남자 친구 때문이었어요. 재즈를 하는 사람이었거든요. 그중에서도 올드 재즈를 좋아했어요. 쳇 베이커라는 가수를 알게 된 것도 다 그 때문이었죠. 쳇 베이커가 부르는 'Blue room'이라는 곡이 있어요. 아무것도 놓이지 않은 방에서 그 음악을 듣고 있다 보면 사랑이란 무엇일까, 사람이란 무엇일까, 삶이란 무엇일까? 이런 생각을 하게 되더라고요."

"사랑과 사람과 삶이라. 꽤 단어 유희가 섞여 있네요."

"맞아요. 사랑과 사람이 합쳐지면 삶이 아닐까 하는 생각을 했던 적이 있어요."

"소영 씨의 이야기를 듣다 보면 그 요즘 젊은이들 사이에서 유행하는 그 성격 유형 테스트가 뭐였죠?"

"MBTI요?"

"네. 맞아요. 그게 떠올라요. 잘 모르긴 해도 소영 씨는 상상력이 풍부한 사람인 데다, 세상을 보는 시야가 넓다는 생각이 들거든요. 물론, 제 추측일 뿐이긴 합니다만."

"그런 말이 있어요. 사람은 자신의 세상을 넓혀준 사람을 잊지 못한다."

"그 사람이 소영 씨에게는 잊지 못할 사람이었어요?"

형두는 설명할 수 없는 질투가 마음속에서 살살 타오르는 것을 느꼈다. 오래전 일이었고, 이제는 과거일 뿐임에도 누군가가 한때 소영을 잠시 가졌었다는 걸 견딜 수 없었다. 그럼에도 그는 이성적인 사람이어야 했다. 소영 앞에서 자신의 속내, 그 추하고 유치한 감정을 드러내고 싶지는 않았다. 오랜만에 느끼는 격정적인 감정에 몸을 내맡기고 싶은 마음도 있었지만, 그것은 소영과 뜻이 통했을 때가 되어야만 의미가 있는 일이었다. 혼자서 타오른 감정은 결국 혼자 삭힐 수밖에 없는 법, 형두는 감정을 누르며 아무렇지 않은 척 위스키 온더록을 천천히 홀짝였다.

"잊지 못한다기보다는 그 사람만이 줄 수 있는 세상이 있어요. 형두 씨도 모르겠지만, 형두 씨가 저에게 줄 수 있는 세상이 있죠. 그와 반대로 제가 형두 씨에게 새로운 세계를 보여줄 수도 있는 것이고요. 그래서 말을 하자면……. 쳇 베이커는 코카인에 지독하게 중독되어 있던 사람이었어요. 당시엔 그런 게 흔했죠. 1900년대 초반이니까."

"아. 코카인 중독이라?"

형두의 머릿속에 마약 중독자 허진호의 얼굴이 스쳐갔다. 소영은 그런 것을 알아차린 것인지 서둘러 다음 이야기를 꺼냈다.

"코카인은 그를 중독시켰고, 코카인 때문에 죽음에 이르기까지 한 그였지만요, 음악적으로는 독특한 색을 만들어 냈어요. 이를테면 코카인 중독으로 인해 발음이 뭉개진 그의 후반부 곡들은 그마저도 매력이 있죠. 정확하지 않은 발음과 흘려서 이야기하는 노래를 듣고 있다 보면 묘한 매력을 느껴요. 누군가의 삶이 망가져 가는 가운데서도 예술은 탄생한다는 것을 느끼거든요."

때마침 조금 전까지 흘러나왔던 목소리와 흡사한 목소리의 주인공이 또 다른 노래를 시작했다.

We'll have a blue room
우린 파란 방을 가질 거야

A new room, for two room
우리 둘을 위한 새로운 방

Where every day's a holiday
매일이 휴일 일 거야

Because you're married to me
당신이 나와 결혼해 줬으니까

Not like a ball room
연회장 같은 곳은 아냐

A small room, a hall room
작고, 넓은 방

Where I can smoke my pipe away
담배를 피우며 지낼 수 있는 곳

With your wee head upon my knee
당신의 작은 머리를 내 무릎에 누이고

We will thrive on, keep alive on
우린 잘 살 거야, 오랫동안 말이야

Just nothing but kisses
별게 아닌 게 아닌 키스

With mister and missus
부인과, 그 남자의

Own little blue chairs
작은 파란 의자를 가질 거야

You sew your trousseau
당신은 혼수를 바느질하네

And Robinson Crusoe
로빈슨 크루소도

Is not so far from worldly cares
세상 걱정과 멀리 떨어져 있지 않아

As our blue room, far away upstairs
저기 계단 위의 우리 파란 방처럼

"지금도 쳇 베이커죠?"

형두의 물음에 소영은 고개를 끄덕였다.

"이 곡이 제가 좋아하는 'Blue room'이라는 곡이에요. 보컬이 선명하게 들리는 곡이죠. 정말 아름다워요. 조용한 방에서 무릎을 껴안고 이 음악을 듣고 있다 보면, 나의 외로움이 잊히는 것만 같은 곡이에요. 누군가 나와 오랜 시간 함께할 것만 같은 곡이거든요. 노랫말이 그렇잖아요. 그래서 좋아해요."

형두는 소영과의 대화를 멈추고 잠시 곡에 집중했다. 조금 전 들었던 곡보다 발음이 선명했고, 듣기가 좋았다. 대학 시절 이후 잊고 지냈던 낭만을 되찾은 느낌이었다. 낭만과는 거리가 있는 삶을 살았다고 생각했지만, 아니었다. 그냥 잊고 지냈을 뿐이었다. 이곳의 어두운 조도도, 그 속에서 또렷하게 시야에 들어오는 소영의 모습도……, 소영만이 그의 시야 속에서 유일하게 선명한 피사체였다. 형두는 다른 아티스트는 기억하지 못해도, 쳇 베이커의 음악만은 더 듣고 싶어졌다.

"혹시 여기 신청곡 받나요?"

"아쉽게도 신청곡을 받진 않더라고요. 그래서 한 아티스트의 곡을 주야장천 들어야 하는 경우도 있어요. LP판을 직접 재생해 주다 보니까. 지지직거리는 소리가 섞일 때도 있는데 그마저도 낭만이 있다 생각했죠."

"아. 갑자기 물어보고 싶은 게 생겼어요, 소영 씨한테."

"네?"

어둑한 조명 아래, 탁자 위 잔잔히 울리는 쳇 베이커의 목소리가 두 사람 사이를 감싸고 있었다. 형두는 소영의 얼굴을 조심스레 바라보았다. 술기운 때문일까, 조명의 온기 탓일까, 소영의 볼이 은은하게 상기되어 있었다. 그녀의 얼굴선이 부드럽게 흔들리는 조명에 스며들며, 마치 오래된 필름 속 주인공처럼 아득하게 다가왔다.

그는 문득 깨달았다. 이건 아마도 사랑일 것이라고. 아니다. 사랑이었다. 거칠고 단단한 세월을 건너오며 애써 무뎌졌던 감정, 그 무딘 표면을 소영이라는 이름이 조용히 쓰다듬고 있었다. 그 순간만큼은 의심할 수 없었다. 그것이 얼마나 오래갈지, 어디에 닿을지 알 수 없더라도 지금 느끼는 이 감정만큼은 진짜라고, 확신할 수 있었다.

형두는 입술을 다물고 한참을 바라보다가, 마침내 조심스레 입을 열었다.

"소영 씨는 늘 다정함이 세상을 구한다고 말하잖아요. 그런데…… 오늘 있었던 일은, 그 다정함이 통하지 않았던 날이었죠. 이런 상황에 대해선 어떻게 생각해요?"

그 말에 소영은 피식 웃었다. 곧 와인잔을 테이블에 내려놓고, 한쪽 입꼬리를 올린 채 그를 바라보았다. 눈빛에 번진 조심스러운 장난기와 묘한 피로가 동시에 느껴졌다.

"하하. 지금 그 말, 왠지 낯설지 않네요. 마치 법정에서 질의받는 기분이에요. 형두 씨, 직업은 역시 숨길 수가 없네요. 질문을 그렇게 던지는 걸 보면…….”

말끝을 흐리며 웃는 그녀의 목소리에는 어딘가 지친 기색이 스며 있었다. 그러나 동시에, 그 피로를 감싸 안는 여운처럼 부드러운 힘도 느껴졌다. 형두는 대답하지 않았다. 그저 그녀의 말을 듣고, 그녀의 기색을 느끼고, 그 순간을 곱씹듯 음미하고 있었다. 마치 낡은 LP판의 지직거림까지도 사랑스러워지는 밤처럼. 그가 이제 듣고 싶은 건, 세상의 모든 음악이 아니라 소영의 목소리였다.

소영이 다시 말했다.

"그런데도요……. 저는 여전히 다정해야 한다고 생각해요. 세상이 받아들이지 않아도, 나는 나여야 하니까요."

소영의 말에 형두는 자신이 너무 딱딱하게 말했나 싶어 잠시 내뱉었던 말을 곱씹었다. 변호사로 산 세월만 20여 년이다. 그 시간이 자신을 무미건조한 인간으로 만들었다는 생각이 들었다. 게다가 인혜와 결혼해 산 시간 동안 낭만이라고는 없었다. 다정도 없었다. 그는 다정함이 세상을 구한다는 게 과연 자신에게도 통하는 이야기일지 알고 싶었다. 자신의 눈에 옆자리에 앉은 여자가 더할 나위 없이 사랑스러워 보이는 것이 과연 어떤 감정일지, 그녀의 다정함에 자신이 반한 것인지 확실한 결론을 내리고 싶었다.

"아무 말도 않으시네요? 그래요, 어떻게 보면 오늘 줄리아와 백일훈의 태도는 제 다정함이 통하지 않은 흔적일 수도 있겠죠. 그런데 그거 때문에 제 신념을 무너뜨리긴 싫어요. 그들도 언젠가는 깨달을 거예요.

깨닫는 순간이 오리라는 것을 전 믿어요. 제 다정함이 별거 아닌 것처럼 보여도 그들을 바꿔 놓을 수 있을 정도로 대단한 역할을 할 수 있으리라는 것을."

"그럼, 그 다정함이 저를 변화시킬 수 있다고도 생각합니까?"

"으음~, 제가 형두 씨를요? 글쎄요, 제 다정함에 형두 씨가 넘어올 수도 있을 거란 말처럼 들리는데요. 하하……. 이건 지나친 비약인가요?"

소영의 장난기 섞인 목소리에 형두는 순간 당황했다. 마치 대학생 시절로 돌아가 미팅 자리에 나간 것처럼 어색했다. 어설프게 자신의 감정을 드러내려다 들킨 기분이었다.

"으음~, 글쎄요. 소영 씨, 소영 씨는 다정한 사람인 건 확실히 알겠어요. 자신이 상처받은 순간에도 누군가를 위해 시간을 할애하고 있다는 게, 누군가의 이야기를 경청하고 상처받지 않은 것처럼 군다는 게. 저는 그게 소영 씨의 다정함 중 하나라고 생각하거든요. 솔직히 저는 지난 20여 년을 이성적인 사람이라고 믿으며 살아왔습니다. 그런데 소영 씨가 하는 말을 듣고 있다 보면, 지난 세월을 부정당하는 기분이 들어요. 저라는 사람에게서 제가 모르던 모습을 발견하게 되는 기분이라고 해야 할까요?"

형두의 진지한 대답에 소영은 어떤 말로 되돌려줘야 할지 고심했다. 형두 자신은 모르고 있었지만, 그 역시 꽤 다정한 사람이었다. 어떠한 부분을 콕 집어서 이야기할 수는 없었지만, 형두는 생각보다 배려심 있는 사람이었고, 이기적이지 않았다. 돈만 좇아 지난 세월을 살아왔다던 형두의 말과는 정반대되는 모습이었다. 그가 인권 변호사와 범죄자들을 변호하는 일 사이에서 고민하는 이유를 알 듯했다. 그 자신은 결코 악인이 되지 못할 것이다. 악인을 변호하고 있을지라도, 그 일은 언젠가 그를 지치게 할 것이고, 결국은 무너뜨릴 것이다. 소영은 단번에 그걸 읽을 수 있었다. 그의 마음속 깊은 곳에 자리한 그 누구에도 말하지 못한 갈망을.

"모르는 게 아니라 모르는 척하고 싶었던 게 아닐까요?"

소영의 말에 형두는 "아" 하고 짧은 탄식을 내뱉었다. 소영의 말은 정확히 형두의 마음을 꿰뚫었다. 소영은 관찰하는 능력이 좋은 사람이었다. 관찰력이 좋아야 사람의 마음을 움직일 수도 있다는 게 형두의 생각이었다.

"그랬을 수도 있겠네요. 모르는 척하고 싶었던 것일 수도……. 소영 씨의 말은 듣고 있다 보면 세이렌의 목소리 같아요."

"세이렌의 목소리라 하면 홀린다는 이야기인가요? 하하……. 제가 인어같이 아름다운 목소리를 가진 건 아닌데요. 약간 낮은 목소리에, 그저 남들이 하는 이야기에 제 생각을 보태서 이야기할 뿐이거든요."

감성적이었다가도 어느 순간 이성적으로 바뀌는 소영의 목소리는 올드 재즈가 흘러나오는 바에서도 오직 그녀에게만 집중하게 만들었다. 형두는 자연스레 소영의 이야기에 귀를 기울이게 되었다. 대화는 주제가 시도 때도 없이 바뀌고 있었지만, 그 어느 것이라도 새겨두고 싶을 만큼 흥미롭고 소중했다. 사람에게 흥미를 느낀 것이 얼마만이었던가. 형두는 헤아려보려 했지만, 너무 오랜 시간이 지났다는 생각에 씁쓸함을 느꼈다.

"세이렌의 목소리처럼 흥미롭단 이야기입니다. 소영 씨가 하는 말들, 굉장히 재미있어요."

"제가 재미있어요? 오히려 오늘은 서른여덟이라는 나이에 걸맞지 않게 어리숙한 모습을 보여주고 있는 건 아닐까, 너무 이십 대 초반의 날것 모습을 보여주고 있는 게 아닐까? 그런 생각을 했거든요. 지금만 봐도 그렇잖아요. 갑자기 올드 재즈 바를 가자고 하고. 전 남자 친구와 가장 친한 친구가 결혼한다는 소식을 듣고도 엉뚱한 생각을 하고 있는 여자의 모습이 대체 왜……."

"울음이 금방 끝나서, 지금은 울지 않아서 좋습니다."

형두는 단호하게 대답했다. 그러나 그의 목소리에는 다정함이 담겨 있었다.

"위로해 주시는 건가요?"

"위로라기보다는……. 글쎄요, 얼마 전 아내로부터 협의이혼을 해달란 요청을 받은 남자가 이런 말을 하는 게 어떻게 들릴지는 모르겠습니다만. 소영 씨는 지금까지 자신은 '다정함을 세상을 구한다'라고 하면서 정작 다정한 사람들을 만나지 못했다는 생각이 들거든요. 다정한 사람은 세상을 구하는 게 맞아요. 그러니 소영 씨도 이제 소영 씨의 세상을 구할 사람을 만나는 게 맞는 거죠."

"제 세상을 구할 사람이라. 사실 생각해 본 적 없어요. 저는 제가 좋은 사람이 되면 알아서 좋은 사람들을 만나겠거니 했거든요. 아까 전에 봤던 전 남자 친구의 소소한 다정함이 좋았어요. 제 데뷔전에 봄에만 파는 프리지아 한다발을 들고 와서 축하해 줬잖아요? 이 이야기를 몇 번이나 반복하는 것인지 모르겠지만. 아무튼…… '이 사람, 계절의 바뀜을 아는 사람이구나!' 하는 생각에 마음이 많이 흔들렸죠. 그렇게 연애했어요. 몇 년이라는 시간 동안 말이에요."

형두는 자신의 오랜 결혼 기간 이야기를 하는 것보다 소영의 이야기를 듣는 지금 이 순간이 왠지 모르게 더 끌렸다. 흔해 빠진 조건만 보고 결혼했다가 결국은 파탄이 난 결혼 생활 이야기는 지루하기 짝이 없었고, 소영의 연애사는 그녀만의 세상을 엿보는 듯해 흥미로웠다. 자신의 좁아터진 세상과는 전혀 달랐다. 그런 것들이 모이고 모여 소영을 돋보이게 하는 것이 아닐까. 소영은 아까 만난 백일훈이라는 남자가 품기엔 거대하고, 넓은 세상을 가진 사람처럼 느껴졌다. 소영을 품기 위해서는 그녀의 세상을 알고 이해할 수 있어야 하며, 인정할 줄도 알아야 한다는 것은 깨닫고 있었다.

"제 이야기 계속해도 돼요?"

소영의 물음에 형두는 말없는 미소로 화답했다. 말보다 더 많은 것을 담고 있는 그의 근사한 미소를 본 소영은 자신도 모르게 심장이 두근거렸다. 분명 이건 알코올이 빚어낸 일시적인 화학 작용 때문일 것이라고 믿고 싶었지만, 그러기엔 차형두라는 남자는 지금껏 만나본 누구와도 달랐다. 자신과 함께 사고가 났던 그 버스 사고 이후, 어딘가 머나먼 곳부터 운명의 실이 얽혀 이끌려온 듯한 기분이랄까. 참 기묘한 인연이라는 생각이 들었다. 그래서였을까. 소영은 스스로도 놀랄 만큼 과감하게 자신의 이야기를 털어놓을 수 있었다. 백일훈과의 연애에서부터 모든 것을 털어놓을 때까지, 조용히 듣고만 있던 형두의 입이 열렸다.

"소영 씨는 조금 다른 유형을 만날 필요가 있겠네요."

"다른 유형의 사람이요? 더 다정한 사람을 만나라고 권유해 주는 건가요?"

"그보다, 소영 씨와 살아온 생의 전반이 다른 사람. 꼭 누군가를 특정해서 말하는 건 아니에요."

그 말을 한 형두는 위스키 한 잔을 추가로 주문했다. 소영 역시 질세라 데킬라를 시켰다. 웨이터가 녹아 버린 얼음을 치우고 새 얼음과 함께 스트레이트 샷을 가져다주었을 때 소영은 주저 없이 잔을 들이켰다. 깜짝 놀란 형두가 말리려 했지만, 이미 데킬라는 그녀의 목구멍을 넘긴 상태였다.

"괜찮아요? 오늘 무리하는 거 아니죠? 나 술 취한 사람은 잘 돌볼 자신이 없습니다만."

형두의 말을 듣고 있던 소영은 '픽' 하고 웃고는 테이블 위에 올려진 그의 손을 잡았다. 그의 손은 지금까지 만났던 그 어떤 이들의 손보다 뜨거웠다.

"뉴욕의 겨울은 춥다더니, 이 손은 아니네?"

소영은 그와 함께 있는 지금이 춥지도 않고, 외롭지도 않다고 생각했다. 그래서 그가 더 알고 싶어졌다. 형두는 소영이 손을 잡았음에도 손을 빼지 않았다. 오히려 한 마디는 더 큰 손이 소영의 손을 그러쥐고는 깍지를 꼈다. 살아온 세월만큼 단단했으며, 뜨거웠고, 그를 안고 싶어졌다.

　"나 있잖아요. 오늘 형두 씨랑 밤새 이야기하고 싶어요."

　소영은 솔직한 자신의 마음을 이야기했다. 그 이야기를 들은 형두는 돌발적으로 그녀의 아랫입술을 물었다. 아까부터 탐이 나던 찰나였다. 어느새 옅어진 립스틱 색은 형두가 그녀의 아랫입술을 물며 흔적도 없이 사라졌다. 그가 섬세하게 소영의 입술을 음미하는 동안, 소영은 자연스럽게 그를 껴안았다. 이곳은 한국이 아니라 미국이다. 두 사람이 키스를 한다고 하더라도, 이상하게 보지 않는 곳. 그 사이로 문라이트 블루에 들어설 때 재생됐던 음악이 다시 한번 흘러나오기 시작했다. '나는 너무 쉽게 사랑에 빠져요.' 쳇 베이커의 낮은 울림이 담긴 노래가 소영과 형두의 몸을 감쌌다. 두 사람을 감당하기에 이곳은 비좁은 공간이었다. 입술이 살짝 떨어진 그때, 소영은 형두를 보며 이야기했다.

　"우리, 호텔로 갈래요? 어디든지, 지금 이곳만 빼고요."

　형두는 그녀의 손을 잡아끌어 일으켰다. 깔끔함만을 추구하는 그였지만 지금은 다르다. 그녀와 밤을 보내고 싶었다. 말로도, 온기로도, 오직 그녀만이 마음과 몸을 흔들었다. 계산을 마치고 나가는 길에서도 형두는 소영의 손을 놓지 않았다. 우버 택시가 오기 전까지 그녀를 안고 있었다. 그녀에게서는 인혜처럼 인위적인 향수 냄새가 아니라, 은은하고 따뜻한 살냄새가 났다. 형두는 그 향에 취해 조심스레 소영의 목에 입을 맞췄다. 이혼 후 공허하던 그의 세상에 그녀가 조용히 들어섰다.

호텔에 들어서자 두 사람의 맞잡은 손에서는 긴장이 느껴졌다. 엘리베이터를 올라가는 그 순간에도, 두 사람의 입술은 떨어질 생각을 하지 않았다. 방으로 들어서자마자 소영은 자신을 꽁꽁 싸매고 있던 외투를 벗으며 적극적으로 형두를 침대 쪽으로 몰았다. 그런 그녀의 허리를 껴안은 형두는 그녀의 부드러운 살결을 어루만졌다. 소영의 피부는 어느 부위든 닿는 곳마다 보드라웠다. 그녀의 봉긋한 가슴에 손을 대던 순간 형두는 더 이상 참을 수 없는 욕망을 느꼈다. 그녀가 가진 모든 것이 자신의 것이어야만 했다.

"푸흐……"

소영이 긴 키스 끝에 웃음을 터뜨렸다. 형두가 의아해하는 사이, 그녀가 입을 열었다.

"이러다가 나, 어쩌면 형두 씨를 사랑하게 될지도 모르겠어요."

형두는 그녀의 말을 듣고는 견딜 수 없었다. 그녀가 바라보는 세상의 중심이 자신이었으면 했다. 아내 인혜와의 이혼을 앞두고, 소영은 은경이 보내준 선물처럼 느껴졌다. 강소영이란 사람, 그녀의 다정함은 은경의 모습과도 얼핏 닮아 있었다. 그녀의 다정함은 형두의 마음을 천천히 물들였고, 20여 년 전 사고의 기억은 어느새 잊혀 있었다. 오히려 그 사고가 있었기에 이렇게 시간이 흘러 강소영이라는 여자를 만날 수 있게 된 것이라는 생각이 들었다.

 전라의 몸이 된 소영을 형두는 말없이 끌어안았다. 그가 품을 조이자, 그녀는 숨이 막힌 듯 가볍게 그의 등을 두드렸다. 그 순간조차 형두는 놓지 못했다. 단지 품 안에 그녀가 있다는 사실만으로도 그동안 공허하던 자신의 삶에 온기가 돌기 시작했다. 그녀의 몸에서는 어떤 향수보다도 깊고 따뜻한 냄새가 풍겼다. 화장품 냄새나 향료가 아니라, 살결에 밴 체온의 향. 그것은 형두라는 인생의 아주 깊은 곳에 남아, 결코 지워지지 않을 냄새가 될 터였다.

 그는 마치 눈을 감고 오래된 악보를 더듬듯, 조심스럽게 그녀의 피부를 따라갔다. 급하지도, 무례하지도 않게. 한 겹씩 천천히 그녀를 감싸며, 형두는 지금의 이 순간을 온전히 기억 속에 새겨 넣듯 그녀의 온도를 느꼈다. 손끝이 닿는 곳마다 그녀는 작은 숨소리로 응답했고, 그 소리는 형두의 심장을 조용히 흔들었다. 그가 오랜 시간 잠식해 둔 욕망은 그녀의 숨결 하나하나에 다시 불을 밝혔다.

 '단 하루라도 좋다.' 그는 마음속으로 그렇게 되뇌었다. '내일이면 잊힌다 해도, 오늘만은 너를 내 품에 안고 싶다. 오늘이 지구의 마지막 밤이라 해도, 이 밤에 너를 가진다면 두렵지 않다.'

 뉴욕, 11월 17일. 늘 슬픔으로 기억되던 생일이었다. 하지만 오늘만큼은 아니었다. 그녀가 곁에 있는 지금, 형두는 처음으로 이날을 저주하지 않았다. 그녀의 체온과 숨결이 그의 가슴 안으로 파고드는 순간, 그는 과거로부터 잠시나마 벗어날 수 있었다.

소영의 눈동자가 그를 바라봤다. 흔들림 없이 단단한 갈색 눈. 그녀의 시선 속엔 애틋함과 용기, 그리고 한 사람을 향한 신뢰가 가득히 담겨 있었다. 형두는 그 눈빛이 좋았다. 그녀의 몸도 좋았지만, 그보다 더 깊은 곳에 있는 따뜻한 마음에 사로잡혔다. 이것은 충동적인 육체의 일탈이 아니었다. 말로 다할 수 없는 깊이와 시간의 감정이었다. 그녀와 함께라면, 형두는 한국으로 돌아가서도 다시 살아낼 수 있을 것 같았다. 더 이상 무채색으로 뒤덮인 삶을 반복하지 않아도 될 것 같았다. 강소영. 그녀는 너무나 빠르게 그의 삶 안으로 걸어 들어왔다.

그의 세계는, 그녀가 들어온 그 순간부터 서서히 바뀌고 있었다. 그 밤, 낯선 도시 뉴욕에서, 두 사람은 서로의 세상에 조용히 착륙하고 있었다.

7

11월의 저주

　형두는 낯선 적막 속에서 눈을 떴다. 소영의 흔적은 온데간데없었다. 침대 시트는 차갑게 식어 있었고, 머리맡엔 아무런 메모도 남겨있지 않았다. 마치 처음부터 아무 일이 없었던 것처럼. 형두는 천장을 바라보며 한동안 누워 있었다. 밤새 이어졌던 감정과 온기, 품에 안겼던 소영의 부드러운 살결, 그녀의 간드러진 웃음까지 모든 것들이 아침 햇살에 휘발된 듯했다.

　꿈이었을까. 한참을 멍하니 누워 있던 형두는 문득 휴대폰을 집어 들었다. 소영에게 전화를 걸어볼까? 하지만 손가락은 버튼 위에서 망설였다. 감정이 앞서기 전에 상황을 정리할 필요가 있을 것 같았다. 그때 생각한 것이 의찬이였다. 대학 시절부터 줄곧 친하게 지냈던 친구, 그는 언제나 명쾌하고 이성적으로 자신의 방향을 짚어주는 친구다. 그 친구라면 한 발짝 물러서서 상황을 정리해 줄 수 있을 것 같았다. 형두는 의뢰인 허진호를 만나러 갈 준비를 마치곤 의찬에게 전화를 걸었다.

"의찬아."

형두는 며칠밖에 지나지 않았음에도 오랜만에 의찬과 통화하는 기분이 들었다. 전화를 받는 의찬의 목소리 뒤로 "아빠!" 하고 부르는 의찬 아들의 목소리가 마치 형두를 반기는 듯했다. 그래, 은경과는 이런 가정을 꿈꿨다. 은경과 함께라면 무엇이든 할 수 있을 것 같았고, 무엇이든 용납할 수 있을 듯했다. 그것이 누구라 할지라도.

"어, 아빠 통화 중이야. 그래, 형두야. 미국 일은 잘 처리돼 가?"

의찬과 리온 로펌 소속 시니어 변호사 몇만이 형두의 뉴욕행 이유를 알고 있었다. 의찬에게는 숨기는 것이 없었다. 단 한 번도 속여야겠다는 생각을 해 본 적도 없었다. 의찬만이 늘 진실을 이야기했으니까.

"뭐, 그렇지. 늘 그렇듯 범죄를 저지르고도 반성도 없는 녀석 하나 있을 뿐이고. 대마 권유까지 변호사에게 할 정도로 미친놈을 상대하는 중이야."

"변호사를 상대로 대마를 권유한다고? 그거 아무리 모루전자라지만 너무한 거 아니냐?"

"그러려니 해야지. 통장에 한두 푼 꽂힌 게 아니다 보니 나도 내가 이 일을 왜 하고 있는지 의문이 들더라. 의찬아, 나 잘 살아온 거 맞냐? 나……."

형두의 목소리는 평소와 다르지 않은 듯했지만, 그 끝자락이 미묘하게 떨리고 있었다. 자신은 눈치채지 못할지 모르지만, 대학교 때부터 오랜 세월 형두를 지켜봐 왔던 의찬은 단박에 이를 감지했다. 단단했던 형두의 신념에 금이 가고 있음인가? 아무래도 흔들릴 줄 몰랐던 그의 세계가 조금씩 삐걱거리고 있음은 아닌지, 불안하게 여겨졌다.

"차형두. 너 인마, 솔직한 말을 듣고 싶냐? 아니면 그냥 듣기 좋은 말을 듣고 싶냐?"

의찬과의 대화는 항상 이런 식이었다. 의찬은 솔직한 말을 잘해 주기도 했지만, 원하는 달콤한 말을 흘릴 때도 있었다. 의찬이 주는 선택지 중 하나를 골라야 하는 것이 형두의 일이었다. 익숙한 패턴이었기에 형두는 깊은 고심 끝에 대답했다.

"솔직한 이야기를 듣고 싶지. 솔직히 나, 내가 원하던 대로 살아오지 못한 것 같아. 내가 원하던 건 이런 삶이 아닌 거 같아. 전화가 좀 길어질 듯한데 말이야. 여기 와서 어떤 사람을 만났어."

"……여자?"

의찬의 짧고 날카로운 질문에 형두는, 그가 보고 있지 않다는 걸 알면서도 습관처럼 고개를 끄덕였다. 순간의 망설임 없이 몸이 먼저 반응했지만, 침묵이 흐른 뒤에야 형두는 자신이 말로 대답하지 않았다는 사실을 깨달았다. 말 대신 머리로만 '맞다'고 했다는 걸 인식한 순간, 그제야 입을 열었다.

"여자. 맞아."

그 말이 입 밖으로 나오는 순간, 형두의 안에서도 무언가 작게 무너져 내리는 소리가 들리는 듯했다. 자신의 감정을 스스로 인정한 건 이번이 처음이었다. 강소영이란 이름은 아직 입에 담지 않았지만, 그녀의 존재는 이미 형두 안에서 의미 있는 무게를 가지고 있었다.

전화기 너머 의찬은 짧은 침묵 끝에 숨을 고르듯 말을 이었다. 형두는 그 고요 속에서 의찬이 무엇을 생각하고 있는지, 어떤 표정으로 이 말을 듣고 있을지를 상상했다. 수화기 너머지만, 그의 날카로운 시선이 목덜미를 긁고 있는 것만 같았다. 형두는 다시 말했다.

"여자 맞아. 맞다고……. 그 사람이 그러더라고. 자신은 다정함이 세상을 구한다고 믿는대. 그 말이 묘하게 은경이가 내게 말했던 '당신의 상처에 반창고가 되고 싶어'라는 말을 떠올리게 해."

은경이라는 이름을 의찬과 통화하며 입에 올린 것은 결혼부터 이혼까지 마주한 지금 상황에서 처음 있는 일이었다.

"너, 아직 은경이 못 잊었어?"

"사실 완전히 잊었다고 보기에는 어렵지. 그런데 말이야. 그런데……. 그 여자의 말 때문에 은경이가 예전에 멋있다고 했던, 다정하다고 했던 내 모습들이 자꾸 떠올라."

"하나만 묻자. 너 그 여자하고 어디까지 갔어?"

"노코멘트라는 선택지는 없겠지?"

"대충 알겠으니까 넘어가자. 그래, 너의 하룻밤을 가져간 그 여자가 너를 변하게 했네. 너는 그로 인해 변하고 싶어진 것이고. 네 마음에 솔직해야지, 은경이와의 추억을 회상할 게 아니라."

의찬의 말은 냉정했지만, 형두 입장으로서는 맞는 말이었다. 서은경을 추억할 일이 아니라, 자신의 생일을 다른 의미로 바꿔준 강소영에게 솔직해져야 하는 일이었다. 서은경에게 떳떳한 사람이던 시절은 지났다. 오랜 시간을 망자에게 매달리지 않으려 냉정하게 돈만 좇고 살았다. 그랬던 자신의 신념을 뒤흔든 것은 캐리어가 바뀌며 비틀린 운명의 궤도를 마주하며 만나게 된 여자 강소영이었다. 제삼자의 시선으로 바라본 냉정한 의찬의 말을 그냥 무시할 수는 없는 일이었다.

  형두는 소영에 대한 자신의 감정을 곱씹었다. 공항 탑승 게이트에서 마주했던 순간, 캐리어가 뒤바뀌던 해프닝, 그 일을 계기로 그녀와 함께한 어정쩡한 데이트, 그리고 첫사랑처럼 어설펐던 그날 밤의 일까지. 그녀는 분명 형두 자신을 바꾸어 놓았다. 그럼에도 인정하기 어려운 것은 그녀와는 두 번 다시 만날 수 없을지도 모른다는 불안감이었다. 아직 아내와의 협의이혼이 끝나지 않은 상황 속에서 소영과 하룻밤을 보냈다. 어설프게 맞추던 입맞춤은 오랜만에 그의 심장을 떨리게 했다. 은경과 입맞춤하던 그때로 돌아간 것만 같았다. 그 어수룩했던 스무 살의 어느 날로. 여자의 살결을 느끼는 것은 실로 오랜만의 일이었다. 아내인 인혜를 안을 일이 없었으니까. 특히, 아내가 아이를 요구하면서부터는 그녀와 예의상 하던 섹스마저 끌리지 않았다. 시스루 슬립 차림으로 자신을 유혹하던 아내의 모습보다 꽁꽁 싸맨 소영의 모습이 그를 더 설레게 한 것은 사실이었다. 뉴욕의 추위는 이기지 못하겠다며 호텔 방으로 들어오자마자 난방을 더 가열차게 돌려서 그런 것일까. 그녀의 살 끝은 뜨거웠으며, 그녀의 안은 포근했다.

  "그래, 네 말이 맞아, 정의찬. 나, 그 사람 때문에 다시 살아보고 싶어졌어."

"어떤 식으로 다시 살아보고 싶어진 건데?"

"일단 지금 로펌을 그만두고 싶어. 나, 그래도 되는 거지?"

"평생 벌 돈이 한 번에 통장에 꽂혔는데 일은 마무리해야지. 그건 생각하고 말하는 거지?"

"변호사가 수임한 사건에 대한 책임을 지는 건 당연한 일 아니겠어? 당연히 이 사건이 끝나고 나서지. 그런데······. 이렇게 평생 더러운 돈을 손에 묻히며 살아왔던 내가 인권 변호사가 된답시고 나서는 게 말이 되는 이야기일까? 난 정말 고민된다. 더러운 놈이 어딜 발 들이려 하냐고 손가락질받을까 봐 두려워."

"차형두. 그러니까 넌 그 여자 때문에 네 오랜 신념을 버릴 정도로 마음이 변했고, 이제는 새롭게 살고 싶단 이야기잖아. 그렇지? 그럼 사건 마무리만 잘하면 뭐가 문제가 되겠어. 안 그래? 네가 새로 시작한다고 해도 너에게 손가락질하는 사람은 없어. 누구나 변화의 계기는 있는 법이니까."

"손가락질하는 사람이 없다는 건 너무 나간 이야기 아닐까? 분명 누군가는 내 과거를 파헤치려고 들 것이고, 내가 원치 않는 것들을 알길 원할지도 몰라. 그런 상황 속에서 나는 과연 어떤 선택을 해야 하는 것인지 모르겠다. 의찬아, 지금이라도 방향을 돌리고 원래 내가 추구하던 것으로 돌아가고 싶은데, 과연 그게 맞는 길일까? 이렇게 한다고 해서 내가 지난 시간 잘못했던 것들이 용서받을 수 있을까?"

형두의 고민은 지극히 현실적이었고, 의찬이 한 말 역시 틀린 말은 아니었다. 하지만 형두는 범죄자만을 위해 살아왔던 자신의 과거를 다시 한번 되새겼다. 은경이 살아 있었더라면, 지금과 같은 일들은 절대 벌어지지 않았을 것이다. 은경의 죽음이 남긴 유일한 교훈은 그 어떤 것으로도 망자의 혼은 되살릴 수 없다는 사실이었다. 그는 가난함에서 벗어나기 위해 안간힘을 썼고, 그것이 자신이 할 수 있는 최선이라 생각했다. 망자는 말이 없으니까. 그렇게 살면 일평생 후회 없이 살 것이라 생각했다.

그러나 아니었다. 강소영이란 사람을 만나고, '다정함은 세상을 구한다'는 말을 들은 순간, 형두의 심장은 요동치기 시작했다. 자신의 과오와 실수 같은 것들은 '다정함이 세상을 구한다'는 말 아래 모두 끝이 날 듯했다. 종교적으로 본다면, 자신은 지옥으로 향해야 마땅한 사람이지만, 지옥에서조차 소영의 다정함이 자신을 건져 올릴 것만 같았다.

"…… 일단 한국 오면 연락해. 그리고 얘기해 보자. 네가 진짜 원하는 게 무엇인지 너는 모르잖아. 그러니까 너는 나랑 대화할 필요가 있어. 나, 와이프가 불러서 전화 이만 끊는다."

의찬과의 전화는 금세 끊겼다. 너무 혼잣말을 했나 싶다가도, 왠지 모르게 속이 후련했다. 드디어 오랜 시간 헤매던 자신의 방황이 끝난 느낌이었다. 강소영이라는 여자가 자신의 세상을 바꿨다. 강소영이 아니었더라면, 일평생 일에 매달려 일 중독자로 살아가면서도 몰랐겠지. 자신이 어떤 삶을 살고 있는지 되돌아볼 시간이 없었을 것이다.

강소영이 옳았다.

다정함은 세상을 구한다.

아니, 구했다.

적어도 차형두의 세상만은 강소영에 의해 지옥 불구덩이에서 건져졌다.

***

"줄리아, 이번 강소영의 전시는 취소하겠다는 거 진심이야?"

일훈이 침대 옆에 누운 줄리아에게 물었다. 그러자 줄리아는 피식 웃었다.

"그 전시, 어차피 내가 아니었으면 뉴욕서 열리지도 못할 거야. 뉴욕뿐이겠어? 한국에서도 마찬가지겠지. 한 번 엎어진 전시를, 그것도 갤러리 관장과 마찰이 생겨서 엎어진 전시를 누가 하고 싶어 하겠어. 한국에도 내가 전화만 돌리면……."

"줄리아. 내가 밤새 생각을 해 봤는데 말이지."

그 말을 하며 일훈은 줄리아의 몸 위로 자신의 몸을 겹쳤다. 온기가 맴도는 줄리아의 목덜미에 얼굴을 묻으며 일훈은 작은 목소리로 속삭였다.

"전시를 엎는 것보다 더한 걸 해 보는 게 어때? 단순히 전시만 엎는다 하면 의미가 없잖아. 자기는 강소영이 나락으로 가는 걸 보고 싶지 않아? 어떻게 생각해? 나는 강소영이 지옥으로 떨어지면 더할 나위 없이 좋을 거 같은데."

일훈이 달콤하게 소곤거리는 목소리에 줄리아가 웃으며 대답했다.

"그렇게 할 거야. 적어도 우리 앞날에 방해가 되어서는 안 되지. 있잖아, 일훈 씨. 나는 자기가 나와 강소영의 데뷔전에서 마주치고 이런 관계가 된 뒤로 늘 강소영이 지옥으로 떨어지길 바랐어. 강소영도 깨끗한 여자는 아니니까. 그래서 나는 우리의 이 관계가 결혼으로 확정이 되기까지 오랜 시간을 기다려 왔어. 그러니 당연히 강소영은 이제 사라져 줘야겠지?"

일훈과 줄리아의 관계는 꽤 오랜 시간 이어졌다는 것을 소영은 모르고 있었다. 소영이 대학을 졸업하며 열렸던 데뷔전에서 일훈과 줄리아는 만났다. 일훈은 한눈에 알아볼 수 있었다. 자신이 프리지아 꽃다발을 건넨 것은 소영이었지만, 줄리아는 자신의 삶에 있어서 금전적으로 여유를 가져다줄 만한 인물이라는 것을. 줄리아가 위아래로 걸친 명품의 가치를 알았기에, 일훈은 자신의 삶에서 함께할 여자로 줄리아에게 오랜 시간 공을 들였다. 이것은 소영이 모르는 진실이었다. 줄리아에게서 확답을 들은 뒤에야 일훈은 자리에서 일어나 가운을 걸쳤다. 탄탄한 그의 몸을 바라보던 줄리아는 웃으며 물었다.

"자기야, 오늘 일정 없잖아. 꼭 그렇게 가운 걸치고 서 있어야 해?"

그 말에 일훈이 담배를 하나 꺼내 물었다. 담배를 여유롭게 문 일훈의 모습에 줄리아는 삐친 척을 했다.

"내가 담배보다 별로라는 이야기지? 나는 말이야, 자기야. 자기가 담배를 좀 줄였으면 좋겠어."

줄리아의 잔소리에 일훈의 표정이 일그러졌다. 그러나 줄리아는 개의치 않고 자신의 주장을 펼쳤다.

"우리 애를 생각한다면……."

"애는 갖지 않기로 했잖아. 그건 오래전부터 너와 나 사이에 합의된 이야기였고."

일훈은 섹스 파트너로서, 또한 결혼 상대로서 줄리아의 대부분을 좋아했지만, 자신의 흡연 습관을 지적받는 것만은 원치 않았다. 그녀를 위해서라면 술 정도야 줄일 수는 있었지만, 흡연만은 참을 수 없었다. 모든 것이 자유로웠던 영혼, 강소영과는 사뭇 다른 인간이 줄리아였다. 통제형 인간. 근래 들어 주목받는 통제형 인간을 컨트롤 프릭이라고 부르던가. 일훈은 자신을 통제하려 하는 줄리아를 물끄러미 바라보다 재차 말을 꺼냈다.

"섭섭해하지 마. 우리는 아이가 없어도 잘 살 테니까. 아이가 중요한 건 아니잖아."

"난 자기와 결혼하기로 결심한 뒤로 애는 꼭 낳아야겠다고 몇 번을 말했잖아?"

줄리아의 표정이 날카로워졌다. 슬슬 눈치를 볼 때였다. 일훈은 몇 번 빨지 않은 담배를 재떨이에 비벼 끈 후 창문을 열었다. 뉴욕의 찬바람이 창문을 통해 들어오자, 담배 냄새는 금세 흩어졌다.

"우리, 그 계획 바꿔 보는 게 어떨까? 아이 없이도 충분히 행복할 수 있어. 서희야."

"웬일이야. 줄리아라고 하지 않고 내 이름 부르는 거."

"부탁하는 거야, 너에게 지금. 나는 말이야, 우리의 관계가 아이 없이도 행복했으면 좋겠어. 정 원한다면…… 다른 남자를 만나도 돼."

일훈은 그 말을 하며 서글픈 표정을 지었다. 그러자 줄리아가 침대에서 일어나 쪼르르 달려왔다. 일훈의 허리춤에 매달린 그녀는 일훈에게 간곡한 목소리로 부탁했다.

"자기야, 난 자기와 나를 닮은 아이를 갖고 싶어. 응? 우리 결혼까지 얼마 남지 않았잖아. 강소영 때문이야, 혹시?"

"강소영 때문은 아니야. 원래처럼 우리 둘이서도 잘 살아보자는 계획을 이야기하는 것일 뿐이야. 나는 우리의 관계가 그렇게 시원시원했으면 좋겠어."

"난, 아이가 없는 삶은 꿈꾸기도 싫어. 내 나이가 몇인데. 벌써 서른여덟이야. 이미 노산이라고. 애를 가질 계획을 세우고 앞날을 생각하는 것만으로도 벅찬 나이가 됐다고. 그런 나에게 믿음을 심어준 건 백일훈, 당신 아니었어? 이럴 거면 우리 결혼……."

결혼을 무르자는 이야기를 할 것 같은 줄리아의 입술을 보는 순간 일훈은 줄리아를 품에 안고 속삭였다.

"미안. 내가 아빠가 될 자질이 부족해서 그런 생각을 잠깐 했나 봐. 그래, 갖자. 우리의 아이. 그러니까 일단 강소영부터 지옥 불구덩이 속으로 집어처넣고."

 "이미 걘 끝났어. 걔 이름 입에도 올리지 마. 자기가 그런 생각을 한다는 게 난 싫어. 걔 생각한다는 자체만으로도 불쾌하단 말이야."

 줄리아가 칭얼거리는 목소리에 일훈은 목을 젖히며 큰소리로 웃었다.

 "그래, 그런 생각하지 않을게. 그러니까 줄리아. 잊지 마. 넌 내 사람이야. 내 거라고. 나랑 결혼할 거고, 네 모든 것은 내 것이 되는 거야."

 이 말 안에 담긴 깊은 뜻을 모르는 줄리아는 그저 눈물이 고인 눈으로 웃어 보일 뿐이었다. 백일훈이 탐내는 것이 자신인지, 자신이 가진 재산인지 알지도 못하는 어리석은 이의 눈이었다.

 "줄리아."

 일훈이 다정한 목소리로 줄리아의 이름을 부르며 자기 품 안에 안긴 그녀의 얼굴을 바라봤다. 줄리아의 토라져 있던 눈은 금세 돌아왔다. 그 모습을 보며 일훈은 웃음이 자꾸 터져 나오는 것을 참았다. 그의 인생은 온갖 거짓말로 점철돼 있었다. 가짜로 만든 학력, 가짜로 만들어낸 커리어까지……. 그의 인생에서 진짜라 부를 수 있는 건 아무것도 없었다.

 백일훈은 일찌감치 깨달았다. 예술계의 여성들 중엔 부유한 집안의 딸들이 많다는 것을. 그때부터 그는 먹잇감을 찾는 사냥꾼처럼 움직였다. 처음은 강소영이었다. 감정은 분명 있었다. 하지만 그녀의 불안정한 현실과 불투명한 미래는 그에게 불안함으로 다가왔다. 그는 점점 조급해졌고, 그 순간부터 다른 가능성을 모색하기 시작했다.

그의 시선은 자연스레 소영의 절친, 줄리아에게 옮겨갔다. 언제나 소영의 그림자 속에 있던 여자. 줄리아의 마음 깊숙한 곳엔 친구에 대한 열등감이 뿌리내리고 있었고, 일훈은 그 틈을 정확히 파고들었다. 그녀가 내민 마음을 받아들이는 데 큰 시간은 걸리지 않았다. 줄리아의 감정이 확신으로 바뀌었을 때, 그는 소영과의 관계를 깨끗이 정리했다.

이후 일훈은 오직 줄리아 하나만을 목표로 삼았다. 그녀의 환심을 사기 위해 학력도, 커리어도, 과거도 전부 새로 만들었다. 그는 거짓을 진실처럼 포장했고, 줄리아와 소영 사이의 미묘한 감정을 교묘히 조작해 갈라놓았다. 그렇게 착실히 단계를 밟아가며, 마침내 그는 줄리아의 곁에 도달했다.

물론 아직 결혼이라는 관문에 도달한 것은 아니었다. 하지만 그녀와 약혼 반지를 교환한 지금, 일훈은 거의 다 왔다고 느끼고 있었다. 줄리아의 세계에 발을 들인다면, 그녀가 가진 부와 삶이 곧 자신의 것이 될 터였다.

오랜 계획이었다. 강소영으로 시작해 줄리아로 끝을 내겠다던 계획은. 성공이 눈앞에 있으니 웃음이 새어 나올 수밖에 없었다. 이제는 모든 것이 아깝지 않았다. 줄리아의 마음이 혹여라도 소영에게 흔들릴까만 염려하면 되는 일이었다. 줄리아를 유혹하고 자신에게 빠져들게 만들기 위해 얼마나 많은 거짓말과 이간질을 했던가? 그는 신분 상승을 위해 부단히 노력했다. 죽기 전에 셀 수 없을 만큼 많은 돈을 만져보자는 게 그의 오랜 꿈이기도 했다. 줄리아는 아무것도 모르고 금세 웨딩드레스 이야기를 꺼내고 있었다.

"자기야, 한국 돌아가면 우리 드레스랑 턱시도는……."

줄리아의 이야기에 일훈은 표정 관리를 하고는 이야기를 꺼냈다.

"자기는 어떤 드레스를 입어도 예쁠 거야. 항상 빛이 나니까. 내가 말했잖아. 누구보다 먼저 눈에 들어왔던 게 너였다고."

아첨을 하는 일훈의 말이 좋은 것인지 줄리아는 그저 웃을 뿐이었다.

"내가 드디어 강소영을 제치는 날이 오네?"

줄리아는 처음부터 소영이 싫었다. 정확히는 소영이 가진 '무언가'가 늘 눈에 거슬렸다. 처음엔 단순한 부러움이었다. 화려하지 않지만 사람의 시선을 끄는 재능, 그 재능을 증명하듯 묵묵히 쌓아 올린 경력, 그리고 결국에는 사람들의 인정을 받게 되는 결과들. 그런 것들이 줄리아에겐 이해도 모방도 되지 않는 것이었다. 자신은 돈으로 갤러리를 열었고, 기획전 몇 번 치러봤지만 전부 어딘가 빛바랜 느낌이었다.

반면 소영은 무명 시절조차도 '아트 디렉터'라는 이름이 잘 어울렸고, 시간이 지날수록 자신과는 다른 궤도로 멀어져 갔다. 줄리아는 자신도 예술계에 있다고 생각했지만, 그 거리감은 그녀를 더욱 불안하게 만들었다. 아무리 따라잡으려 해도 소영은 늘 한 발 앞서 있었고, 마치 일부러 줄리아의 손이 닿지 않는 곳으로 도망치는 사람처럼 느껴졌다. 그녀가 쫓아갔다 싶으면, 소영은 그보다 더 먼발치로 달아나 있었다. 소영의 재능은 그렇게 부러움과 질투의 대상일 뿐만 아니라, 모든 것을 해낼 수 있다고 믿었던 자신의 삶 속에서 평생의 괴로움으로 남을 뿐이었다. 때가 되면 소영의 아성을 모두 무너뜨리고 싶어 했다. 그런 줄리아의 마음을 소영은 까맣게 몰랐다.

"강소영 얼굴 봤지? 자기야, 자기가 오랜 시간 잊지 못하고 있던 사람이 나랑 결혼한다고 하니까 절망에 빠지던 그 얼굴 말야."

줄리아는 소영이 절망 속에서 허우적거리던 얼굴이 마음에 들었다. 일훈은 그런 그녀에게 다가와 머리를 쓰다듬으며 이야기했다. 호텔 방 안을 가득 채웠던 연초 냄새는 빠졌지만, 줄리아는 뉴욕의 공기는 서울과 다르다며 문을 계속 열어놓으라고 했던 터였다. 일훈은 추위를 느끼고 있었지만, 굳이 입 밖으로 말을 내뱉지 않았다.

"그런데 줄리아. 강소영 옆에 있던 남자는 누구야?"

"그 남자? 나도 처음 보는 사람이긴 한데……. 알잖아, 강소영 종종 원나잇 하는 거. 그렇게 꽂힌 남자 아닐까? 걔야말로 몸 로비하는 건 아닌지 의심해 봐야 돼. 데뷔전을 알엔갤러리에서 했다는 것도 그렇고……. 반반한 얼굴로 뒤에서 무슨 짓을 하고 다닐지 어떻게 알아."

소영이 원나잇을 한다는 건 일훈이 지어낸 새빨간 거짓말이었다. 줄리아는 그 말을 철석같이 믿고 그 말이 진실이라 믿었다. 하지만 소영은 아무나와 상관없이 하룻밤을 보내지 않았다. 그런 소영을 사생활이 난잡하고 윤리적 개념이 없는 것으로 만들어 둘 사이 마음의 간격을 멀어지게 한 장본인은 다름 아닌 일훈이었다. 줄리아가 소영에게 죄책감 없이 자신에게 넘어오게 하기 위해서는 거짓말이 필요했다. 마치 소영 때문에 괴로운 것처럼 줄리아를 찾았고, 줄리아는 그런 일훈의 말 한마디 한마디에 쉽게 휘둘리고 말았다. 줄리아는 여전히 소영에 대한 진실을 모르고 있었고, 또 줄리아가 말을 꺼내지 않으니, 소영은 이같이 날조된 사실을 전혀 알 리가 없었다. 소영도 사랑에 불타오르는 순간도 있을 테지만, 그렇지 않은 순간도 있다는 것을. 아무것도 알지 못한 채로 줄리아는 소영을 비웃을 뿐이었다.

"걔 얘긴 그만하자. 이젠 우리 둘이 중요하잖아. 당장 결혼까지 얼마 남지도 않았고."

일훈의 마지막 남은 양심이 따끔거렸다. 소영이 몸 파는 여자라고 끌어내린 것도 자신이었다. 소영은 실제로 그런 적이 없었음에도. 소영은 일훈에게 자신이 가진 사랑의 모든 것을 줬다. 그렇다고 해서 일훈이 그녀를 사랑하지 않았던 것은 아니었다. 일훈의 마음 한켠에는 아직도 소영에 대한 그리움이 있다. 순수했던 소영의 모습만은 그의 기억 속에서 잊히지 않는 선명한 잔상이었다. 그럼에도 현실을 부정하며 소영을 무너뜨리려 했다. 성공과 손에 쥐여질 부, 그리고 권력이 더 간절했기 때문이었다. 다행스럽게도 줄리아는 더는 관심이 없다는 듯 다시 결혼 준비 이야기로 화제를 돌렸다.

"나 살찐 거 같지 않아? 이러다가 웨딩드레스 피팅한 게 맞지 않으면 어떡하지?"

사소한 걱정을 하는 줄리아를 품에 안으며 일훈은 속삭였다.

"걱정 마, 너라면 다 예뻐. 내가 너를 처음 보자마자 느꼈던 것처럼."

"그래도 자기에게 예쁜 것도 좋겠지만, 내 동기들도 자기와 내가 가장 잘 어울리는 커플이라는 걸 알았으면 좋겠단 말이야. 친구의 남자를 뺏은 게 아니라, 원래부터 우리가 한 쌍이었던 것처럼 보이고 싶어서 그래."

"그런 걱정은 접어둬도 되지 않을까? 강소영은 결혼식에 오지 않을 테고, 강소영 없는 자리에서 동기들이 무슨 말을 하겠어. 잘 어울린단 이야기만 하겠지. 내가 강소영 때문에 고통스러웠던 지난 시간이 있는데……. 모든 동기가 다 이해할 거야. 친구의 남자를 뺏은 게 아니라, 그저 우리가 처음부터 인연이었을 뿐이라고 생각할 거야."

일훈은 달콤한 목소리로 거짓을 속삭였다. 자신과 줄리아 뒤에서 비난하며 수군댈 것은 예상되지만, 굳이 그 이야기를 먼저 꺼내고 싶지 않았다. 아직은 아니다. 마지막 관문을 통과하는 그날까지, 그는 입을 꾹 다물고 줄리아에게 오직 꿀처럼 다디단 말만을 속삭이리라. 그러면 줄리아는 그 달콤함에 취해 허우적거리다 가라앉겠지. 생각이 거기까지 미치자 일훈은 터져 나오는 웃음을 가까스로 참았다.

"사랑해, 줄리아."

"고마워, 나도, 나도 사랑해, 일훈 씨. 나의 모든 것은 전부 일훈 씨, 자기가 가질 거라는 걸 알고 있지? 난 당신의 모든 것이 되었다고 이야기해 줘."

일훈은 칭얼거리는 줄리아의 눈을 똑바로 바라보며 이야기했다.

"사랑한단 말 말고 더 할 말이 있을까. 당신은 내 전부야."

일훈의 마음속에 일렁이는 욕망을 모르는 줄리아는 세상 모든 행복을 거머쥔 듯 환한 미소를 지어 보였다. 그래, 이제 강소영은 추억 저 너머로 넘겨야 했다. 줄리아의 마음에 남은 일말의 죄책감 역시 사라지게 해야 했다. 조금만 더, 조금만……. 목표가 얼마 남지 않았다.

***

허진호와의 두 번째 미팅은 별다른 소득이 없었다. 허진호는 50억씩이나 수임료를 지불한 자신의 어머니에 대해 잘 알고 있었다. 형두가 있든 말든 개의치 않는다는 듯 여자를 품에 안은 채 미팅을 하던 허진호를 떠올리자 형두는 골치가 지끈거렸다. 돈 많은 사람을 상대해 본 일이 한두 번은 아니었지만, 허진호처럼 돈밖에 없는 놈들이 거만을 떠는 인간들을 상대하는 건 참기 어려운 일이었다. 억지로 비위를 맞춰 주는 것도 이제는 지칠 만큼 괴로운 일이다.

허진호의 집에서 나와 우버 택시를 기다리는 동안, 형두는 그녀 생각을 했다. 소영을 품에 안던 순간, 그리고 그녀가 자신의 품 안에서 웃던 모습 하나하나까지도. 은경을 잊지 못했냐는 의찬의 말은 정확히 빗나갔다. 자신의 마음속에서 새롭게 싹트고 있는 것이 소영이라는 걸 인정할 수밖에 없었다. 형두는 휴대폰 화면을 보며 망설이던 끝에 소영에게 전화를 걸었다.

그러나 그녀는 전화를 받지 않았다. 전화를 받을 줄 알았지만, 받지 않음으로써 두 사람의 관계가 하룻밤만으로 끝이라는 것이 확실시되는 기분이었다. 짧은 시간이지만, 소영 역시 자신을 사랑하게 되었다고 믿었다. 형두는 왠지 모를 실망감이 들었다. 그녀는 상냥하고 다정했지만, 정말 그것뿐인 사람일까 혼란스러웠다. 형두에겐 그녀가 자신에게 준 것들보다 주지 못한 것들에 대한 미련이 잔뜩 남아 있었다.

한국으로 돌아가면 그녀를 본격적으로 만나볼까 하는 마음도 있었지만, 그건 자신만의 착각일 뿐이었다. 설마 소영에게 자신은 하룻밤 상대에 불과했단 말인가? 그런 실망감이 잠깐 들면서도 휴대폰을 들여다보는 일을 멈출 순 없었다. 고민 끝에 문자 메시지 하나를 보냈다. 읽었다면 읽었다는 표시가 뜰 텐데, 아무것도 뜨지 않았다.

소영에게 혹시 무슨 일이라도 생긴 것일까. 자고 일어나서 메모도 남겨 놓지 않았고, 전화와 문자 메시지 확인도 되지 않는 것을 보면 무슨 일이 생긴 게 틀림없었다. 잠시 미워지려 하던 마음이 다시 반대로 기울었다. 형두는 이런 감정을 오랜만에 느꼈다. 상대방의 작은 행동 하나하나에 의미를 부여하고, 또 그걸 통해서 마음속에서 평가를 내리는 일. 상대의 말 한마디, 눈빛 하나에 기분이 널뛰고, 마치 온 세상이 흔들리는 듯한 감각이 밀려오다니……

"하……."

짧은 탄식을 내뱉은 형두는 소영이 지금쯤 무엇을 하고 있을지 상상했다. 그녀가 머무는 호텔로 막무가내로 찾아갈까를 고민도 했지만, 그녀를 난처하게 할 수도 있었다. 그러고 싶지는 않았다. 함께 밤을 보낸 사이라 하더라도 아직까지 그녀의 마음을 알 수 없었으니까. 행동 하나하나가 조심스러울 수밖에 없었다. 메모라도 남기고 갔다면 그녀의 마음을 확인하고자 찾아가 볼 수도 있었겠지만, 소영은 어떤 것도 남기지 않았다. 자신의 존재가 호텔 룸에 없었던 것처럼 사라져 버렸으니까.

문득 든 생각은 소영이 자신의 전시회 때문에 심란해할지도 모른다는 것이었다. 그녀의 절친한 친구는 전시회 취소를 이야기했고, 소영은 자신의 전시회를 준비하려고 뉴욕에 왔으니, 문제가 빚어졌을지도 모른다는 생각이 형두의 머릿속을 스쳤다. 그녀에게 필요한 건 자신이 아니라, 어쩌면 어느 정도의 시간일 수도 있었다.

'그래, 내가 나서는 건 아니지. 그리고⋯⋯. 고작 하룻밤을 보낸 사이에 내가 끼어들게 된다면 난처해지는 건 소영 씨 쪽이야. 그러니 참견하지 않는 게 나아.'

당장에라도 소영을 보고 이야기를 묻고 싶었다. 20대 때 이후로 충동적인 마음이 모든 것을 사로잡은 것은 오랜만이었다. 그러나 40대 후반에 접어든 지금은 충동을 억누를 수 있는 이성이 있었다. 그 이성으로 견뎌내야 했다. 자신이 제아무리 변호사라 하더라도 소영과 친구 사이에 빚어진 마찰에 끼어들게 된다면, 그건 법적인 싸움으로 소영을 지치게 하는 일일 수도 있었다.

호텔로 돌아오는 우버 택시 안에서도 계속해서 휴대폰을 만지작거렸다. 회사에서 보낸 메일을 확인하고, 소영에게 메시지가 도착하지 않았는지 화면을 열어보았지만, 아무것도 도착하지 않았다. 그녀의 다정함은 하루 짜리였던 것인가. 매년 11월 반복되던 저주는 이제 끝난 듯 보였지만, 그 저주를 해소한 강소영이라는 여자와 연락이 되지 않음으로써 계속 남아 있는 듯한 찝찝함을 남겼다. 택시가 호텔 앞에 도착하던 그때, 우버 택시 기사가 말을 건네려 하자 형두는 충동적으로 길을 바꿔 소영이 머무는 호텔 앞으로 가 달라고 했다. 고작해야 몇 분 더 걸어갈 거리였지만, 조금이라도 빠르게 가고 싶었다. 소영이 호텔에 머무르고 있을지, 아니면 밖에 나가 활동 중일지 알 수는 없었지만.

택시 기사는 투덜거리면서도 형두의 바람대로 소영이 머무는 호텔 앞에서 택시를 세웠다.

"굉장히 급해 보이네요. 소중한 사람이 이곳에 머물고 있는 건가요?"

우버 택시 기사의 말에 형두는 유창한 영어로 대답했다.

"놓치면 안 될 사람이 있어요. 만약 그녀를 놓치게 된다면······. 나는 후회할 겁니다."

"오, 다정하시군요. 마침 뉴욕에서 열리는 전시회 중 하나가 다정함은······."

"세상을 구한다죠. 그녀의 다정함이 제 세상을 바꿔놨으니 서둘러 가 봐야 해요. 그녀를 잡아야 하거든요."

"세상에. 당신의 세상을 바꾼 사람이라니? 당장 가야죠. 나를 바꿀 수 있는 사람은 수많은 인구 중 단 한 명뿐인 운명의 상대일 거라고요. 가요, 가서 사랑을 쟁취해요, 어서!"

8

변호사 차형두

　뉴욕에서 앙코르 전시를 하기로 했던 '다정함은 세상을 구한다'는 줄리아와 일훈 때문에 결국 취소됐다. 전시에 대한 홍보물은 쓰레기가 되어 길거리에 아무렇게나 버려졌다. 남은 것은 한국과 유럽의 전시였다. 이 역시 주최사가 줄리아와 관련되어 있었다. 줄리아가 변덕을 부리게 된다면, 전시를 취소할 수밖에 없었다. 소영의 발등에 불이 떨어진 것이다. 주최 측을 바꾸는 수밖에 없었다. 명백한 계약 위반을 저지른 것은 줄리아였지만, 법적인 소송으로 가기엔 너무나도 긴 시간이 걸릴 터였고, 그동안 '다정함은 세상을 구한다'를 주제로 한 전시는 하지 못할 것이 눈에 선했다. 그랬기에 다른 전시를 기획해야 했다.
　"이걸 어쩐다?"
　소영은 무심한 듯 담배에 불을 붙이고 깊게 빨아들였다. 담배 끝에서 타들어가는 작은 불꽃 소리가 고요한 방 안을 메웠다. 연기가 폐 깊숙이 스며들면서 마음속 무거운 안개가 조금씩 짙어졌다.

'다정함은 세상을 구한다'는 말은, 지금 이 순간 누구에게도 위로가 되지 않았다. 줄리아와 백일훈의 얼굴이 자꾸만 떠올랐다. 상상조차 하고 싶지 않은 그들의 다정한 모습이, 소영의 마음속 어딘가를 깊게 긁어 댔다.

그녀는 시선을 잃은 채 허공을 바라보았다. 마음 한편에 자리 잡은 불안과 허탈함이 무너져 내렸다. 전시는 물거품이 되었고, 남은 건 불확실한 미래뿐이었다. '이대로 무너지긴 싫어.' 담배 연기처럼 흐릿하지만 그 속에 뚜렷한 결심이 스며들었다. 소영은 다시 한번 자신을 다잡았다.

그때 소영의 휴대폰이 울렸다. 소영은 열흘 동안 뉴욕에 머무르려고 했지만, 전시가 취소된 이상 그 정도로 머물 이유는 없었다. 그랬기에 항공사로 전화해 최대한 빠른 일정으로 표를 알아봐 달라고 부탁했다. 항공사의 전화번호로 걸려 온 것을 보니, 한국으로 돌아가는 일정이 잡힌 듯했다.

"네. 강소영입니다."

"안녕하세요, 고객님. 한국항공입니다. 다름 아니라 뉴욕 공항서 출발해 한국으로 돌아가는 비행기 표를 마침 취소한 분이 있어 자리가 나서……."

"언제죠?"

"오늘 밤 비행기인데 괜찮으시겠어요? 딱 한 자리 비즈니스 클래스로 자리가 난 터라 급히 연락드렸습니다."

"그 자리로 할게요. 오늘 밤이라……. 알겠습니다. 몇 시까지 공항에 도착하면 되죠?"

소영은 밤 비행기 예약을 마치곤 전화를 끊었다. 생각보다 이른 일정으로 한국으로 돌아가게 될 줄은 몰랐다. 예상하지 못했던 변수의 등장이었다. 줄리아와 백일훈의 관계에 대해 단 한 번도 고민해 본 적이 없었다. 두 사람이 어떤 사이로 얽혀 있을 것이라는 상상도 하지 못했던 지난 세월이 야속하게만 느껴졌다. 왜 눈치채지 못했을까? 아무도 만나지 않던 줄리아. 그리고 여러 연인을 거치면서도 종종 들리던 백일훈의 소식. 그 소식은 줄리아의 입을 통해서 전달되고는 했다. 줄리아가 백일훈의 이야기를 꺼낼 때면 애써 회피하곤 했다. 줄리아가 자신의 반응을 보기 위해서 백일훈의 이야기를 꺼냈을 것이라는 막연한 상상에 속이 괴로웠다. 연초를 다시 문 소영은 다시 한번 담배 필터를 깊게 빨아들이며 폐부 깊숙하게 멘톨을 채워 넣었다.

"더럽게 춥네. 캐리어는 뭐 준비가 다 돼 있고, 쇼핑도 할 게 없었으니 그냥 돌아가는 수밖에 없네."

소영은 한쪽 구석에 세워진 캐리어를 보며 혼잣말을 중얼거렸다. 뉴욕에 올 때면 항상 주변 사람들을 위한 기념품을 잔뜩 사 가곤 했다. 그러나 이번 여행에서는 주변 사람들을 챙길 정신조차 없었다. 소영의 머릿속에 잠시 든 생각은 변호사 차형두가 무엇을 하고 있을까, 하는 것이었다. 아마도 자신에게 큰 실망을 느꼈을 테고, 두 사람의 인연은 뉴욕서 끝나게 될 것이다. 한국으로 돌아간다 하더라도 좁은 땅에서 마주치게 된다면……. 거기까지 생각하던 소영은 형두의 근사했던 미소가 생각났지만, 그에게 연락할 용기는 없었다. 자신이 먼저 냉정하게 떠나온 것이었다. 그에게 상처를 준 것은 자신이었다. 그는 분명 자신을 사랑하는 듯 굴었고, 자신으로 인해 위로를 얻은 것 같아 보였다. 그런 형두를 내친 것은 자신이었다. 형두가 어떤 실망감에 사로잡혔을지 상상하는 것은 어려웠다. 줄리아와 백일훈에 대한 감정보다 더 어려운 일이었다.

"이게 만약 사랑이라면 난 어떻게 해야 하는 거지?"

소영은 자신의 감정이 사랑일까 봐 두려웠다. 오랜만에 찾아온 사랑을 알아보지 못하고 놓친 것은 아닐까, 하는 걱정이 들었다. 형두에 대한 감정을 정리하기엔 지금 해야 할 일이 많았다. 다른 전시를 기획하는 것, '다정함은 세상을 구한다'를 어떤 식으로 줄리아로부터 뺏어올 것인가에 대한 고민까지. 줄리아와 독점 계약한 전시였기에 이것을 뺏어올 방법은 법적인 소송밖에 없었다. 줄리아가 아무런 욕심 없이 놔준다면 다행이겠지만, 그녀의 탐욕을 봤기에 쉽게 놔주지 않으리라는 생각이 들었다.

형두에 대한 생각으로 시작돼 다시금 자신의 전시에 대한 생각으로 이어지자, 소영은 손목에 찬 애플워치를 힐끔 바라봤다. 슬슬 호텔 체크아웃을 하고 공항으로 가야 했다. 시간이 얼마 남지 않아 촉박했다. 소영이 프론트 직원을 재촉하려는 그때 구둣발 소리가 뒤에서 들렸다. 고개를 돌리자, 형두가 허망한 표정으로 서 있었다.

형두는 자신의 것과 같은 캐리어를 들고 체크아웃을 준비하는 그녀를 보며 뉴욕 전시가 엉망이 됐음을 알아차렸다. 그녀에게 위로의 키스를 건네고 싶었다. 고작 입맞춤 따위로 위로가 될 수는 없겠지만.

"강소영 씨."

나지막한 목소리로 부르자, 소영이 뒤를 돌았다. 이곳에 형두가 올 줄은 몰랐다는 듯 동그랗게 눈을 뜬 그녀는 입 모양으로 "왜 왔어요?"라고 물었다. 형두는 그녀의 손목을 잡아끌었다.

"왜 메모도, 어떤 말도 없이 그렇게 간 겁니까?"

"내 전시는 취소가 됐고, 나는 뉴욕에 더 머무를 이유가 없으니까요. 줄리아가 일방적으로 통보해 버렸어요. 한국 전시 준비도 다시 한번 살펴보게 되어서 그래서 그런 결정을 내렸어요. 이제는 줄리아와는 거리가 먼 다른 것을 준비해야 하니까요."

"아무리 일이 바빠졌다 하더라도 인사는 하고 갈 수 있지 않습니까?"

"그러고 싶었죠. 하지만 그럴 수 없는 환경 속에 놓였잖아요. 그리고 우리가 어떤 사랑의 약속이라도 한 사이는 아니죠. 단지, 서로의 분위기에 끌려서, 그 밤의 분위기에 끌려서 무언의 무언가를 주고받은 사이잖아요."

소영의 말은 생각보다 날카롭게 형두에게 박혔다. 형두는 소영으로 인해 자신의 세상이 달라졌다고 믿었다. 한국으로 돌아가게 된다면 거액의 수임료를 받은 재벌 3세 마약 사건을 마무리하고 인권 변호사가 되어야겠단 결심을 굳혔던 터다. 정작 자신을 바꾼 그녀는 누구보다 냉정하게 말을 내뱉었고, 형두는 그녀의 말 한마디 한마디가 자신에게 칼

날같이 꽂히고 있음을 알 수 있었다.

"정말 우리가 그렇게 단순한 사이였습니까?"

형두가 딱딱하게 굳은 목소리로 이야기하자, 소영은 잠시 그의 시선을 피했다. 이윽고 그녀는 고개를 끄덕이며 대답했다.

"우리의 사이는 하룻밤으로 끝날 사이였어요."

형두는 마음 한구석에서 밀려오는 실망감을 떨쳐내지 못했다. 그 실망은 마치 무거운 돌덩이처럼 가슴을 짓눌렀고, 모든 것이 무너져 내릴 듯한 허망함으로 번져갔다. 그녀 앞에서 떳떳한 사람이 되고 싶었다. 적어도 한때는 그렇게 믿었고, 그렇게 노력했다. 하지만 그 모든 감정이 어느새 잔불처럼 시들어 가는 것을 느꼈다. 나는 과연 그녀에게 무슨 의미였던 걸까? 그 밤, 나눈 대화들은 그녀에게 어떤 흔적도 남기지 못한 걸까?

'그냥 내가 너무 나약한 걸까. 아니, 그녀가 나를 필요로 하지 않는 걸까?'

말로는 꺼내지 못한 질문들이 머릿속을 맴돌았다. 그러나 굳이 묻지 않았다. 불필요한 시선과 오해가 두려웠다. 그저 돌아섰다. 그리고 다짐했다. 두 번 다시 강소영과 엮이지 않으리라. 그녀와 엮일 일도 없겠지만.

형두의 마음 한켠에 자리한 허전함이 깊고 조용히 가라앉았다.

"잘 지내요."

소영은 멀어지는 형두를 향해 나지막한 목소리로 중얼거렸다. 형두에겐 들리지 않았으리라.

소영은 그를 붙잡고 다시 이야기를 나눌까 잠시 고민했지만, 지금 발등에 떨어진 불이 급했다. '다정함이 세상을 구한다'는 그녀의 전시는 줄리아와 백일훈의 방해로 인해 전 세계 어디에서도 개최되지 못할 위기에 놓였다. 관람객 반응이 제아무리 좋았어도, 주최 측의 변덕에 모든 것이 엉망이 될 상황이었다.

그렇기에 형두를 붙잡아야 한다는 마음보다 더 급한 것은 자신의 전시였다. 지금까지 자신의 커리어를 이어올 수 있게 한 '다정함이 세상을 구한다' 콘셉트의 전시를 하지 못하게 된다는 것은, 다른 주최사를 알아봐야 하고, 다른 전시를 기획해야 한다는 뜻이었다. 생각해 놓은 소재는 있었지만, 그 전시를 기획하기까지 짧게는 몇 개월, 길게는 몇 년이 걸릴 수도 있었다. 차형두라는 남자가 싫은 게 아니었다. 차형두와 자신의 일을 구분했을 뿐이었다. 기회가 되고, 인연이라면 차형두를 언젠가 또 만날 수 있으리라는 막연한 생각이 들었다. 20여 년 전 버스 사고에서 같은 차를 타고 있었던 그였기에, 한국으로 돌아가게 된다면 그곳에서도 그를 만날 수 있게 되리라는 근거 없는 믿음이 자리 잡았다.

형두가 문을 열고 호텔 밖으로 나가는 것을 보며 소영은 작은 목소리로 읊조렸다.

"미안해요. 하지만 지금은 내 일이 너무 급해서 어쩔 수 없어요."

소영이 목소리는 형두에게 가닿지 않았다. 가닿기엔 너무나도 작은 목소리였고, 두 사람의 거리가 있었으니까. 불과 지난밤까지도 작게 속삭이던 말이 들리던 거리는 어느새 벌어졌고, 그것은 현실이 되었다.

*＊＊

"차 변호사님."

허진호는 오늘도 약에 취해 있었다. 나른한 눈빛으로 자신을 바라보는 허진호를 보며 형두는 서둘러 이 연례행사 같은 재판을 끝내고 싶다고 생각했다.

"그래도 이왕이면 귀국 전까지 약은 안 하는 게 좋겠습니다만. 재판에 있어서 불리한 점을 숨기려거든요."

"아, 그렇긴 하지. 어차피 전관예우 변호사까지 구했다면서요? 그걸 내가 걱정해야 할 이유는 없잖아요? 전관예우 변호사까지 구한 마당에 내가 약을 한다고 하더라도 뭐, 실형 1년 이상 나오겠어요? 고작해야 집행유예나 몇 년 나오겠지."

허진호의 태연한 말에 형두는 한숨이 나오려는 것을 겨우 억눌렀다. 의뢰인 앞에서는 최대한 의연한 모습을 보일 것. 그것이 높은 수임료를 받으면서 형두가 몸에 익힌 태도였다. 제아무리 허진호가 마음에 들지 않아도 무려 50억이 걸려 있었다. 수임료는 모루전자 사모님이 빠르게 로펌으로 입금해 자신의 통장에 꽂혔고, 이제 남은 일은 자신은 눈앞에서 마약으로 눈이 풀린 의뢰인을 어떻게든 감싸안아 실형 1년 대신 집행유예 3년으로 끝내는 것뿐이었다.

"제가 짜고 있는 계획은 최대한 실형을 받지 않도록 한다는 것이죠. 실형을 받지 않기 위해서라면 단 한 가지 방법밖에 없습니다. 허진호 님께서 일단 약을 잠시라도 끊을 것. 그것이 조건입니다. 그렇지 않는다면, 실형은 피해 갈 수 없을 겁니다. 반성이 되지 않더라도 일말의 반성이라도 하는 척을 보여야 사건의 규모를 줄일 수 있죠. 제 말뜻, 이해하시겠습니까?"

그러자 허진호가 콧소리를 내며 비웃었다.

"지금 저 가르치려고 하는 겁니까? 저를 가르치려고요? 아무리 우리 마미가 선택한 변호사라고 하더라도, 또 그동안 우리가 정든 세월이 있다고 하더라도 나를 가르치는 건 참지 못하겠는데."

허진호의 말에 형두는 안경을 추켜올리며 이야기했다.

"가르치려는 게 아닙니다. 어떤 상황으로 돌아갈지 미리 계획을 세우고 이야기하는 거죠. 저는 허진호 님을 실형이 아닌, 집행유예로 마무리할 생각입니다. 그러기 위해서 서로 협조하는 게 있어야 하지 않겠습니까? 저 혼자서 아무리 노력한다 하더라도 할 수 있는 데엔 한계가 있어요. 그러니까 협조해 달라, 이 뜻입니다."

형두는 처음으로 허진호에게 강력한 어조로 이야기했다. 그간 허진호의 눈치를 살핀 적도 있었다. 허진호의 눈에 잘못 들었다간 모루전자라는 거대한 고객을 잃을 수도 있었으니까. 하지만 인권 변호사가 되어야겠다는 생각을 확고히 하자, 허진호가 가진 부와 권력이 아무렇지 않게 보였다.

"내 말 한마디면 당신은 리온 로펌에서 잘릴 수도 있어."

허진호가 시가를 물며 속삭이듯 말했다. 그 모습은 형두에게는 전혀 무섭게 다가오지 않았다. 어차피 리온 로펌 앞으로 50억 수임료를 받은 사건은 재판만 무사히 마무리된다면 끝나니까. 리온 로펌에서 그만두고 자신이 그동안 잊고 지냈던 삶의 방향성을 다시 설정해 살아가자는 것이 형두의 계획이었다. 서은경. 그녀와 함께 꿈꿨던 삶의 방향을 생각하는 것. 비록 은경과 꿈꿨던 삶이 소영으로부터 다시 시작되었음을 부정할 수는 없었지만.

"제 일은 죗값을 최대한 줄여 나가는 일입니다. 줄여 나갈 뿐만 아니라, 죗값을 덜어 형벌을 적게 받도록 하는 것이죠. 로펌서 해고된다면 저와 같은 변호사를 또 찾을 수 있겠습니까? 모루전자 사모님의 선택은 차형두였습니다. 지금까지 차형두가 아닌 다른 변호사가 진호 님의 사건을 수임했더라면 이와 같은 결과를 만들어 낼 수 있었겠습니까?"

형두가 구구절절 옳은 말을 쏟아내자, 허진호는 '하' 하는 짧은 탄식과 함께 시가를 피웠다. 독한 시가 연기로 가득 찬 방 안에서 형두는 허진호를 뚫어져라 쳐다봤다. 허진호의 흐리멍덩한 눈빛은 형두의 시선을 똑바로 마주하지 못했다. 이미 마약에 중독될 만큼 중독된 상태였다. 팔에는 수많은 주사 자국이 있었고, 목 근처에는 마약 패치가 붙어 있었다. 언제 붙였는지 모를 정도로 너덜너덜한 흔적을 보며, 형두는 문득 궁금증이 들었다. 소영이 이야기한 대로 다정함은 세상을 구한다. 그렇다면, 눈앞에 앉은 이 사람도 다정함으로 구할 수 있을까? 다정함이 모든 것을 구한다 하더라도 눈앞의 마약 중독자는 구하지 못하리라는 확신이 들었다. 그러자 마약사범을 변호하게 된 자신이 역겹게 느껴졌다. 은경과 함께했던 지난 삶. 그리고 잊고 지냈던 것. 죽음을 맞이한 은경은 홀몸이 아니었다. 홀몸이 아닌 은경의 뱃속에 자리 잡은 것은 3개월 된 태아였다. 은경이 죽지 않았더라면……. 자신에게는 스물을 갓 넘긴 자식이 있었을 것이고, 그 자식이 만약 자신의 지금 삶을 지켜봤더라면…….

"그럼, 집행유예로 끝나는 것으로 알고 있을게요. 아, 귀찮다. 나는 지금 굉장히 꼴리는 상태거든요. 차 변호사님은 모르겠지만, 기집년들 앙앙대는 소리가 얼마나 좋은지 몰라. 차 변은 거절했지만, 여기 뉴욕에는 돈만 있으면 되는 것들이 많아서 나는 걔네나 좀 불러야겠어요."

다시 말하자면 꺼지라는 소리였다. 형두가 이 말을 못 알아들을 리 없었다.

"한국에는 언제쯤 올 계획입니까. 적어도 2주 동안은 약을 참고 와야 할 텐데요. 반성문과 탄원서 등은 제가 준비하겠습니다. 그에 맞게 2주만 참으시죠. 오늘은 이미 그른 듯하니 내일부터 딱 2주. 재판 일정을 최대한 조정해 보긴 하겠습니다."

형두는 최대한 사적인 감정을 배제하고 공적인 감정으로만 이야기했다. 눈빛이 풀린 허진호는 그런 형두를 바라보며 대답했다.

"그러도록 하죠. 난 섹스나 하려니까 좀 꺼져요. 지겨워, 차 변 얼굴 보는 거."

"이만 가겠습니다. 그럼 2주 뒤 한국에서 뵙도록 하겠습니다."

형두는 허진호의 펜트하우스를 서둘러 벗어났다. 뉴욕의 바람은 날이 갈수록 차가워졌다. 한국으로 돌아가기까지 며칠 더 남았다. 형두는 이대로 호텔로 돌아가 서류를 작성해야 했지만, 돌아가긴 싫었다. 일을 하는 행위만으로 그간의 공허함을 달래왔던 터였다. 하지만 지금은 다르다. 강소영이라는 여자가 만들어 놓은 공백을 채우고 싶었다. 다른 여자가 아니라, 그녀와 함께 이야기하고 웃으며.

형두는 그녀가 자신을 거부한 것을 알았지만, 이대로 보내기에는 아쉬웠다. 오랜만에 찾아온 사랑이었다. 그녀가 만들어 준 다정한 세상. 그 세상은 자신에게서 또 다른 가능성을 볼 수 있게 했다. 그녀가 새롭게 꾸며준 자신의 세상 속에서 형두는 다시 시작하고 싶었다. 이미 더러워진 몸이라 하더라도, 강소영으로 인해 넓어진 세상 속에서라면 자신은 다시 태어날 수 있었다. 비록 그녀의 인사는 다정하지 못했지만. 형두는 자신에게서 잃어버렸던 다정함을 되찾았다. 그때 손목에 찬 애플워치에서 진동이 울렸다. 인혜로부터 도착한 메시지였다.

- 우리 협의이혼은 오늘 판결 났어. 그동안 당신과 함께해서 더러웠고, 다신 마주치지 마.

인혜의 경고성 메시지를 읽으면서 형두는 자유로워진 마음을 느꼈다. 자신은 오랜 세월이 지나서야 온전한 자유 속으로 들어왔다. 이제야 모든 것이 바르게 돌아가는 듯한 느낌이 들었다. 단 한 가지 마음에 걸리는 것이 있다면 바로 소영에 대한 마음이었다. 여름이 아닌 계절에도 달콤한 꿈을 꿀 수 있다는 걸 알게 해 준 사람, 강소영. 그녀에게 묻고 싶었다. 당신의 다정함이 어떤 의미를 가졌는지 아냐고. 당신과 나 눈 그 짧고도 긴 하루의 시간이 자신을 바꿔 놓았다고 이야기하고 싶었다.

형두는 그녀가 머무는 호텔로 향했다. 그러나 겨우 잡았다고 생각한 순간, 돌아온 건 싸늘한 말 한마디였다. 소영은 그를 처음 보는 사람처럼 대했다. 시선은 단 한 번도 길게 머물지 않았고, 미간은 미세하게 찌푸려 있었다. 그녀의 태도는 한겨울 뉴욕의 바람처럼 매서웠고, 말끝마다 결빙된 거리감이 배어 있었다. 그 순간 형두는 깨달았다. 이 사랑은, 이미 끝나 있었음을.

호텔 로비를 나서며 문이 자동으로 닫히는 순간, 형두는 마치 어떤 세상이 완전히 닫히는 소리를 들은 듯했다. 문틈으로 흐르던 마지막 온기가 사라지자, 마음은 조용히 무너져 내렸다. 잠시 후, 그는 로비 밖 인도 가장자리에서 캐리어를 끌고 나오는 소영의 뒷모습을 바라봤다. 얇은 트렌치코트를 입은 그녀의 실루엣은 쓸쓸했고, 발끝마다 미묘하게 흔들리는 감정의 파장이 느껴졌다. 형두는 그 장면을 눈에 담듯 가만히 바라보다가, 천천히 고개를 숙였다.

자신이 가질 수 없는 것에 대한 절실한 갈망. 소영은 그의 두 번째 사랑이었고, 그조차도 결국 허망하게 흘러가 버렸다. '사랑'이라는 단어는 여전히 자신에게 맞지 않는 옷처럼 낯설게 느껴졌다. 누군가는 그 감정을 노래로 불렀고, 또 누군가는 글로 적었지만, 지금 형두의 마음을 정확히 담아낼 말은 어디에도 없었다.

이건 단순한 이별이 아니었다. 소영은 그의 세상에 머물렀던 가장 다정한 풍경이었고, 이제 그는 그 풍경이 사라지는 장면을 그대로 목도하고 있었다. 형두는 아무런 행동도 하지 못한 채 그녀를 보낼 수밖에 없었다. 멀어지는 택시를 보며 소영에 대한 마음이 서서히 식어가는 것을 느꼈다. 겨울도 아닌 계절에, 형두는 한겨울처럼 추운 마음으로 뉴욕의 거리를 떠돌았다.

그녀가 아직 전 남자 친구를 아직 잊지 못하고 있다는 근거 없는 확신이 마음에 새겨졌다. 자신과의 하룻밤은 그저 충동에 의한 것이었을 뿐이라는 생각이 들자, 소영에 대한 감정이 차갑게 사그라졌다. 이곳에 더 남아 있을 이유는 없었다. 소영과 조금 더 대화를 해 보고 싶었고, 하룻밤만이라던 소영과의 사이를 이어보려는 계획도 틀어졌다. 형두는 허탈한 발걸음으로 자신이 머무는 호텔로 돌아왔다. 노트북을 켜 서류를 정리하면서도 머릿속이 번잡했다.

서은경. 조인혜. 그리고 강소영. 자신을 거쳐 간 여자 셋의 이름이 복잡하게 머릿속에서 떠다녔다. 자신의 아이를 가진 채 세상을 떠나야만 했던 첫사랑 서은경. 그리고 오랜 세월 동안 아내라는 이름으로 자신의 곁에 존재했던 여자 조인혜. 결국에는 자신의 첫사랑에게로 돌아간 조인혜의 모습과 강소영의 모습이 겹치는 것은 왜일까. 강소영은 전 남자 친구를 잊지 못한 것이다. 그러니 자신에게 일언반구의 연락 없이 뉴욕을 떠나는 것이다. 거기까지 생각이 들자, 형두는 사랑이라는 감정에 새삼 반감이 느껴졌다.

강소영은 다정함이 세상을 구한다고 이야기했지만, 그녀의 말은 모순적인 것이었다. 차형두라는 인간의 세상을 구한 그녀는 정작 자신의 세계는 다정함으로 물들이지 못한 채 뉴욕에서 떠났다. 소영이 매정한 사람이라는 생각이 들자, 그녀와 몸을 부딪히며 속삭였던 모든 말이 거짓으로 느껴졌다. 자신은 누군가에게 마음을 품으면 안 되는 사람처럼 여겨지기도 했다. 자신이 누군가에게 마음을 품는 순간 그 세상은 무너지게 될 것이라는 확신이 들었으니까. 서은경이 자신의 아이를 가지고 세상을 떠난 것처럼, 강소영이 결국은 하룻밤의 추억만을 남긴 채 한국으로 돌아가는 것처럼.

물론, 소영과는 다시 연이 닿을 수도 있었다. 그녀는 비주얼 아트 디렉터라는 자신의 작업을 쉽게 포기하지 않을 것이고, 그녀의 전시회를 찾아가면 다시 만날 수도 있었다. 그러나 그렇게까지 해야 그녀를 만날 수 있다는 생각에 마음을 쓰리게 했다. 하룻밤 상대. 결국 그 이상은 아니었다. 자신의 마음을 따뜻하게 했던 상대에게는 정작 그 온기가 닿을 수 없었단 사실을 받아들여야 했다. 강소영의 밤을 위로해 주고 싶었다. 정작 위로를 받은 것은 자신이었지만.

이토록 강렬하고 원망스러운 마음은 그로선 처음 품는 것이었다. 이제는 전 아내인 조인혜에게도 이러한 마음을 품은 적이 없었다. 조인혜가 아파트 주차장에서 낯선 이와 입을 맞추고 있는 모습을 봤을 때에도 이런 마음이 들지 않았다. 모든 게 거짓 꿈인 것만 같았다.

"…… 강소영."

그녀의 이름을 소리내어 읊었지만, 현실에 존재하지 않는 이라는 생각이 들었다. 뉴욕의 밤은 따뜻했었지만, 결국 자신에게는 아무것도 남기지 못했다. 사랑이라는 것은 부질없이 무너지는 것이었다. 두 번 다시 그 어느 여자도 품지 않으리라.

은경이 무작정 보고 싶었다. 자신의 아이를 품고 있다는 사실도 몰랐던 은경. 그녀와 함께 떠나보낸 자신의 아이에 대한 생각도 들어 심경이 복잡했다. 한두 마디로 정의할 수 없는 것이었다. 형두는 자신의 생일 무렵이면 늘 은경의 유골을 뿌린 산을 찾곤 했다. 올해는 허진호 사건을 수임하게 됨으로써 은경이 뿌려진 산을 찾지 못했다. 은경을 뿌린 산에 찾아가야겠다는 생각이 든 형두는 서둘러 항공사 사이트에 접속했다. 모루전자 사모님이 준 표는 찢어서 휴지통에 버렸다. 한국으로 돌아가야 했다. 은경이 기다리고 있는 곳으로. 자신을 진정으로 사랑한 사람은 은경 하나밖에 없다는 사실이 그가 가진 부와 권력을 허탈하게 만들었다. 자신을 위로해 줄 이는 은경밖에 없었다.

부단히 달려왔지만, 그 누구도 자신을 사랑하지 않는다는 현실이 비참하게 느껴졌다. 이윽고 형두의 눈에서 눈물이 흘렀다. 깊은 반성이 담긴 것은 아니었다. 은경과 세상에 태어나야만 했던 자신의 아이가 보고 싶었다. 은경을 떠나보내고 나서 자신이 이기적으로 산다면 성공을 거머쥐고, 그녀가 아니더라도 또 다른 사랑을 만날 수 있으리라 생각했다.

하지만 아니었다. 그녀를 떠나보내고는 누구도 자신을 진정으로 사랑하지 않았다. 자신의 조건을 보고 다가온 사람은 있었어도, 자신을 사랑해서, 은경처럼 자신에 대한 무조건적인 사랑을 퍼부어 줄 이는 없었다. 소영이 은경의 자리를 대신할 수 있으리라는 헛된 꿈은 꿈에 불과했다. 다디단 꿈이었다. 20여 년 전 같은 버스에 타고 있었다는 이유만으로 그녀와 새로운 인연을 이어갈지도 모른다는 생각을 했다. 그것은 자신의 오판이었다.

불리한 재판에서도 진 적 없던 것이 자신이었다. 자신이 한국 최고의 로펌, 리온 로펌에서 시니어 변호사 자리까지 오른 데에는 온갖 불리한 사건에서도 승리로 이끈 전적이 있기 때문이었다. 늘 승리만을 쟁취해 왔다. 은경을 사고로 보낸 것 외에는 실패 따위는 없었다고 믿었던 것이 자신의 삶이었다. 그러나 그 모든 것이 허무하게 무너져 내렸다. 두 번 다시는 여자를 품에 안지 않으리라. 그런데 귓가에 소영과 함께 갔던 문라이트 블루에서 들었던 올드 재즈 팝이 맴돌았다. 나는 너무 쉽게 사랑에 빠지곤 해요. 'I fall in love too easily······.' 그건 다른 사람의 이야기가 아니었다. 자신의 이야기였다. 그제야 형두는 생각했다. 은경이 첫사랑으로 자신의 삶을 조금 더 넓게 보는 법을 가르쳐 줬다면, 소영 역시 단 하루만으로도 자신의 세상을 넓혀줬다고. 어디선가 봤던 문구가 머리를 스쳤다.

사람은 자신의 세상을 넓혀 준 사람을 잊지 못한다는 흔한 문구였다. 서은경이 그러했듯, 강소영 역시 자신의 삶에서 또 다른 방향을 보게 했다. 강소영……. 쓰라린 마음에 그녀의 이름이 새겨졌다. 지금의 감정은 쉽게 잊지 못할 것이다.

* * *

한국으로 돌아오자마자 집에 들른 형두는 예상했던 그대로의 풍경을 마주하고 깊은 한숨을 쉬었다. 전 아내가 남기고 간 집은 말 그대로 엉망이었다. 살림살이는 이리저리 널브러져 있었고, 값나가는 물건과 꼭 필요한 전자제품만을 쏙 빼간 것이 그녀의 삶의 방식을 그대로 옮겨 놓은 듯했다. 그나마 냉장고 같은 대형 가전은 손을 대지 않았으니 다행이라고 해야 할지, 웃어야 할지 울어야 할지 모르는 상태로 형두는 시차 적응도 하기도 전 집안 정리에 나섰다.

그러다 문득, 인혜와 쌓은 추억이 이 집에 거의 남아 있지 않다는 생각이 들었다. 인혜는 형두와 함께 찍었던 웨딩 스냅마저 바닥에 내려놓고 떠났다. 그것을 보니 두 사람 사이에 감정적 교류가 지나치게 부족했음을 실감했다. 인혜가 그토록 많은 남자를 만나면서 자신의 사랑을 찾아가려고 했던 마음을 조금은 이해할 것만 같았다. 약 10여 년의 시간을 함께하면서 사랑받지 못하는 삶을 살아야 했던 인혜에게 이 결혼은 지옥이 아니었을까. 자신이 아주 조금이라도 다정하고 따뜻한 사람이었더라면, 심적으로 여유가 있는 사람이었더라면 인혜와는 다른 이야기를 써 내려갈 수 있지 않았을까. 그런 생각이 들자, 형두는 처음으로 인혜에게 미안했다. 결혼을 택하는 것이 아니었다. 결혼을 택하지 않았더라면 그녀는 외롭지 않았을 것이다.

 은경을 떠나보낸 뒤 자신이 했던 선택은 어리석었다. 은경이 아니라면, 사회적 체면을 위해서라도 결혼을 하는 것이 맞다고 여겼다. 자신의 머리가 크기도 전에 하늘나라로 떠난 부모님에게 자신이 떳떳하게 성공해 결혼하는 모습까지 보여주고 싶었다.

 아이를 낳고 도란도란 사는 삶을 꿈꿨던 몇 년의 세월이 있었다. 사고와 함께 죽은 것은 은경과 자신의 아이였다. 그리고 자신의 마음 역시 그때 죽어 없어졌다. 자신의 마음에 심폐소생술을 가할 수 없으리라는 막연한 생각에 조건만 봤다. 서은경이란 존재를 너무나도 사랑했기에, 그녀가 품고 있었던 3개월 된 아이마저 사랑의 대상이 될 수밖에 없었고, 다른 여자와 아이를 낳는 것은 은경을 배신하는 행위였다.

 지금에서야 모든 퍼즐 조각이 제대로 맞춰져 돌아가는 기분이 들었다. 지난 시간은 헛되이 쓰였다. 졸부에서 운 좋게 부동산 재벌이 된 어느 집안의 변호사 사위 역할을 하느라고 애를 썼다. 지금이라도 자신이 원하는 대로 사는 게 맞는 길이었다.

 '지이잉-, 지이잉-'

 그 순간 전화가 울렸다. 의찬으로부터 걸려 온 전화였다.

 "어, 의찬아."

"어라, 바로 받네? 너 한국이구나! 뉴욕에 더 있는 일정 아니었어?"

그 말에 형두는 긴 이야기를 설명하기 싫어 간략히 요약했다. 하룻밤을 보낸 여자는 떠났고, 자신이 할 일은 재판 준비밖에 없으니, 리온 로펌 소속으로 마지막으로 치르게 될 재판에 집중하기 위해 일찍 돌아왔다고. 그뿐만 아니라, 인혜가 대다수의 짐을 빼가서 엉망이 된 집 안 이야기도 털어놓았다. 의찬이 아니라면 굳이 하지 않을 이야기였다. 그 대상이 누가 된다 하더라도 할 말은 아니었다. 의찬은 맞장구를 치다가 형두에게 물었다.

"차형두. 너 올해도…… 다녀올 생각이냐?"

그것이 어디를 가리키는지 형두는 잘 알고 있었다. 바로 은경의 유골을 뿌린 곳이자, 그녀의 넋을 기리는 곳이었다. 은경의 유골은 은경의 부모님이 다니던 수락산 수리사 방향으로 오르다가 나타나는 갈림길의 오른쪽 커다란 바위 밑에 뿌려졌다. 은경을 보낸 곳이 어디인지 20여 년의 시간이 흘렀어도 형두는 어제 일처럼 선명하게 기억하고 있었다.

"…… 올해는 늦었지."

"그래, 어차피 늦었으니 이제부터는 차라리 잊고 살아. 산 사람이 언제까지 죽은 사람만 그리워하며……."

"한국말은 똑바로 들어, 인마. 올해는 늦었지만 갈 거야. 다른 데도 아니고 수락산에 올라가서 인사치레 정도는 할 수 있지 않겠냐? 은경이가 기다리고 있을 거야."

"너는, 참……. 아니다, 말은 아낄게."

의찬이 깊은 한숨을 내뱉는 소리가 적나라하게 들렸다. 하지만 형두는 들은 채 하지 않았다. 아니, 아무것도 듣지 못한 사람처럼 행동했다. 20여 년째 반복되는 자신의 11월 17일 무렵의 행위에 대해 의찬이 걱정하고 있다는 것을 모르는 것이 아니었다.

애플워치에 표시된 시간을 확인했다. 시간이 어느덧 흐르고 흘러 11월 23일이었다. 미국에 다녀오느라, 은경에게 늦게 찾아가게 된 점이 미안했다. 매년 그의 생일은 수락산이었다. 일이 아무리 바빠도 11월 17일만큼은 꼭 챙겼다. 그것이 자신과 오랜 시간을 함께했고, 자신의 아이를 품고 있던 사람에 대한 예의였다. 그 예의만큼은 잊지 않으려고 했는데, 올해는 타이밍 좋게 어긋났다.

"어차피 하나 마나 한 이야기는 그만하고. 그래서 너희 사무실에 변호사 자리 하나 남냐?"

"안 그래도 네가 오면 만나서 직접 이야기를 나눠 보려고 했는데. 너한테 다리를 놔달라는 분이 한 분 계셔서."

그 말을 들은 형두는 한동안 멍해질 수밖에 없었다. 인권 변호사들 눈에는 자신이 이미 쓰레기 같은 존재일 텐데, 그런 자신에게 다리를 놓아 달라는 사람이 있다니 도무지 믿기 어려운 일이었다. 그 상황 자체가 아이러니했다.

"나를? 차형두라는 또 다른 이름의 누군가가 아니라, 나를? 허허 내가 변호사로서 유능한 건 맞지만 말야. 내 방향성이 많이 다르긴 할 텐데?"

형두의 말에 의찬은 자신도 이해가 되지 않는다는 목소리로 대답했다.

"문제는 그 상대야."

"상대가 누구인데."

"아, 만나서 이야기하려고 했는데 이거 미리 스포일러를 하는 기분이 드네. 들어도 괜찮겠어?"

형두는 은근히 성질이 급한 편이었다. 어차피 만나서 이야기를 듣나, 지금 듣나, 그에겐 상관없었다. 의찬은 조금 더 신중하게 만나서 이야기를 전하려 하는 듯했지만, 형두는 의찬을 재촉했다.

"누군데? 대체 누구길래 네가 그렇게 뜸을 들이냐, 정의찬."

"정말 의외이긴 한데 야당인 더민주당 쪽에서 너와 다리를 놔달라는 연락이 왔더라고."

"그게 무슨 소리야?"

정치 쪽으로는 단 한 번도 눈길을 준 적 없었다. 자신은 정치인이 되기엔 너무나도 썩어빠진 인간이었다. 범죄자들에게 거액의 수임료를 받았고, 그들의 죗값을 허무하게 만들었다. 정치권에서는 결코 선호하지 않을 사람이었다. 자신이 똑바로 이야기를 들은 게 맞나 싶었다. 더민주당이 선호하는 인사라면……. 자신과는 정반대여야 할 것이다. 자신과 같은 쓰레기 삶을 살았던 인간이 아니라 청렴하게 살아온 이를 택하는 것이 더민주당의 선택이어야 했다.

"나도 이해가 안 되긴 하는데, 내가 너와 제일 친하다는 걸 알고 계신

한 의원님 보좌관이 연락해 왔더라고. 리온 로펌 쪽에 연락하시라고 했더니, 굳이 나를 통해서 소개받아야겠다고 하시는 거야."

자세한 내용은 의찬을 만나 이야기를 듣고 싶었다. 형두는 대뜸 의찬에게 사무실에 있냐고 물었다. 그렇다는 대답을 듣자마자, 형두는 짐을 풀기도 전 두툼한 코트를 입고 집을 나섰다.

의찬의 사무실에 도착하기 전까지 무척 긴장했다. 자신은 정치권에 어울리는 사람이 아니었다. 일단 깨끗한 사람이 아니었고, 보수와 진보 사이에서 어느 것도 택하지 않는 사람이었다. 리온 로펌을 통해서 연락 온 것이 아니라, 정의찬을 통해 연락이 왔다면 자신에게서 무언가를 바라는 게 명확히 있을 터였다. 그게 무엇인지 의찬의 입을 통해 직접 들어야 했다. 더민주당에서 원하는 인사가 무엇인지, 어째서 자신이어야 하는지 확인하고 신중히 대처해야 했다. 정치권과 얽히게 되면 자신의 삶이 다사다난해질 것이라는 사실은 안 봐도 눈에 선했다.

'그럼에도 나는 왜, 굳이 이 이야기에 관심을 갖는 거지?'

형두는 잠시 생각했다. 자신은 전혀 정치권과 어울리지 않은 존재라고 생각하면서도, '일단 만나는 보자'라는 강렬한 호기심이 이는 건, 무슨 연유일까? 은경이 뿌려진 수락산에 가려던 계획을 틀고, 굳이 의찬의 사무실에 먼저 들르면서 은근히 이들을 만나고 싶어 한 까닭은, 혹시나 자신도 모르게 마음속에 내재된 권력욕이 있어서란 말인가? 형두는 자신을 되돌아보면서 고개를 저었다.

'그건 아니야. 단지, 그 길이 선을 행할 수 있는 길이라면, 생각해 볼 필요도 있는 것 아니겠어? …… 음, 하지만 그것도 아니지. 아닌 건 아니야. 내 몸에 정치적 옷을 입는 그 순간부터 정치 패거리들 싸움에 휩싸이고 말 거야.'

형두는 언론을 통해서 최근 더민주당 내부에서 갈등이 심하다고 들은 바 있었다. 여당인 국수당에서 탄생한 대통령은 국민을 만족시키지 못했다. 할로윈을 앞두고 일어난 참사 사건, 지하차도 참사 사건, 해병대 사건 등, 수없이 많은 사건들을 몰고 다녔는데도, 누구 하나 책임 지려 하지 않았고, 민생은 돌보지 않은 채 오직 정적 제거에만 몰두하다 보니, 국민들의 외면은 당연한 일이었다. 더민주당 역시, 자신들이 내세우는 정책마다 번번이 대통령의 거부권에 막히면서도 이러한 정권에 제대로 맞서 싸우지 못하고, 마땅한 타개책을 마련하지 못한 채 주류와 비주류 간 내분이 심상치 않았다. 그런 곳에 정치적 소신도 명분도 없이 몸을 던질 필요는 없다는 생각이 들었다.

의찬의 사무실 건물에 주차를 마친 형두는 긴장하지 않은 척하려 했지만, 몇 분 뒤 마주친 의찬에게 들키고야 말았다.

"차형두, 긴장했네. 왜? 더민주당에서 너에게 바라는 것이 무엇인지 궁금해서 참을 수가 없었냐?"

"뭐? 그렇다고 해 두자. 궁금한 건 못 참는 성격이니까. 그래서 알고 싶은 건데 더민주당에서 어째서 나를 선택했고, 무슨 자리에 앉히고 싶어 하는지 궁금하네. 나라면 국수당 쪽에서 제안을 수차례 받았던 더러운 범죄자를 옹호하는 새끼는 절대 선택하지 않을 것 같거든."

형두의 말투는 꽤 장난스러웠으나, 눈빛만큼은 진지했다. 자신을 향한 제안의 배경을 알지 못하면 영 개운하지 않을 것 같다는 듯, 입꼬리와 목소리가 미묘하게 낮게 깔렸다.

"말을 들어보니 너 진짜 관심이 있는 게로구나?"

의찬은 씁쓸하게 웃으며 형두의 속마음을 떠봤다. 형두가 직접 자신의 정치적 가치와 거리를 두려 한다는 건 알지만, 그래도 의찬은 확실한 속내를 확인할 필요가 있다고 생각했다.

"아니, 그 반대야. 왜 나를 선택했는지 궁금할 뿐야. 단지 그뿐인 거지. 그들이 나를 어떤 가치로 평가했는지 그게 궁금했단 소리를 하고 있는 거야. 하지만 필요 없어졌어. 다시금 요청이 오거든 정의찬, 네 선에서 거절해 줘. 부탁하는 거야, 지금."

의찬은 형두의 표정에서 그 말이 진심임을 알았다.

"음. 형두 너 정말 사람 됐구나! 그러면 기념으로 내가 자리만 하나 만들면 된다는 거지?"

의찬이 농담처럼 말을 흘리자, 형두는 피식 웃었다. 말없이 고개를 끄덕인 그의 표정엔 묘한 안도감이 지나갔다. 진심이 통했다는 사실이 그의 마음을 조금은 가볍게 한 듯했다.

"그러면 고맙지."

"일단 회의실로 들어가자."

의찬을 따라 회의실에 들어간 형두는 다리를 살짝 꼰 채 앉았다. 인권 변호사의 사무실은 고급 가구와 시설로만 돼 있는 리온 로펌 사무실과는 현저히 달랐다. 난방은 겨우 실내 온도를 맞출 정도였고, 바깥의 칼바람은 막지 못하는 열악한 환경이었다. 두툼한 코트를 입었기에 다행이었다. 만약 얇은 재킷을 걸친 채 왔더라면 추위에 덜덜 떨며, 더 긴장한 채 대화할 뻔했다. 믹스 커피 두 잔을 가져오는 의찬의 손이 터 있었다. 의찬의 손을 보니 이곳 사무실이 얼마나 추운지 알 수 있었다.

"이거 마셔. 사무실이 좀 춥거든. 추워서 아내가 핸드크림이라도 잘 바르고 다니라고 챙겨줬는데, 자꾸 까먹는다."

의찬은 자신의 손에 꽂힌 형두의 시선을 의식한 듯 대답했다. 그 말을 들은 형두는 앞으로 자신이 선택하게 될 삶이 어떤 것인지 아주 조금이나마 파악할 수 있었다.

"리온에서 일하다 나오면 비슷한 로펌으로 가지 않는 이상 좋은 환경을 기대하긴 어려울 거야. 그래도 괜찮겠냐?"

의찬의 물음에 형두는 잠시 생각했다. 지금까지 꽤 호화롭고 사치스러운 삶을 살았다. 그 삶을 끝낸다 하더라도 자신에게는 충분한 부가 쌓여 있었다. 마지막 의뢰인 허진호까지만 무사히 마무리한다면, 자신에게는 진정한 자유가 주어지는 셈이었다. 남은 삶이 얼마나 될지 몰라도 형두는 자신의 삶에서 주체적인 삶을 살아보고 싶었다. 더 이상 의뢰인들의 비위나 맞추며 썩은 무리를 옹호하는 것이 아니라, 무언가 쓸모 있고 가치 있는 삶을 만들어 가고 싶었다. 그것이 서은경이 아닌 강소영이 가르쳐 준 삶이었고, 세상이었다. 그녀와의 하룻밤은 아쉬운 결말로 끝이 났지만, 아직 자신의 삶이 끝난 건 아니었으니까. 그랬기에 새로운 도전을 해 보고 싶었다.

형두는 의찬의 눈을 똑바로 응시했다. 그 눈빛 속에는 지난 세월 쌓아온 번뇌와 회한, 그리고 이제 막 움트기 시작한 새로운 열망이 뒤섞여 있었다. 텅 비어버린 듯한 눈동자 저 깊은 곳에서 작은 불씨 하나가 위태롭게 흔들리고 있었다.

"괜찮아."

낮게 가라앉은 목소리였지만, 그 안에는 흔들림 없는 단단함이 실려 있었다. 마치 스스로에게 되뇌는 주문 같기도 했다.

'괜찮아, 이 정도는 아무것도 아니야. 잃을 것은 이미 다 잃었으니, 이제는 얻을 일만 남았어.'

그렇게 스스로를 다독이며 형두는 리온 로펌을 떠나기로 결심했다.

* * *

2024년 12월 중순 허진호의 재판이 열렸다. 불행 중 다행이라 해야 할지, 담당 판사가 바뀌어 있었다. 기존의 깐깐했던 그 판사는 악성 종양 진단을 받고 질병 휴직에 들어갔다. 이에 따라 법원이 정당한 절차에 따라 새로운 판사를 배정한 것이었다. 판사가 직무를 수행할 수 없을 경우, 법원은 해당 사건의 지속을 위해 판사 교체를 결정할 수 있다는 형사소송법에 따른 결정이었다. 다행인 건 판사가 형두와 몇 번의 안면이 있는 인물이라는 점이었다. 그 때문에 판사와 검사, 자신을 포함한 변호인단의 의견은 이미 정해져 있었다. 판사는 지루한 일을 또 한다는 듯한 얼굴로 몇 차례 심문을 마친 뒤 주문을 낭독했다.

"피고인이 반성하고 있으므로 징역 1년에 집행유예 3년을 선고한다."

재판이 끝나고 법정을 나서는 길에 얼굴이 익숙한 사내가 다가왔다.

"사모님께서 잠시 뵙자고 하십니다."

모루전자 사모님의 비서였다. 모루전자 사모님이 탄 차에 올라타자 우아한 목소리를 들을 수 있었다.

"잘했어요, 역시 차 변. 내가 딱 바라던 모습대로 잘 마무리를 지었네. 내 새끼가 아무리 잘못을 해도 감옥살이를 시키지는 못하지. 거기서 무슨 물이 들어올 줄 알고."

모루전자 사모님은 자신의 자식에 대한 막연한 신뢰가 존재하는 듯했다. 정작 자기 아들이 썩어빠진 괴물인 줄 모르고.

"감사합니다."

"아, 그리고 소문이 하나 돌던데."

형두는 눈을 동그랗게 뜨며 물었다.

"소문이라뇨?"

"글쎄, 그런 게 있어. 그냥 소문이겠지 뭐. 신경 쓰지 말어."

형두는 머리를 갸웃거렸다. '벌써 정치권 소문이 돌았단 말인가? 설마, 그럴 리가.' 모루전자처럼 귀가 밝은 곳은 드물다. 그녀가 무언가 알고 있다는 건 분명해 보였다. 굳이 말하지 않아도 자신을 불러낸 이유는 무엇이든 파악하고 있다는 뜻이기도 했다.

"설마……, 이번 재판 일정을 갑자기 앞당긴 이유가 다른 데 있는 건 아니죠, 차 변? 소문이라는 게 나면 발 없는 말처럼 다급해지기 마련이거든."

앞뒤가 맞지 않는 말이었다. 형두가 재판 일정을 앞당긴 건 순전히 실무적인 판단 때문이었다. 모루전자 사모님은 형두의 속마음을 떠보려 하고 있었지만, 그는 이런 말장난에 쉽게 넘어갈 사람도 아니었을뿐더러 다른 요인이 있었다. 그건 바로 허진호의 존재 자체였다. 허진호는 시간이 갈수록 불안 요소가 커지는 인물이었다. 그를 더 오래 풀어둘수록 감당해야 할 일도, 예측할 수 없는 변수도 많아진다. 가능한 한 조속히 재판을 마무리짓고, 검찰의 대응 여지까지 최소화시키는 것이 형두가 세운 전략이었다.

그러나 그 속사정을 굳이 설명할 필요는 없다고 느꼈다. 아니, 설명해서는 안 될 일이기도 했다. 사모님이 원하는 건 '결과'였고, 그 결과가 잘 나왔으니 더 이상의 진실은 중요하지 않았다. 무엇보다도 그녀가 무엇을 알고 있는지 떠보려는 듯한 말투가 거슬렸다. 그 말을 그대로 받아들이면, 자신이 다른 목적을 가지고 움직였다는 오해를 살 수 있었다.

형두는 짧게 숨을 들이쉬고, 감정을 단단히 조였다. 표정을 고치고, 한 치의 흐트러짐도 없이 목소리에 힘을 실었다.

"그럴 리 없습니다. 모든 일정은 오로지 아드님을 위한 최선의 판단이었습니다. 저는 늘 제 의뢰인을 위해 일하는 데에 어떠한 거리낌도 없습니다. 혹시 다른 걱정을 하셨다면, 이제는 놓으셔도 됩니다. 이번 일은 제가 끝까지 제대로 마무리 짓겠습니다. 검찰에서 항소조차 하지 못하도록요. 그게 제 역할이고 책임입니다."

그제야 안심이 되는지 모루전자 사모님은 긴 한숨을 내뱉었다.

"좋아요. 그 말 들으니까 마음이 조금 놓이네. 마지막까지 최선을 다해요. 사실 집행유예 자체도 내 아들에겐 아까우니까."

실형을 1년만 살게 해 달라던 모루전자 사모님의 모습은 온데간데 없었다. 그녀가 바라는 것은 자신의 아들이 개망나니 짓을 하고 다닌다 하더라도, 이 사회에서 절대로 버려지지 않는 일이었다. 형두는 이해할 수 없었지만, 모든 것을 이해하는 척해야 했다. 그래야 통장으로 입금된 돈에 대한 자신의 가치를 발휘할 수 있었으니까.

"최선을 다하겠습니다."

"차 변 대답 하나는 마음에 드네. 좋아요. 자 이건 성공 사례랄까. 식사나 해요"

모루전자 사모님이 건네준 봉투를 받아 넣었다. 그리고 꾸벅 인사하고 차에서 내린 형두는 뉴욕에서 잠시 경험했던 허탈한 마음을 느꼈다. 항소심을 끝내고 형을 확정하기까지 꽤 오랜 시간이 걸릴 것이다. 자신이 생각했던 인권 변호사로의 출발은 오랜 시간이 걸릴 수 있었다. 정치권도, 법조계도 조용할 날이 없다는 생각에 진이 빠졌다. 형두는 휴대폰을 만져 익숙한 번호로 전화를 걸었다. 상대의 말이 들리기도 전, 그는 쏟아지듯 말을 뱉어냈다.

"정의찬, 술 한잔할래?"

의찬과 형두는 선술집에서 만났다. 두 사람 사이 오가는 말이 없었다.

"힘들었지?"

의찬이 먼저 침묵을 깼다. 그의 목소리에는 위로와 이해가 담겨 있었다. 형두는 쓴웃음을 지으며 고개를 끄덕였다.

"솔직히 지옥 같았어."

형두는 술잔을 비웠다. 차가운 소주가 목을 타고 넘어가는 순간, 그동안 억눌렀던 감정들이 조금씩 터져 나오기 시작했다.

"리온에 있으면서 수많은 사건을 맡았지만, 허진호만큼 공허했던 적은 없었어. 내가 뭘 하고 있는 건가, 이게 맞는 건가…… 계속 자문했지. 돈을 벌면 벌수록 마음은 더 비어 가는 느낌이었어."

의찬은 말없이 형두의 잔을 채웠다. 따뜻한 시선으로 형두의 이야기를 들어주었다.

"그런데 말이야."

형두는 붉어진 눈으로 의찬을 똑바로 바라봤다.

"이번에 허진호 재판을 하면서 강소영이 했던 말들이 계속 맴돌더라. '무언가 쓸모 있고 가치 있는 삶을 만들어 가고 싶다'는 그 말이 말이야."

형두의 눈빛이 흔들렸다. 지난밤 강소영과의 짧지만 강렬했던 만남, 그리고 그녀가 남긴 깊은 여운이 그의 머릿속을 스쳐 지나갔다. 그녀는 그에게 단순한 여자가 아니었다. 썩어가는 법조계의 현실 속에서 그가 잊고 지냈던 초심과 정의를 다시 일깨워준 사람이었다.

"나…… 이제 리온 그만 두려고."

형두의 입에서 나온 말에 의찬은 잠시 눈을 크게 떴다. 놀라움보다는 안도감이 더 크게 비쳤다.

"결국 그렇게 되는구나."

의찬은 빙긋 웃으며 형두의 어깨를 가볍게 두드렸다.

"나는 진작 네가 그 길을 선택할 줄 알았어. 솔직히 리온에 있는 너를 보면서, 언젠가 터질 시한폭탄 같았거든."

형두는 의찬의 말에 피식 웃었다. 스스로도 그랬다. 겉으로는 완벽한 변호사였지만, 속으로는 늘 위태로운 줄타기를 하고 있었다.

"쉽지 않을 거야."

의찬이 진지한 얼굴로 말했다.

"리온에서 나오면 그와 견줄 만한 로펌으로 가지 않는 이상 좋은 환경을 기대하긴 어려울 거고. 돈도 지금처럼 벌 수 없을 테고. 그래도 괜찮겠어?"

이미 나눴던 이야기를 재차 반복해서 묻는 의찬을 보며, 형두는 고개를 끄덕였다. 그의 눈빛은 더 이상 흔들리지 않았다. 지난날의 후회와 번뇌는 사라지고, 새로운 시작을 향한 단단한 결심만이 그 안에 가득했다.

"괜찮아. 이제는 진정으로 가치 있는 일을 하고 싶어. 더 이상 남의 비위를 맞추며 썩은 무리를 옹호하는 삶은 살고 싶지 않아."

밤은 깊어 갔지만, 두 남자의 대화는 멈출 줄 몰랐다. 형두는 그날 밤, 묵은 짐을 내려놓고 새로운 삶을 향해 한 발짝 내딛는 홀가분함을 느꼈다. 그의 심장 속에서는 꺼져가던 불씨가 다시금 활활 타오르기 시작했다. 그것은 강소영이 불어넣어 준, 정의를 향한 뜨거운 열망이었다.

***

자신을 붙잡을 것이라는 예상과는 달리 리온 로펌에서는 생각보다 쉽게 형두를 놓아줬다. 절대 패배하지 않는 변호사, 차형두. 단, 다른 대형 로펌으로 옮기는 것만은 자제해 달라고 요청한 상태였다. 형두는 대형 로펌에 들어갈 생각이 없다는 의사를 밝혔다. 대형 로펌은 자신에게 맞지 않는 데다, 이제야 오래전 이루지 못한 꿈을 이룰 계획이 생겼다는 말과 함께. 로펌 대표는 형두에게 은근슬쩍 물었다.

"차 변, 그동안 변호사로서는 시니어라는 최고의 자리까지 오른 셈인데 이루지 못한 꿈이라고 할 만한 게 있나?"

"있습니다. 저도 오랜 시간 잊고 지냈던 꿈이죠. 다른 로펌으로 가긴 갑니다만……. 대형 로펌은 아닙니다. 인권 변호사로서 새로운 출발을 하고 싶습니다."

형두는 자신의 속뜻을 털어놓았다. 그러자 로펌 대표는 인자한 미소를 지으며 이야기했다.

"그래, 나도 변호사라는 꿈을 맨 처음 꿈꿨던 시절, 내가 꿨던 꿈이 떠오르는군. 정말이야. 나도 자네처럼 그렇게 살고 싶었어. 어느 정도 나이가 되면 인권 변호사로서 약자들을 위한 삶을 살아보고 싶었지. 물론, 지금 리온이라는 국내 최대 로펌을 이끌고 있는 이상 그건 어렵게 됐지만. 차 변, 내가 종종 인권 변호를 수임하라고 했던 기억이 나는가?"

리온 로펌에서 이색적이었던 것은 1년에 한 번쯤은 돈 한 푼 받을 수 없는 인권 변호를 하라고 하는 것이었다. 당연히 형두에게도 제안은 왔었지만, 그때마다 규모가 큰 사건을 맡았기에 형두는 참여하지 못했다. 그땐 안 하면 그만이라는 생각이었다. 돌이켜 생각해 보니 그럴 때마다 기회를 잡았어야 했다. 자신이 진정으로 원하는 게 무엇인지 알기 위해.

"기억납니다. 그때마다 번번이 큰 사건을 수임 중이었죠. 참여하지 못해 아쉬운 마음이 들었던 것도 기억이 납니다, 대표님."

"그냥 꺼내본 이야기야. 자네는 잘할 수 있을 거야. 비록 우리가 우리 손을 더럽히는 변호를 아무렇지 않아 했지만, 자네의 앞날에 성공을 비네. 어차피 자네가 아니어도 새로운 사건을 맡을 이들은 있으니, 사무실 정리는 편하게 하도록 하고."

"배려 감사합니다. 다음에 뵙게 되면 가볍게 식사라도 대접하도록 하겠습니다."

"그래……. 고맙네, 가 봐."

사무실로 돌아온 형두는 자신의 사무실 풍경을 둘러봤다. 수많은 서류를 보며 자신이 그동안 걸어왔던 길을 다시 한번 생각해 볼 수 있는 기회였다. 자신의 마음과 손을 더럽히며 걸어온 지난 20여 년이 생각났다. 주니어부터 시니어가 되어 넓은 사무실을 혼자서 쓰기까지. 긴 시간이었다. 그 시간 동안 자신은 어떤 사람이었는가. 얼마 전 의찬과 술 마시면서 했던 이야기가 생각났다.

"나는 인마, 네가 은경이가 했던 말 그대로 인권 변호사가 될 줄 알았어."

"방향을 틀었지. 은경이가 뱃속에 아이를 품은 채 죽었다는 사실을 알고 나서는 전혀 그럴 수 없었으니까."

"그래, 그 마음이 어떤지 내가 백 퍼센트 안다고는 단언할 수는 없어. 하지만 그 마음은 기억해. 그래서 말이야, 이제라도 새롭게 시작하려는 네가 지나치게 지난 삶에 대한 후회로 물들지 않길 바란다. 너는 언제나 네 자리에서 최선을 다한 거야. 누군가는 변호를 받아야 했고, 넌 그 역할을 다한 거지. 단지, 그 대상이 가진 게 많은 사람이었을 뿐이지."

"그렇지. 어찌 보면 약자를 상대로 나는 그들의 삶을 빼앗은 인간이기도 해. 나쁜 놈들을 변호한 게 죄가 아니라, 그들을 합리화시켰다는 게 죄가 되는 셈이지. 후회는 하지 않아. 다만 그렇게 살아온 인생이 옳은 길이었을까 궁금하긴 하더라. 의찬아. 나는 말이야. 은경이랑 정말 잘 살고 싶었다."

"알아, 이 자식아. 내가 누군데 그걸 몰랐겠냐? 네가 조건만 따져서 전 와이프랑 결혼했을 때에도 뜯어말렸던 게 누군데, 그걸 기억하지 못하겠냐?"

"그래, 나는 어리석었지. 서은경이라는 존재를 그렇게 하면 지울 수 있을 줄 알았어. 하지만 태명도 붙여주지 못했던 아이를 잃어야만 했고, 서은경이란 존재를 잃고 나서 모든 것에 대한 원망과 혐오로 물든 나를 보며……. 나는 여러 가지 생각이 들었지. 어쩌면 정말 오랜 시간 방황을 했던 것도 같다. 그래서 이젠 다르게 살고 싶어. 지나간 삶은 아무것도 아닌 것처럼 그렇게 말이다."

형두의 목소리가 점점 낮아졌다. 아이를 잃었다는 말에 의찬의 표정도 굳어졌다. 그들이 함께 술잔을 기울이던 작은 선술집 안에는 무거운 침묵이 흘렀다. 마치 지독한 악몽에서 막 깨어난 사람처럼, 그의 얼굴에는 지난 세월 그를 짓눌렀던 고통과 자책감이 고스란히 드러나 있었다.

"어쩌면 정말 오랜 시간 방황을 했던 것도 같다. 그래서 이젠 다르게 살고 싶어. 지나간 삶은 아무것도 아닌 것처럼 그렇게 말이다."

형두의 마지막 말에는 단호함이 실려 있었다. 그의 눈빛 속에는 더 이상 과거에 얽매이지 않겠다는 강한 의지가 엿보였다. 마치 뼛속 깊이 박힌 가시를 뽑아내듯, 그는 아프지만 단호하게 지난날의 자신을 잘라내고 있었다. 그에게 과거는 더 이상 돌아볼 대상이 아니었다. 오직 현재와 미래만이 존재할 뿐이었다. 그는 이제야 비로소 진정한 자신을 마주하고, 새로운 길을 걸어갈 준비가 된 듯했다. 그의 심장은 고통스러 웠던 과거를 뒤로하고, 희망찬 미래를 향해 뛰기 시작했다.

'똑똑!'

한창 회상에 잠긴 형두의 사무실 문을 두드린 건 옆 사무실을 쓰는 또 다른 변호사였다. 이제 막 시니어가 된 옆 사무실 변호사, 김은지는 형두에게 많은 것을 배워 가려고 노력하는 사람이었다.

"변호사님. 오늘이 마지막이라고 들었어요. 하루 이틀 내로 사무실을 정리하신다고 들었어요. 혹시 괜찮으시다면 식사라도……."

"김 변, 미안해요. 내가 오늘 사무실을 정리할 계획인지라. 식사 시간은 안 되겠어요."

형두는 부드럽지만 단호한 어조로 이야기했다. 그러자 김은지의 얼굴에 아쉬움이 섞였다. 그녀가 자신을 동경하다 못해 이성으로 보고 있다는 사실은 잘 알고 있었다. 인혜와 함께하던 시절에도 김은지는 형두를 향한 마음을 숨기지 못했다. 그러나 형두의 마음은 단 한 번도 그녀를 이성으로 여긴 적이 없었다. 직장에서는 일만 할 것. 그것이 그의 생각이었다. 직장 내에서 불륜을 저지른다거나, 약점 잡힐 일을 한다는 건, 다시 말해 자신이 지금까지 쌓아 올린 것을 무너뜨리는 행위였다. 그러고 싶지 않았다. 그러지 않아야 하는 게 정상이기도 했다. 오피스 와이프라고 했던가. 그런 존재를 만들 생각은 아예 없었다.

"김 변, 미안해요. 나가보는 게 좋겠어요. 나는 서둘러 회사를 벗어나는 게 목표거든. 그동안 같은 로펌 소속 변호사로 일하며 호흡이 잘 맞았던 것 기억하겠습니다. 고생했고, 앞으로도 고생해요."

형두는 살짝 차가운 목소리로 이야기했다.

사무실을 어느 정도 정리한 형두는 자신이 실수로 빼먹거나 챙긴 서류가 있는지 다시 한번 꼼꼼히 확인했다. 다행히 일할 때마다 정리를 차곡차곡 해두던 습관 덕에 초보 같은 실수는 저지르지 않았다. 그는 오랜 세월 이곳에서 일했다. 리온 로펌이 로펌계의 샛별에서 대형 로펌으로 자리 잡을 때까지 20여 년이란 세월을 이곳에서 보낸 것이다. 아쉬움이 아예 없는 것은 아니었다. 그러나 벌 만큼 벌었고, 이제는 미련 없이 보내야 했다.

"사무장님?"

형두는 자신과 오랜 시간 호흡을 맞췄던 사무장을 불렀다. 그러자 사무장은 아쉬움이 잔뜩 섞인 표정으로 형두에게 말을 걸어왔다.

"변호사님. 아쉽습니다. 정말 최고의 변호사이셨는데 말이죠."

"과찬입니다. 언젠가는 그만둘 생각이었고, 새로운 길을 개척해 나가려고 합니다."

"변치 않는 열정으로 멋진 모습을 보여주시기를 바랍니다."

"예. 알겠습니다. 제가 사무실 정리는 대충 해 놨는데, 혹시 모르니 사무장님도 한 번 확인 부탁드립니다. 이후에 연락 한 통 넣어주시면 감사하겠습니다."

형두는 자신과 호흡을 맞췄던 이들과 눈을 마주하고 악수를 나눴다.

그들과 인사를 끝낸 후 형두가 향한 곳은 수락산이었다. 강남에 있는 로펌에서 수락산까지는 퇴근길 정체로 예상보다 오랜 시간이 걸렸다. 산자락에 주차를 마치고 차에서 내리자, 겨울의 기세는 매서웠고, 눈발은 바람을 따라 옅게 흩날리고 있었다. 형두는 익숙한 산길을 따라 눈발을 맞으며 묵묵히 올라갔다. 숨을 들이쉴 때마다 차가운 공기가 폐를 찔렀고, 눈은 점점 더 세차게 내렸다. 그렇게 은경이 있는 커다란 바위 아래에 도착했을 때, 바위는 이미 흰 눈으로 덮여 있었다.

"은경아, 나 왔어."

은경을 찾는 일이 한두 번이 아님에도 형두는 긴장한 상태였다. 이제야 은경과 약속했던 것을 지킬 수 있다고 생각했다. 수락산에 오래 머무를 수는 없었지만, 은경에게 꼭 하고 싶은 이야기가 있었다.

"나 이제야 너와의 약속을 지킨다. 오랜 시간이 걸렸지? 미안해. 인권 변호사로 투명하고 정직하게 살자던 약속. 이제야 지킬 수 있게 됐어. 여기까지 오는 데 정말 오랜 시간이 걸렸어. 나의 이런 선택을 알았더라면 넌 어떤 생각이 들까. 난 그게 무척 궁금해진다. 은경아, 이렇게 이름이라도 부르면 네가 대답해 줄 것만 같아. 난 왜 20년이 지나서도 너라는 존재를 완전히 놓지 못하고 있을까. 너는 그 이유를 알고 있니? 있다면 나의 꿈에 찾아와 주기라도 할래? 나이는 먹었지만, 너를 그리는 마음만큼은 오래전과 다르지 않아. 너를 잠시 지울 수 있다고 믿게 해 준 사람이 있어. 그 사람의 마음속 깊은 곳에 닿지 못해 인연은 하룻밤으로 끝나게 되었지만……."

형두의 볼을 타고 눈물이 흘렀다. 형두는 이제야 올바른 방향을 찾아가게 된 자신의 삶에 대한 회한이 들었다. 은경이 있었더라면 어떤 반응을 보였을까. 은경이었더라면……. 아니, 애초에 그 여행을 가지 않고, 서은경이 계속 곁에 있었더라면 어땠을까? 지난 20여 년을 되돌리고 싶단 생각이 들었다. 시간을 돌리는 것은 판타지 영화에서나 가능하다는 것을 머리로는 인지하고 있었지만, 은경과 함께했던 시간으로 돌릴 수만 있다면, 어떤 대가를 치르더라도 상관없었다.

"은경아. 나, 어쩌면 말이야. 당분간은 바빠서 못 올지도 몰라. 고작해야 일 년에 한두 번 찾아오는 주제에 할 말이 많지. 미안해. 그런데 당분간은 조금 더 바쁠 거야. 너를 찾아오기에는 내가 너무 미안해서 찾지 못할 수도 있어. 그래도 이해해 주라. 새로운 길을 걸어보려는 나에게 힘을 줄 수 있겠니. 서은경!"

형두는 흐르는 눈물을 닦았다. 다리에 힘이 풀리는 것이 느껴졌다. 할 수만 있다면 은경을 품에 안고 허무하게 흐른 세월에 대한 이야기를 무작정 털어놓고 싶었다. 그럴 수 없다는 것이 마음을 조각조각 내는 일이었다. 어쩌다 자신은 이렇게 됐을까. 그때 그 버스를 타지 않았더라면?

한편으로는 그 버스로 인해 맺어졌던 인연, 소영에 대한 생각이 스쳤다. 소영이 무엇을 하고 지내는지 일부러 찾아보지 않았다. 의찬이 소영의 이야기를 꺼내려 해도 원천봉쇄를 한 것이 자신이었다. 소영에 대한 이야기는 절대 하고 싶지 않다는 뜻을 밝혔기에, 의찬 역시 일부러

소영의 이야기를 꺼내는 일은 없었다. 서은경 다음으로 찾아온 짧고 굵게 불탔던 사랑이었다. 만약 그녀를 다시 만나게 된다면……. 자신은 어떤 말을 꺼낼까? 은경이 앞에서 소영 생각을 하고 있는 것으로도 미안한 마음이 들었다. 그렇지만, 서은경이라는 존재가 있었기에 소영과도 연결될 수 있었음을 상기했다.

'잘 지내겠지. 그 전시가 아니더라도 충분히 다른 전시로 사람들의 마음을 따뜻하게 채우고 있겠지. 그럴 만한 능력이 있는 사람이니까.'

"은경아, 사실 말하지 못한 게 있어. 물론, 너는 이미 알고 있을 거라 생각하지만……."

형두는 은경에게 하고 싶은 말을 바위에 앉고 나서야 드디어 털어놓았다.

"그런 말이 있더라. 사람은 자신의 세상을 넓혀준 사람을 잊지 못한다고. 네가 내게 첫 번째 사람이었고, 두 번째는 따로 있어. 너도 지켜보고 있다면 알겠지. 그녀와 올드 재즈 바에서 들었던 쳇 베이커의 음악을 듣지 않으면 잠이 오질 않아. 쳇 베이커 음악을 틀어놓은 뒤에야 겨우 잠든다는 걸 넌 알고 있겠지. 그래, 어쩌면 나는 생각보다 더 나쁜 놈일지도 몰라. 너를 잊지 못한다고 말하면서도 다른 사람을 마음에 새기는 행위를 했으니까. 이제라도……. 너를 놓아줄까 싶다가도, 다신 붙잡지 못할 인연에 얽매고 싶지 않아 하는 날 너는 어떻게 생각할까?"

형두의 혼잣말이 눈이 소복소복 쌓이는 산속으로 나지막하게 흩날렸다. 어딘가에서 은경이 보고 있겠다는 생각에 형두는 참아왔던 눈물을 쏟을 수밖에 없었다. 며칠 뒤면 마흔아홉, 다 큰 성인 남자가 부끄러움도 모르고 울고 있다는 생각이 들었지만, 형두는 속에 있는 것을 끝까지 다 토해내려고 했다. 그것만이 그가 다시 살아갈 수 있는 유일한 길이었다.

"앞으로는 지금보다 더 자주 오지 못할 거야. 너와 그렸던 길을 걸어야 하니까. 그래도 내 마음속에서 네가 차지한 자리만큼은 거짓이 아니었다는 걸 알아주면 좋겠어. 잘 지내, 은경아. 다음에 올 땐 네가 좋아하던 개나리가 많이 피어 있음 좋겠다. 너, 개나리 좋아했잖아. 사실 개나리보단 제비꽃이었지. 틈바구니에 피어 있는 작디작은 보라색 꽃잎이 좋다고 했던 게 아직도 기억에 선명한데. 그때까지 조금만 기다려 줘."

형두는 떨어지지 않는 발길을 억지로 떼며 은경이 뿌려진 곳에서 점차 멀어졌다. 봄이 오면, 그때 다시 은경을 찾아오리라.

"은경아, 잘 지내고 있어."

나지막한 목소리로 은경에게 도무지 떨어지지 않는 인사를 전했다. 그의 목소리는 눈송이 하나하나에 실려 바닥으로 살포시 내려앉았다. 처음 도착할 때와는 달리, 어느새 바람 한 점 없는 고요한 풍경이 되어, 그 작은 소리는 녹지도 못한 채 눈 위에 고스란히 머물렀다. 그렇게 눈은 한 겹, 또 한 겹, 은경이 머무는 자리를 천천히 덮어갔다. 세상 모든 색이 사라진 듯, 그곳은 순백의 고요 속에 잠겼다.

9

거짓과 진실 그리고 지독한 사랑

"줄리아, 이제야 너에게 진심을 다해 말해. 나랑 결혼해 줄래?"

일훈의 손에는 벨벳 케이스 하나가 들려 있었다. 뚜껑이 열리자, 1캐럿짜리 다이아몬드 반지가 조용히 모습을 드러냈다. 줄리아는 그 순간을 오래도록 기다려 왔다. 그녀는 천천히 손을 뻗어 반지를 바라보았다. 하지만 뭔가 이상했다.

빛이 달랐다. 분명 다이아몬드인데, 어딘가 모르게 영롱함이 부족했다. 줄리아는 본능적으로 알았다. 이것은 자신이 알고 있는 그 다이아몬드의 반짝임이 아니었다. 진짜 다이아몬드는 빛을 머금어 부서지듯 반사한다. 조명 아래에서 살아 움직이듯 반짝이며, 보는 각도마다 다른 얼굴을 드러낸다. 하지만 지금 그녀 앞에 놓인 이 반지는 유리처럼 투명하되 생명이 없었다. 그저 '반짝이기만 하는' 돌.

언제부턴가 랩 다이아몬드가 유행이라는 건 알고 있었다. 진짜와 거의 똑같다고 했다. 하지만 줄리아는 오랜 시간 부유한 가정에서 자라며 진짜 보석을 수없이 보아왔다. 그녀의 눈은 속지 않았다. 그녀는 미세하게 굳어지는 얼굴로 반지를 바라보았다. 감동의 물결이 밀려와야 할 자리에, 의심과 분노가 조용히 고개를 들고 있었다.

"백일훈."

프러포즈에 어울리지 않게 낮은 목소리로 이야기하는 줄리아를 보며 일훈은 어리둥절한 표정으로 그녀를 쳐다봤다.

"줄리아, 네가 그토록 기다리던······."

"가짜를 바란 게 아니잖아. 너 지금 가짜를 들고 뭐 하자는 거야? 내가 설마 너에게 눈이 멀어서 친구를 버린 못된 년이라고 해도 랩 다이아와 다이아 1캐럿을 구분하지 못하는 눈을 가졌다고 생각한 거야? 하! 요즘 랩 다이아로 진짜 다이아를 대체한다고들 하던데, 그런 얄팍한 수에 내가 넘어갈 거 같아? 백일훈, 뭐라고 말이라도 좀 해 봐. 해 보라고."

줄리아는 신경질적으로 쏘아붙였다. 그 말에 일훈은 입을 꾹 닫았다. 자신의 계획이 들통날 줄은 몰랐다. 줄리아에게 공들였던 지난 시간이 있는데······. 그녀가 기쁨에 젖어 랩 다이아와 진짜 다이아를 구분하지 못한 채 넘어갈 줄 알았다. 사실 일훈의 부모는 오래전에 사업에 망해서 줄리아가 유일한 자신의 희망이라고 생각했다. 하여 자기 딴에는 많은 돈을 들여서 다이아와 비슷한 랩 다이아로 프러포즈용 반지를 제작 의뢰한 것이었는데, 한 번에 들킬 줄은 상상하지 못했던 것이었다.

"줄리아, 그게 아니라······."

"주제 파악을 했어야지. 내가 고작 이딴 반지로 넘어갈 줄 알았어? 네가 좋아서 친구도 버린 년이, 네 말만 듣고 친구도 버린 년이라고 해서 이딴 가짜에 속아 넘어갈 줄 알았냐고? 네 가난함으로 나를 물들이려고 한 거야? 너, 내가 모를 줄 알았지. 네가 만들어 낸 모든 '가짜'들. 나, 다 알고 있었어. 그러면서도 모른 척 눈 감아준 내가 등신이지. 내가 강소영처럼 프리지아 꽃 한 다발에 넘어가는 그런 철없고 어리석은 여자로 보였어? 나에게는 정성을 보였어야지, 뭐 하는 거야. 변명이랍시고 할 말도 듣고 싶지 않으니까 그 입 닫아주길 바라."

일훈은 조급해졌다. 지금 줄리아를 놓치게 된다면 인생에서 가장 크게 세웠던 계획이 무너지게 되는 것이다. 자신이 줄리아란 여자를 잡기 위해 얼마나 오랜 시간 공을 들였던가. 그는 가난하고 구질구질했던 삶에서 벗어나기 위해 노력했다. 그 노력의 수단은 여자였다. 잘생긴 외모와 운동으로 다져진 몸은 여자들이 탐내는 것이었다. 비록 하룻밤일지라도.

소영을 사로잡는 데에도 그의 잘난 외모가 한몫했다. 잘생겼지만, 한 사람만을 바라보는 로맨티시스트. 그가 연기했던 지난 몇 년의 시간. 그의 최종 목적지는 바로 줄리아였다. 줄리아가 가진 부와 명예, 권력까지……. 그 모든 것이 탐났기에 강소영과도 비련의 연인처럼 이별했고, 그 사이에 줄리아와 소영을 이간질하며 줄리아를 자신의 사람으로 만드는 데 성공했다. 그러나 다이아몬드 반지가 아니라는 이유만으로 프러포즈를 거절당할 것이라고는 예상하지 못했다. 일훈이 어떤 대답도 하지 않자, 줄리아는 톡 쏘아붙였다.

"이 결혼 파투낼 거야. 친구의 남자를 탐한 이의 결말이 이렇다고 하더라도 어쩔 수 없어. 나는 '진짜'를 갖고 싶은 거지, 껍데기만 반짝이는 걸 원하던 게 아니었다는 걸 지금이라도 알아두길 바라. 잘 가, 백일훈."

줄리아는 프러포즈를 위해 빌렸던 호텔 룸에서 나갔다. 줄리아가 나가자, 백일훈은 작은 목소리로 '씨발'을 읊조리며 가짜 다이아 반지를 집어던졌다.

"하, 지금까지는 잘도 넘어왔으면서 마지막에 엿을 먹여? 이딴 식으로? 줄리아, 두고 보자. 내가 절대로 너만은 잘되게 할 수 없으니까. 엿 같아도 참으면서 꾸역꾸역 옆에 있어 줬더니 사람 고마운 줄 모르는 년 같으니라고."

백일훈의 눈이 이글거렸다. 일훈은 차라리 강소영을 선택할 것을 그랬다고 생각했다. 데뷔전부터 유명 갤러리에서 치렀고, 지금은 안정적인 부와 명예를 거머쥐었다. 그런 소영에게 반했던 첫 순간을 잊지 않고 있었더라면 줄리아에게 이런 굴욕을 당하는 일은 없었을 것이다.

자신이 아무리 다른 여자를 만나고 다닌다 하더라도 강소영은 일평생 모르고 살았을 것이다. 자신이 강소영을 버린다 하더라도, 강소영은 그의 안녕을 바라며 보내줬을 수도 있다. 줄리아처럼 자신을 비참하게 하지 않았을 것이 분명했다. 그제야 지난 시간 했던 일에 대한 후회가 가슴에 차올랐다. 지금이라도 시간을 되돌리고 싶었지만, 이미 늦었다는 것을 알고 있었다. 강소영도, 줄리아도 모두 떠나버렸다는 걸. 남겨진 자에게는 복수의 다짐만 있을 뿐이었다.

***

소영은 한국으로 돌아오자마자 여러 군데 갤러리를 돌며 '다정함은 세상을 구한다'는 콘셉트의 전시를 개최할 수 있냐고 물었지만, 이미 줄리아가 손을 써 놓은 듯 하나 같이 안 된다는 말만 돌아왔다. 마지막 후보지에 있던 자신이 데뷔했던 갤러리, 알엔갤러리마저 거절 의사를 밝히자, 소영은 진이 빠진 채 삼청동 인근 카페로 들어갔다. 모두 즐거운 대화를 나누고 있는 듯 보였다. 얼굴에서 웃음기라곤 하나도 찾아볼 수 없는 자기밖에 없었으니까.

소영은 가방에서 태블릿을 꺼내 메모를 끼적이기 시작했다. 그녀는 지금이라도 새로운 전시 기획을 준비해야 한다는 현실을 받아들이기 어려웠다. '다정함은 세상을 구한다'는 한국뿐만 아니라 미국, 유럽에서 앙코르 전시까지 마친 뒤 새로운 전시를 시작할 예정이었다. 연작의 시작점인 해당 전시를 줄리아와 백일훈의 방해로 하지 못하게 될 줄이야.

줄리아와는 인연이 스무 해 가까이 됐던 만큼 속에서 올라오는 배신감을 이루 말할 수 없었다. 줄리아가 언제부터 자신을 배신하고 백일훈과 깊은 관계를 이어온 것일까. 아무리 생각해도 납득이 가질 않았다. 백일훈이 반반하긴 했지만, 단순히 얼굴만 보고 줄리아가 그를 골랐을

리 없었다. 줄리아의 취향에 대해서는 누구보다 잘 안다고 자부할 수 있었으니까.

"쉽지 않네. 이것도, 저것도……."

그러다 머릿속을 스친 사람은 다름 아닌 형두였다. 형두는 재판을 잘 치렀을까. 형두가 맡은 사건인지는 몰라도 어느 마약을 한 재벌 3세가 징역 1년에 집행유예 3년을 받았다며 네티즌들이 분노하는 기사를 얼마 전 본 기억이 났다. 변호사의 이름을 찾아보려다 포기했던 그 기사 속에서 왠지 모를 반가움이 느껴졌던 것은 기분 탓이었을까.

한국으로 돌아온 뒤 포털 사이트를 통해 형두에 대한 기사를 찾아보기도 했다. 절대 패배하지 않는 변호사, 차형두. 그는 어떤 어려운 사건을 맡게 되어도 의뢰인이 원하는 만큼의 형량을 받게 해 주는 것으로 유명했다. 자신의 생각보다 꽤 유명한 이와 잠시라도 인연이 되었던 것은 그녀에게 이루 말할 수 없는 복잡하고도 미묘한 감정을 남겼다.

그러다가도 줄리아와 백일훈에 대한 생각이 들었다. 백일훈에 대한 미련은 이미 사라진 지 오래였다. 백일훈이라는 남자에 대한 미련보다 그녀를 더욱 괴롭게 만든 것은 바로 줄리아에 대한 감정이었다. 줄리아를 중심으로 모였던 동기들의 얼굴이 하나씩 머릿속을 스쳤다. 줄리아가 아니었더라면 데뷔전도, 이후 '다정함은 세상을 구한다'는 전시의 성공도 없었을 것이다. 줄리아에게는 고마운 마음만큼이나 배신감이 들었기에 감정을 한 단어로 정리할 수 없었다.

차라리 밉기만 하면 다행이련만. 무작정 미운 것도 아니었고, 원망스러운 것도 아니었다. 줄리아가 그렇게 변한 데엔 이유가 있을 터였다. 줄리아의 말로 추측해 보자면, 그녀는 꽤 오랜 시간 자신에 대한 열등감을 가지고 살아왔던 듯했다. 그래서 백일훈을 선택했을 수도 있었다. 열등감을 느끼는 대상의 연인을 빼앗음으로써 대리 만족을 느꼈을 수도 있으니까.

아이스 아메리카노는 어느새 밑바닥을 보였다. 얼음만 덜그덕 소리를 내고 있었다. 생각을 스케치하려다 자신의 인간관계를 돌이켜보니 남은 것은 텅 빈 잔과 줄리아, 백일훈의 이름이 낙서된 메모뿐이었다. 다음 전시를 무슨 주제로 해야 할지 고민이 들었다. 작가 강소영의 이름으로 전시를 열게 된다면 줄리아가 수단과 방법을 가리지 않고서라도 방해할 게 눈에 선했다.

'그래, 차라리 작가명을 따로 짓는 거야. 데뷔하는 신인 작가처럼. 그러고 나면 오히려 줄리아도 모를 테니 방해받지 않고 전시를 주최할 수 있지 않을까.'

본명으로 꼭 개최하지 않더라도 전시만 할 수 있다면 상관없었다. 오히려 작가명마다 다른 작품 세계를 보여줄 수 있다는 긍정적인 생각도 들었다. 새로운 작가명을 만들어서 활동함으로써, 기존에 보여줬던 세계와 다른 세계를 관람객들에게 선보일 수 있다는 것은 매너리즘에 빠진 자신에게도 좋은 방법이라는 생각이 스쳤다. 어떤 작가명을 지을까 고민하던 소영은 일단 다 마신 아이스 아메리카노 잔은 반납하고 삼청동부터 광화문까지 걸어야겠다고 생각하고는 자리에서 일어났다.

"감사합니다. 좋은 하루 보내세요!"

카페 종업원의 목소리는 발랄했다. 한때 소영은 카페 주인을 꿈꾼 적이 있었다. 자신이 그린 그림을 전시한 공간에서 에스프레소를 추출하는 상상이었다. 일본 작가 무라카미 하루키처럼 카페 주인으로 살면서도 자신만의 작업물을 계속해서 선보이는 사람이 되고 싶었다. 화가 대신 비주얼 아트 디렉터로 삶을 살아가게 될 줄은 몰랐던 그 시절로 돌아가고 싶었다. 그녀가 꿈꿨던 것은 자신의 소묘로 가득 찬 공간이었다. 어떠한 메시지를 전달하기보다 때로는 거칠고, 때로는 부드러운 선으로 인간이라는 존재를 담아내고 싶었다. 지금은 소묘는 취미 생활의 일부가 되었고, 세상을 바라보는 다양한 시각에서 메시지를 전달하고는 있었지만. 소묘로 자신이 인간이라는 존재를 어떤 식으로 바라보는지 이야기하고 싶기도 했다.

삼청동부터 광화문을 걸으며, 소영은 자신의 앞날을 생각했다. 어떤 식으로 살아가야 할지, 어떤 길을 택해야 할지, 작가명은 어떤 걸 골라야 할지, 어떤 식으로 해야 자신이 세상에 전하고 싶은 메시지를 확고히 전하면서도 관람객들에게 깊은 인상을 남길 수 있을지. 스치는 사람들의 면면을 훑었다. 노을 져 분홍빛이 섞인 하늘 아래로 누군가는 바쁜 일이 있는 듯 빠르게 걷고 있었고, 누군가는 서점에 들러 책을 샀는지 두툼한 쇼핑백을 품에 안고 걸었다. 제각기 다른 삶을 살아가는 사람들의 마음에는 무엇이 자리하고 있을까. 저들도 자신과 같이 배신감에 휩싸여 보기도 하고, 누군가를 막연히 증오하던 시절이 있었을까.

묻고 싶었다. 당신들도 나와 같은 경험을 해 본 적 있느냐고. 있다면 그때의 그 감정을 어떤 식으로 털어낸 것인지 알고 싶었다. 쭉 걷다 보면 스트레스가 해소될 줄 알았는데, 공허함이 더욱 커졌다. 생각의 대부분은 줄리아가 차지하고 있었고, 아주 조금은 차형두라는 남자에 관련한 것이었다. 오랜 친구가 빠져나간 자리에 남은 구멍은 쉽게 채워지지 않을 것만 같았다. 차형두와는 단 하루를 같이 보내긴 했지만, 그의 흔적이라고는 쉽게 찾아볼 수 없었다. 그의 존재는 그 정도로 미미했다. 물론, 다시 만나게 된다면……. 만약, 한국에서도 연이 닿아 차형두를 다시 보게 된다면, 뉴욕에서의 뜨거웠던 그날처럼 자신의 마음도 타오를지도 모른다는 막연한 상상을 했다.

광화문 광장을 왔다 갔다 하던 소영은 해가 완전히 지고 난 뒤에야 이순신 장군 동상 근처에 있는 벤치에 자리를 잡았다. 모든 갤러리에서 거절을 당하고 돌아선 오늘만큼은 그저 멍하니 있고 싶었다. 누군가의 방해를 받지 않고, 사람 구경을 하며 시간을 보내고 싶었다. 사람이 삶을 살아가는 원동력은 무엇일까. 저마다 다른 사람의 세상을 보는 시각은 어디에서 비롯한 것일까.

그러다 문득 든 것은 줄리아라는 존재가 자신의 세상을 넓혔다는 생각이었다. 줄리아는 소영이 눈물 젖어 슬퍼할 때에도, 전시가 성공적으로 마무리돼 기쁜 순간에도, 모든 순간을 함께했던 존재였다. 단순히 '친구'라는 두 글자로 정의할 수 있는 사람이 아니었다. 그녀와의 수다는 현학적인 생각을 하게 하는 순간이었고, 그녀는 짧지만 무명 생활을 했던 두려움에 휩싸였던 소영의 곁을 지키는 존재였다. 자신을 버리고 백일훈을 선택한 것에 대한 원망보다는, 이제는 자신의 곁을 오랜 시간 지켜줄 존재가 사라졌다는 생각에 대한 막연한 공포가 내면에 자리 잡았다.

그때, 아무에게도 연락이 오지 않던 소영의 휴대폰이 갑작스레 진동했다. 조용한 밤공기를 가르는 낮은 '지이잉' 소리에 소영은 무심결에 화면을 들여다보다, 그대로 숨이 멎은 듯 멈춰 섰다.

'줄리아.'

방금 전까지 머릿속을 맴돌던 그 이름이, 화면 위에 또렷하게 떠 있었다. 소영은 핸드폰을 든 채 한참 동안 움직이지 못했다. 이건 꿈일까, 착각일까. 어쩌면 자신의 그리움이 만들어 낸 착시 아닐까. 심장이 빠르게 뛰기 시작했고, 손끝이 가볍게 떨렸다.

'왜 지금이야? 왜 하필 지금……?'

그녀는 전화를 받을까 말까 망설였다. 수많은 감정이 한꺼번에 밀려들었다. 원망, 그리움, 혼란, 그리고 설명할 수 없는 두려움. 줄리아는 더 이상 '편한 사람'이 아니었다. 하지만 여전히, 단 한 번의 진동만으로도 마음이 요동치는 존재였다. 소영은 입술을 꼭 다문 채 잠금을 해제했다. 떨리는 손가락이 화면 위의 통화 버튼을 조심스럽게 눌렀다.

"…… 여보세요."

그 말이 입 밖으로 나오는 데까지, 꽤 많은 시간이 걸렸다.

"여보세요."

소영의 무겁게 가라앉은 목소리를 눈치챈 것인지, 줄리아의 목소리도 결코 가볍지 않았다.

"나야. 설마 번호를 지운 건 아니겠지. 번호를 지웠어도 내 목소리는 알아들을 거라고 생각하지만."

"무슨 말이 하고 싶어서 전화했어. 그때 뉴욕에서 한 말로 우리 사이는 끝난 거 아니었어?"

"나 한국이야. 너 지금 어디야? 만날 수 있으면 만나. 너에게 하고 싶은 이야기가 있으니까."

일방적으로 몰아붙이는 줄리아의 목소리에 소영은 잠시 고민했다. 줄리아가 일훈과 결혼하게 되었다는 이야기를 할 것인지, 아니면 '다정함은 세상을 구한다'는 전시에 대해 이야기를 할 것인지 짐작조차 쉽게 할 수 없었다.

"무슨 말을 하고 싶어서 만나자는 거야. 전화로도 충분하잖아."

살짝 날 선 목소리의 소영을 눈치챈 것인지 줄리아가 잠시 뜸을 들이다 이야기했다.

"미안해."

"…… 뭐?"

"미안하다고."

"갑자기 왜 그러는 건데?"

소영은 당황했다. 당혹스러운 감정을 느낀 그녀의 목소리는 생각보다 주변에 크게 울려 퍼졌는지 사람들이 그녀를 힐끔거리며 스쳐갔다.

"내가 어리석었어. 그래서 만나서 이야기하고 싶어."

소영은 줄리아가 먼저 내민 손을 잡을지 말지 고민했다. 만약 만나서 줄리아가 보인 태도가 진심이 담긴 것이 아니라면 어떻게 해야 할지 막막했다. 자신과 일훈을 축복해 달라며 가식이 담긴 태도로 이야기한다면 자신은 어떻게 해야 할까. 그래도 줄리아를 용서해야 할까? 줄리아에 대한 감정은 일훈과 그녀가 만나고 있었다는 데에서 비롯한 게 아니었다. 자신이 처음으로 모든 세상을 보인 상대에 대한 실망감이었다. 거기까지 생각하자 줄리아를 만나야겠다는 생각이 들었다.

"그래, 만나."

"어디야, 내가 갈게."

"광화문 광장. 우리 자주 가던 카페에 가 있을게."

줄리아와는 삼청동 입구에 있는 프랜차이즈 카페에서 자주 이야기를 나누곤 했다. 다른 개인 카페들이 일찍 문을 닫는 시각에도 늦게까지 이야기할 수 있는 곳은 그곳뿐이었으니까.

"거기로 갈게. 한 30분 정도 걸려. 나도 급한 볼일 보러 나왔다가 가는 거라."

줄리아의 말이 끝나고 전화가 끊겼다. 소영은 자신이 꿈을 꾼 건가 싶어서 휴대폰을 다시 한번 들여다봤다. 줄리아. 세 글자가 선명하게 휴대폰 화면에 떠다니고 있었다. 통화 시각 5분 38초. 줄리아와 통화를 한 것은 자신이 깜박 졸다가 꾼 꿈이 아니었다. 현실이었다.

소영은 천천히 삼청동 입구를 향해 걸었다. 투둑, 투둑. 그때 하늘에서 차가운 물방울이 떨어졌다. 소영은 하늘을 올려다봤다.

"오늘 비 소식은 없었는데."

예기치 못한 소나기가 한두 방울씩 땅을 적시는 중이었다. 삼청동 카페를 향한 소영의 발걸음은 빨라졌다. 카페 모데라토. 삼청동 입구를 지키고 있는 그 프랜차이즈 카페는 소영과 줄리아가 처음으로 친해져 전시를 보러 갔던 때부터 그 자리에 있었다. 두 사람의 사이가 틀어진 지금도 카페 모데라토만은 두 사람을 기다리고 있는 듯 그 자리에 있었다.

세종대왕 동상을 지나 삼청동 쪽으로 향하는 횡단보도를 건널 무렵, 소나기는 폭우가 되어 쏟아졌다. 그 바람에 소영의 몸은 쫄딱 젖었다. 이런 꼴로 줄리아와 어색한 만남을 가진다 생각하니 조금은 부끄러웠다. 줄리아가 어떤 이야기를 꺼내더라도 당당한 모습을 보이고 싶었는데. 그 바람은 이루어지지 않을 듯했다. 소영은 결국 가방으로 머리를 가리고 뛰었다. 안에 든 전자기기가 고장 나지 않길 바라는 마음으로.

카페 모데라토에 들어서자 따뜻한 바람이 소영의 몸을 녹였다. 한국의 초겨울은 늘 이랬다. 눈이 온다는 예보가 있어도 빗방울이 떨어지기 마련이었고, 빗방울이 떨어지는 날이면 눈이 폭닥거리며 내리는 풍경이 그리워졌다. 막상 폭설 앞에서는 불만을 툭툭 내뱉는 그녀였지만, 첫눈 대신 온 소나기가 반갑지 않았다.

"오랜만에 오시네요."

웬일로 아르바이트생이 아닌 카페 사장이 계산대에 서 있었다. 카페 사장은 소영을 잘 알고 있었다. 서로 오랜 시간을 봐 왔기 때문일까. 소영은 고갯짓으로 가볍게 인사를 한 뒤, 따뜻한 아메리카노를 시켰다. 젖은 몸에 온기가 돌아야 했다. 평소라면 겨울에도 차디찬 음료를 마시는 것이 취향이었지만, 오늘만은 예외였다.

긴장된 몸을 풀려거든 따뜻한 음료를 섭취해야 했다. 아메리카노가 픽업대에서 소영이 찾아가길 기다리고 있을 때, 딸랑거리는 소리와 함께 줄리아가 카페 안으로 들어섰다. 소영은 긴장된 마음에 침을 꼴깍 삼켰다. 어떤 말로 시작을 해야 할지 고민했다. 대화의 시작은 늘 자신이었으니까. 줄리아는 맞장구를 잘 치면서도, 확실한 사실만을 이야기하는 성격이었다. 소영의 대화가 상상으로 흘러갈 때쯤 제어를 하는 존재가 바로 줄리아였다.

"소영아."

미안하단 말로 시작할 줄 알았던 줄리아의 목소리는 예상과 달랐다. 이름을 부를 것이라고는 전혀 상상하지 못했다.

"응. 하고 싶은 말 다 해. 그동안 나에게 하지 못했던 말도. 결혼은 언제야?"

"나 결혼 안 해. 백일훈이랑 헤어졌어."

뜻밖의 말에 소영의 두 눈이 동그랗게 떠졌다. 그 표정을 보며 줄리아는 씁쓸한 미소를 지었다.

"나는 말이야, 네가 가진 재능이 늘 부러웠어. 넌 대학 때부터 늘 빛이 났으니까. 기대되는 유망주였고, 알엔갤러리에서 데뷔전을 치렀다는 게 부러웠어. 너에 대한 열등감을 억누르며 난 네 곁에 있었어."

"네가 그랬을 것이라고는 단 한 번도 생각해 본 적이 없어."

"그랬겠지. 철저하게 숨겨왔으니까. 그런 네 곁에 있던 백일훈이 나에게 다가왔던 날. 정확히는 나의 돈을 보고 접근했겠지. 백일훈은 늘 빛나는 것들을 좋아했으니까. 그때 나는 그를 사랑한다고 믿었어. 그가 너와 만나고 있다는 사실을 알면서도, 나는 그래, 너의 것을 빼앗을 수 있음에 행복했어."

소영은 어떠한 말도 할 수 없었다. 줄리아는 조곤조곤한 목소리로 이야기를 이었다.

"이제 너의 것을 완전히 다 빼앗았다는 생각이 들었을 때, 행복하면서도 슬펐어. 왜 나는 너의 것을 빼앗아야만 행복한 것일까. 그런 생각도 들었고. 백일훈이 결혼하자고 했을 때 나는 이제 너에 대한 열등감이 다 끝난 것이라고 생각했어. 뉴욕에서의 일은 미안해. 네 앞길을 막으려 했던 것도, 너의 남자 친구를 빼앗았던 것도."

"어차피 백일훈과 나는 오래전 끝난 사이잖아. 그래, 미련이 없었다고 하면 거짓이겠지. 화가 났고, 미워했고, 다시는 상종도 하지 않아야겠다고도 생각했지. 그러면서도 말야. 사람 마음 참 이상하지? 그러면서도 한편으론 나는 너여서 괜찮았어. 백일훈이 어떤 마음이었든 상관없어. 우리가 다시 만나지 못하더라도 네가 진실한 사랑을 받고 행복했으면 했어. 그런데 헤어졌다는 건……."

"너의 것을 빼앗은 데 대한 후회가 아니야. 백일훈이 나에 대한 마음이 거짓이었다는 것을 드러낸 순간, 나는 오랜 혼란 속에서 빠져나온 거지. 그가 내게 보여줬던 것은 아주 작은 진실과 수많은 거짓이었어. 너에게 아직 이야기하진 못하겠지만, 나는 그의 마지막 모습에서 거짓을 봤고, 후회했어. 왜 너에게서 빼앗고 싶은 게 그렇게 많았던 것일까. 사실 네 것을 빼앗는다 하더라도 내 것이 될 수는 없었는데."

줄리아가 내뱉은 말은 마치 고해성사 같았다. 소영은 말없이 그녀의 눈을 바라보았다. 옅은 갈색빛을 띤 그녀의 눈동자는 거짓 없는 진심이 머무른 듯 보였다. 소영은 그 눈을 보는 순간, 풀릴 것 같지 않았던 줄리아에 대한 원망이 조금씩 누그러지는 것을 느꼈다. 함께 보낸 시간들이 결코 거짓일 수는 없다는 생각이 가슴 깊이 자리 잡았다. 그녀가 자신에게 거짓을 이야기함으로써, 억지로 관계를 유지하려고 하는 것은 아니라는 걸 확신했다.

"소영아, 미안하단 말은 계속하지 않을게. 그건 오히려 너에 대한 예의가 아니니까 말이야. 하지만 분명한 것은⋯⋯. 나는 모든 거짓 속에서, 나의 겉모습과 내가 가진 것만을 좇던 사람과 헤어졌다는 거야. 그리고 너에 대한 오래된 열등감, 그 추함 속에서도 벗어났다고 이야기하고 싶었어. 너에게 나를 용서해 달라고 부탁하진 않을게. 너는 나에 대한 원망이 클 테니까. 너와 백일훈의 사이를 갈라놓은 것도 결국 나였고, 그의 이간질에 넘어가 너에 대한 편견을 가지고 있던 것도 나였어. 그런데 이제는⋯⋯. 그런 게 없어. 스무 해 가까이 지나서야 말할 수 있는 것은, 나는 네가 필요하단 거야. 나는 네가 나의 세상과 만나 성장하는 모습을 봤어. 반대로 말하자면, 내 세상 역시 너의 세상과 만나 또 다른 세상이 되었지. 그걸 부정할 수는 없어."

"그래. 맞아. 줄리아. 나는 스무 살에 너라는 존재를 만나 다양한 세상을 경험했고, 네 덕분에 작가로서 성장할 수도 있었어. 언젠간 이별할 남자라는 존재보다 나는 네가 내게 준 사랑보다 더 큰 감정 속에서 나의 세상을 넓혀 나갈 수 있었어. 그래서 더 허전하더라. 너와 예전 같은 사이로 돌아갈 수 없다는 게. 네가 고작 그딴 남자를 택하기 위해 나를 버렸다는 게, 나의 앞길을 막는다는 걸 인정하기 싫어서."

소영은 솔직한 자신의 마음을 이야기했다. 그녀의 이야기에 줄리아의 볼을 타고 눈물이 흘렀다. 소영은 티슈를 건네지 않았다. 줄리아가 자유롭게 울게끔 하고 싶었다.

"줄리아. 네가 나를 보며 느꼈을 감정을 나는 이해하지 못할 거야."

"그걸 바라고서 한 말은 아니야."

"그래. 줄리아. 다정함은 세상을 구한다고 우리는 늘 같은 주제로 다른 이야기를 나누곤 했어. 너는 모르겠지만, 나도 모르던 결핍된 세상을 채워준 건 줄리아라는 사람이었고, 그 친구가 어떤 행동을 했든, 나에게는 좋은 친구였다는 걸 부정할 수 없어. 네가 내뱉던 독설이 원망스러웠던 건, 그간 함께했던 우리의 세월을 부정한다는 느낌을 받아서였어. 우리는 부정할 수 없는 시간을 함께 보냈고, 서로가 서로의 세상을 넓혔지."

그때 소영의 머릿속을 스치는 생각이 있었다. 바로 다음 전시의 주제였다.

「사람은 자신의 세상을 넓혀준 사람을 평생 잊지 못한다」

이 문장 하나가 그녀의 머릿속을 맴돌았다.
"용서는 내 선택이라고 했지만, 나도 너에게 상처를 준 적이 있을 거야. 우리, 서로가 서로를 용서하자. 그깟 남자 하나 때문에 서로의 존재를 삶 속에서 비워내려고 하기엔 너무 아쉽잖아? 난 줄리아란 멋진 여자를 친구로서 정말 존경했고, 사랑했으니까. 너를 잃기 싫어."
소영의 말에 줄리아는 기어이 고개를 푹 숙인 채 눈물을 뚝뚝 흘렸다. 자신이 용서받을 줄은 몰랐던 것처럼.
줄리아는 깨달았다. 소영의 마음은 다정했다. 자신이 한 전시의 주제처럼. 용서받지 못할 것이라 생각하고 내뱉었던 말마저 따뜻하게 감싸는 그녀를 보며, 줄리아는 자신의 추하기 짝이 없던 마음으로부터 벗어났다. 소영의 말이 맞았다. 다정은 세상을 구하는 것이었다.
"내가 좋아하는 시조, 전에 말한 적 있던가?"
소영이 나긋나긋한 목소리로 입을 열었다.
"들었던 기억은 나."
"'다정도 병인 양 하여 잠 못 들어하노라' 이조년의 시조 '다정가(多情歌)' 마지막 구절이지. 이 다정함은 나에게서만 시작된 게 아니야, 줄리아. 너와 내가 만들어 갔던 것이지. 내 전시는 나에게서만 시작된 게 아니라는 걸 이제라도 알았으면 해. 너는 늘 내게 그런 존재였어."

소영의 말에 고개를 끄덕이던 줄리아는, 문득 이상한 듯한 표정으로 소영을 뚫어지게 바라보았다.

"그런데 소영아, 아까부터 좀 이상하게 느껴진 게 있었어. 너… 이제 담배 안 피우는 거니?"

줄리아가 묻자, 소영이 짧게 대답했다.

"좀 됐어."

"너 같은 골초가 그걸 어떻게 끊은 거니?"

잠시 침묵이 흘렀다. 소영은 잔잔한 눈빛으로 창밖을 바라보았다가, 천천히 입을 열었다.

"담배는 습관이 아니라, 내 감정을 정리하는 거였거든. 담배를 피우면 일이 단순해지고, 생각이 선명해졌어."

"그런데, 왜 끊은 거야?"

"미국 전시회가 무산됐잖아. 그때, 생각보다 큰 충격이었어. 그래도 '다시 시작하면 되지.' 싶었는데, 한국에서도 줄줄이 퇴짜를 맞고 나니까…, 나 자신이 무너지는 게 느껴졌어. 그 시기엔 진짜, 아무것도 아니게 느껴지더라. 매일 밤 담배만 붙잡고 앉아 있었어. 그게 유일하게 나를 위로해 주는 것처럼 느껴졌거든. 그런데 어느 날, 새벽에 혼자 거울을 봤어. 그런데 신기하더라. 거울 속 내 모습이 너무 하찮은 거야. 난 내가 나를 보며 그런 감정을 느끼게 될 줄은 몰랐어. 이제는 안정적인 사람이 되었다고 생각했는데. 내가 너무 낯설고, 또 너무 초라하더라.

작품은 안 나오고, 사람들한테는 계속 외면당하고, 그런데 나는 손에 담배 하나만 꼭 쥐고 있는 거야. 담배를 통해 생각을 정리하는 게 아니라, 그냥 습관적으로 피우고 있더란 말야. 아무 때나 물고 있더라니까. 갑자기 그 모습이 너무 우스꽝스럽고 비참하게 느껴졌어. 정말 이대로 괜찮은 걸까 싶더라."

소영은 조용히 웃으며 말을 이었다.

"그게 시작이었어. 뭐 하나라도 바꿔야겠다고 생각했지. 작은 거라도. 그래서 끊었어. 힘들었지만, 견딜 수 있었어. 아니, 견뎌야 했어."

줄리아가 눈을 피하며 조용히 말했다.

"미안하다. 결국 나 때문이었네."

소영은 고개를 저었다.

"아니야. 너 때문만은 아니었어. 근데, 너한테 한 가지는 꼭 말해줘야겠다."

줄리아가 그녀를 바라보았다.

"뭔데?"

소영이 웃으며 말했다.

"몸에 안 좋은 거 하나, 덕분에 정리했잖아. 고맙다고 해야지."

소영은 조용히 줄리아의 곁으로 다가가 앉았다. 망설임 없이 그녀를 안았다. 축축하게 젖었던 옷은 어느새 말라 있었고, 줄리아의 몸에서는 달콤한 향수 냄새가 은은히 풍겼다. 소영은 그 향을 맡으며, 오래전 함께 웃던 시간이 떠올랐다.

'이제야 제자리로 돌아온 것 같아.'

줄리아의 어깨는 작게 떨리고 있었고, 눈물은 끊임없이 볼을 타고 흘렀다. 소영은 말없이 그녀의 등을 토닥였다. 마음 깊이 뚫려 있던 커다란 구멍이 조금씩 메워지는 듯했다. 줄리아는 자신이 용서받을 거라 생각하지 못했다. 그동안 쏟아낸 날 선 말들과 상처들이 소영에게 남겼을 고통을 누구보다 잘 알고 있었으니까. 하지만 소영은 끝내 그 마음까지 안아주었다.

소영의 말은 진심이었다. 그것은 단순한 관용이 아니라, 함께한 세월을 지우지 않겠다는 다짐이었다. 줄리아는 깨달았다. 이 다정함은 소영 혼자 만들어 낸 것이 아니라, 둘이 함께 지켜온 것이라는 사실을. 줄리아는 눈을 감고 조용히 그녀의 품에 안겼다. 그 순간, 자신도 조금은 자유로워졌다는 걸 느꼈다.

*　*　*

차형두의 선택은 순탄치 않았다. 번듯한 로펌 사무실 대신 낡고 비좁은 변두리 사무실에서 그의 새로운 삶은 시작되었다. 볕 한 점 잘 들지 않는 퀴퀴한 공기, 밤낮없이 울리는 재개발 반대 시위의 꽹과리 소리가 형두의 신경을 긁어댔다. 처음에는 모든 것이 어색하고 불편했다. 값비싼 맞춤 슈트 대신 구겨진 면바지와 셔츠 차림으로 재래시장을 누벼야 했고, 익숙지 않은 대중교통의 냄새는 그의 미간을 찌푸리게 했다.

하지만 점차 그의 눈에 다른 풍경이 들어오기 시작했다. 로펌에 있을 때는 보이지 않던 사람들의 얼굴, 그들의 눈빛에 담긴 절박함과 희망. 공장 폐수로 오염된 땅에서 농사를 짓던 노인의 주름진 손, 부당 해고에 맞서 싸우는 청년 노동자의 떨리는 어깨. 그들의 이야기는 잊고 지내던 과거의 자신을 떠오르게 했다. 한때는 정의를 좇던 순수했던 시절, 법으로 세상을 바꾸고 싶다는 열망에 가득 찼던 그 청년의 얼굴이 흐릿하게 스쳐 지나갔다.

어느 날, 한 어머니가 아들의 억울한 죽음을 호소하며 사무실을 찾아왔다. 대기업의 비리를 고발하려다 의문의 사고로 목숨을 잃었다는 아들. 형두는 자료를 검토하며 밤을 지새웠다. 서류 더미 속에서 발견한 작은 증거 하나에 그의 심장이 다시 뜨겁게 요동쳤다. 놓쳐서는 안 될 실마리였다. 그는 수십 년간 갈고닦은 법률 지식과 리온에서 얻은 노련함을 총동원했다. 거대 로펌 변호사들의 맹공에도 흔들리지 않고, 오직 진실만을 좇았다.

법정에서 처음으로 약자의 편에 서서 변론할 때, 형두는 묘한 감정에 휩싸였다. 승리를 향한 집착이 아니라, 정의를 실현하고 싶다는 순수한 열망이 그의 심장을 채웠다. 리온에서 그가 얻은 승리는 언제나 상대방의 피눈물 위에 세워진 것이었다. 하지만 지금, 그의 승리는 누군가의 억울함을 씻어주고, 잃어버린 희망을 되찾아주는 의미 있는 것이었다.

재판이 끝난 후, 판결을 듣고 눈물을 흘리는 어머니의 손을 잡았을 때, 형두는 오랜만에 가슴 깊은 곳에서 우러나오는 진정한 만족감을 느겼다. 그 순간, 그는 깨달았다. 호화로운 삶 대신 선택한 이 길이야말로 자신이 진정으로 원했던 삶의 방식임을. 그리고 이 모든 변화의 시작에 강소영이 있었다는 사실을 다시 한번 되뇌었다. 비록 그녀와의 밤은 짧았지만, 그 짧은 만남이 그의 삶을 송두리째 바꿔 놓은 계기가 되었음을. 아직 자신의 삶이 끝난 건 아니었으니, 앞으로의 도전을 묵묵히 이어나가리라 다짐했다.

형두는 늦은 밤 사무실 창밖을 내다봤다. 낡은 건물들 사이로 희미하게 빛나는 달빛이 그의 그림자를 길게 늘어뜨렸다. 지쳐 보였지만, 그의 눈빛은 그 어느 때보다 생기 넘치고 선명했다. 그는 이제 진정으로 자유로워진 자신을 마주하고 있었다.

10

하나의 원소를 감싸안으며

줄리아와 화해 후 소영은 새로운 전시를 기획 중이었다. 뉴욕 전시 파행 후, 일 년 하고도 몇 개월이 더 지난 후 실로 오랜만에 시작한 작업이었다. 새로운 작가명으로. 신인 작가일 때처럼 작은 갤러리에서 전시를 주최할 예정이었다.

전시 공간을 꾸미는 소영의 손길은 분주했다. 한쪽에서는 쳇 베이커와 빌 에반스의 곡이 번갈아 가며 흘러나오고 있었다. 쳇 베이커의 'I fall in love too easily'는 이번 전시의 메인 테마곡이었다. 관람객이 이 노래를 들으며 벽을 바라보면 때에 맞춰, '사람은 자신의 세상을 넓혀 준 사람을 잊지 못한다'는 글귀가 띄워질 예정이었다. 전시 공간 곳곳에는 그간 소영의 세상을 바꿔 준 물건이 놓여 있었다. 헤드셋, 처음 잡았던 작은 연필 한 자루, 소묘에 대한 꿈을 키우며 연습했던 노트, 줄리아라는 친구를 접하게 되며 변화할 수 있게 된 강의와 관련한 서적, 그리고 작가가 되는 데 힘을 보탠 백남준 전시회의 팸플릿까지……

자신 때문에 친구 소영의 전시회가 잇따라 무산되고, 그녀의 꿈마저 송두리째 무너졌다는 죄책감이 앞섰던 줄리아는 누구보다도 앞장서서 소영의 전시회를 자신의 일처럼 도왔다. 친구의 전시회 성공을 위한 것이라면, 어떠한 일도 마다할 이유가 없다고 생각하다가 분주히 움직이던 그녀는 문득 시선을 벽면의 대형 스크린으로 돌렸다. 익숙한 목소리가 들려왔기 때문이었다. 누굴까? 정장을 말끔히 차려입은 남성, 매섭고 이지적인 눈매, 그리고 사람을 단숨에 집중하게 만드는 낮고 단단한 목소리.

'누구지?'

처음엔 선뜻 떠오르지 않았다. 그러나 스크린 속 인물이 고개를 돌리는 순간, 번개처럼 기억이 스쳤다.

'아, 맞다. 차형두 그 사람!.'

그가 분명했다. 그는 MBS 방송국의 시사 프로그램 '법을 이야기하다'에 패널로 출연한 것이었다.

"약자를 위한 법적 보호는 더 이상 미룰 수 없는 시대적 과제입니다. 법은 가진 자들만의 전유물이 되어서는 안 됩니다. 소외된 이들의 목소리에 귀 기울이고, 그들의 권리를 되찾아주는 것이야말로……."

그의 목소리는 스튜디오를 가득 채우고 있었다. 예전 리온에서 그가 보여주던 차갑고 계산적인 모습과는 사뭇 달랐다. 열정적이고, 진심이 느껴지는 말투였다.

"소영아, 소…… 소영아, 여기 좀 봐."

고개를 숙인 채 전시할 작품들을 정리하던 소영은 줄리아의 놀란 듯한 목소리에 저절로 고개가 들렸다. 그리고 스크린 속 형두의 모습을 마주했다. 순간, 그녀의 얼굴에서는 미세한 떨림이 스쳐 지나갔다. 불편함, 어색함, 그리고 알 수 없는 씁쓸함이 뒤섞인 표정이었다. 그녀는 마치 도망치고 싶은 사람처럼 시선을 다른 곳으로 돌렸다.

줄리아는 그런 소영의 미묘한 변화를 놓치지 않았다. 그녀는 스크린 속 형두를 흘끗 보더니, 다시 소영에게 시선을 돌렸다.

"어? 소영아, 저 사람 아냐?"

줄리아의 말에 소영의 어깨가 움찔했다. 그녀는 아무 말 없이 작품에 집중하는 척했지만, 이미 그녀의 귀는 스크린 속 형두의 목소리에 집중하고 있었다. 그와의 하룻밤, 그리고 그날 밤 오갔던 깊은 대화들이 주마등처럼 스쳐 지나갔다. 그녀는 형두에게 '진정한 가치'를 이야기했고, 그 이야기가 그의 삶에 어떤 영향을 미쳤을지 어렴풋이 짐작할 수 있었다.

소영의 굳은 표정을 본 줄리아는 조심스레 그녀를 바라보다가, 더 이상 묻지 않기로 했다. 그 짧은 순간에도 줄리아는 소영 안에서 감정이 요동치고 있다는 것을 눈치챘다. 그녀의 시선은 분명 TV 화면이 아닌, 기억 속 어딘가를 향해 있었다.

줄리아는 아무 말 없이 리모컨을 집어 들고 조용히 채널을 돌렸다. 형두의 목소리가 화면에서 사라지자, 방 안의 긴장도 함께 가라앉는 듯했다.

하지만 소영의 마음속에는 여전히 형두의 목소리가 맴돌았다. 그는 변한 것 같았다. 적어도 방송에서 보이는 그의 모습은 그랬다. '법은 가진 자들만의 전유물이 되어서는 안 된다'는 그의 말이 그녀의 귓가에 맴돌았다. 아이러니하게도 그 말은 예전 그가 대변했던 이들의 반대편에 있는 사람들을 위한 것이었다. 그녀는 복잡한 심경에 사로잡혔다. 그를 다시 마주할 용기가 없었지만, 동시에 그의 변화가 궁금하기도 했다. 이제 그는 어떤 길을 걷고 있을까. 그의 새로운 삶은 진정으로 그가 원했던 것일까. 그녀의 마음속에는 알 수 없는 여운이 길게 남았다.

"소영아! 전시 준비해야지. 뭐 막히는 건 없고?"
"막히는 건 없어. 오히려 너무 간단할까 봐 걱정이 되는데. 어때?"
줄리아는 천천히 공간을 둘러봤다. 모든 것이 완벽한 듯했지만, 한 가지 빼놓은 것이 있었다. 자신이 소영에게 들었던 말에서 잊히지 않는 것, 바로 캐리어였다.
"여기에 캐리어를 가져다 놓으면 어때? 네가 차형두 씨와 만날 수 있게 해 준 그 캐리어. 그게 아니었더라면 너와 차형두 씨는 만나지 못하게 됐을 거잖아. 그러니까 그 캐리어를 전시 공간의 동선 마지막에 놓는다면 좋을 것 같단 생각이 들어서 하는 말이야."
"사실 그걸 가장 많이 고민했어. 어쩌면 내 인생의 터닝포인트가 바로 그때였으니까. 너와 처음으로 티격태격한 것도, 너에게서 모진 말을 들었던 것도, 너랑 백일훈의 사이를 알게 된 것도, 그리고 내가 누군가를 다시 사랑할 수 있겠다는 마음이 들었던 것도, 다 뉴욕에서였잖아.

뉴욕을 가지 않았더라면 겪지 않았을 일이기도 하고, 뉴욕서 캐리어가 바뀌지 않았다면 난 내가 누군가를 다시 사랑할 수 있다는 걸 믿지 못하는 인간이기도 했겠지."

"그래서 말하는 건데, 너 차형두 씨 다시 만나볼 생각 없어?"

"왜? 그 사람은 나를 원망하고 있을 것이 뻔한데, 내가 굳이……."

"그냥 너와 함께 있던 저 사람 모습이 그려져서. 내가 저 사람에 대해 아는 건 너에게 들은 이야기뿐이지만 말이야. 그때 네 모습도 백일훈과 있을 때보단 훨씬 편안해 보였거든. 뭐랄까. 안정감이 느껴졌달까? 그랬어. 둘의 그림체를 놓고 보면 참 안정적이라는 생각이 들었어. 그래서 너에게 더 모진 말을 했던 것 같아. 난 아등바등 너의 것을 빼앗으며 살아왔는데, 너는 그 모진 세월을 견디고 견뎌 새로운 사람과 함께 있다는 게 믿기지 않았으니까. 더는 너의 영역을, 너의 세상을 빼앗을 수 없다는 걸 인정하기 싫었으니까."

줄리아의 이야기를 듣고 난 소영은 피식 웃었다. 자신의 제일 절친한 친구로부터 듣는 자신의 모습에 대한 이야기가 색다르게 느껴졌다. '안정감 있는 그림체라?' 자신의 모습이 그렇게 보일 줄은 몰랐다.

"네가 그렇게 이야기하니까 되게 낯설게 느껴져."

"거짓말하는 건 아니고. 차형두 씨가 방송패널이 되었으니 하는 말도 아니고."

두 사람이 도란도란 형두와 관련한 이야기를 하고 있을 때, 아무도 찾을 일 없는 작은 갤러리의 문이 열렸다.

"야, 줄리아. 그리고 강소영. 나 엿 먹이고 여기서 이러고 있다고?"

갤러리를 찾은 사람은 다름 아닌 백일훈이었다. 일훈은 만취한 상태로 보였다. 귓불까지 붉게 달아오른 일훈에게서 짙은 알코올 냄새가 났다. 이곳을 어찌 알고 찾아왔는지는 몰라도, 그와의 만남이 달갑지 않았다. 소영도, 줄리아도. 줄리아는 일훈에 속아 소영을 시기하고 시샘했던 지난 세월이 떠올라 표정이 굳었다.

"백일훈! 너 어떻게 여기 알고 찾아온 거야?"

"내가 너희 소식 모를 줄 알았어? 둘이서 나 엿 먹인 거지. 줄리아. 넌 그러면 안 돼. 내가 너한테 쓴 돈만 해도……."

"그깟 돈 때문이야? 그럼 이체해 줄 테니까 꺼져."

줄리아의 말이 끝나기 무섭게 일훈이 자신의 가방 속을 뒤져 작은 병 하나를 꺼냈다. 그리고는 비죽 웃으며 말했다.

"이게 뭔 줄 알아?"

그러자 줄리아가 말했다.

"뭔 지랄이야?"

일훈은 대답 대신 손에 든 병뚜껑을 천천히 돌려 열었다. '딸깍' 곧이어 톡 쏘는 시너 냄새가 정적이 감도는 갤러리 안으로 순식간에 퍼져나갔다.

"너, 이 씨발 새끼가…!"

소영의 목소리가 날카롭게 튀면서 눈동자가 번쩍였고, 순간 공기가 싸늘해졌다. 소영은 다시 소리쳤다.

"너 지금 뭐 하자는 거야? 이제 뒈지겠다는 거야? 방화라도 해서 내 전시를 불바다로 만들겠다고?"

소영이 버럭 소리를 지르자 킥킥대며 웃던 일훈은 뚜껑 열린 병을 휘둘렀다. 그 바람에 안에 든 시너가 갤러리 곳곳에 뿌려졌다. 일훈은 딱딱 소리를 내며 라이터를 꺼냈다. 소영은 새로운 작가명으로 준비한 전시가 한순간에 불탈 수도 있다는 생각에 본능적으로 일훈에게 달려들었다. 그러나, 그는 매섭게 팔을 휘둘러 소영을 거칠게 밀쳐냈다. 졸지에 소영은 시너가 흥건히 묻은 바닥 위를 미끄러지듯 구르고 말았다. 그 모습을 본 줄리아는 얼굴이 새하얘진 채 일훈에게 다가섰다. 그러고는 애써 침착하게 말했다.

"미안해. 일훈아, 일단 불은 붙이지 말고, 우리 말야. 말로 하자. 너 그동안 나와 잘 통한다고 했잖아."

일훈은 조소를 띠며 그녀를 내려다보며 말했다.

"내가 고작 그딴 걸로 너를 좋아했을 거 같아? 그냥 네년이 가진 돈 때문이지. 네가 가진 게 뭣도 없었다면 난 너한테 가지도 않았을 거야."

말을 마친 일훈은 지포 라이터에 불을 켠 채로 바닥으로 집어던졌다. 순식간에 갤러리가 불길에 휩싸였다.

"소영아!"

줄리아는 불길 속에서 소영을 향해 절규했다. 바닥에 쓰러진 채 불길만 바라보던 소영은 움직이지 못하고 있었다. 그 순간 줄리아가 달려가 그녀의 팔을 힘껏 끌어당겼다.

"소영아, 정신 차려. 나가야 해."

소영은 눈을 깜빡이며 정신을 차렸지만, 갤러리 한쪽이 무너져 내리는 모습에 넋을 잃은 듯 굳어버렸다. 불길이 점점 더 가까이 번지고 있었다.

"소화기, 소화기……."

그녀는 중얼거리듯 말했지만, 몸이 따라주지 않았다.

"백일훈, 이 미친 새끼가!"

줄리아가 이를 악물고 일훈에게 달려들었지만, 그를 붙잡기는 이미 늦었다. 그는 불길 속 어딘가에 그대로 서 있었고, 움직이지 않았다.

전시 공간은 삽시간에 활활 타올랐다. 소영은 줄리아의 손에 이끌려 간신히 갤러리 밖으로 빠져나오면서도, 불타는 내부를 향한 눈길을 거두지 않았다. 자신이 애써 준비한 전시. 오랜 시간 감정을 갈아 넣었던 작업들. 그 모든 것들이 한때 사랑했던 이에 의해서 눈앞에서 재로 변하고 있었다. 줄리아는 떨리는 손으로 119에 전화를 걸었고, 그 사이 소영의 뺨을 따라 눈물이 촉촉이 옷깃을 적시며 흘렀다. 영원할 줄 알았던 한때의 사랑은 무너졌고, 그녀의 추억은 불 속에서 산산이 사라졌다.

"백일훈, 너 안 나와? 그러다 너 죽어!"

소영이를 안전지대로 끌어낸 줄리아는 급히 소화기를 집어 들었다.

"백일훈이 저 안에 있어."

그러고는 불길 속으로 나아가려는 찰나, 소영이 힘껏 그녀의 팔을 붙잡았다.

"끝났어. 불길에 이미 잡아먹혔단 말야."

그랬다. 불길은 일훈을 잡아먹었다. 아니 불길이 그를 잡아먹었다기보다는 스스로 불길이 되었다는 말이 옳을 것이다. 일훈은 갤러리가 타오르고 소영과 줄리아가 대피하는 사이 자신의 몸에 시너를 들이부었다.

"줄리아! 정신 차려. 고개 돌려. 넌 지금 아무것도 못 본 거야. 저 미친 자식이……. 미친 짓을 저지르는 걸 넌 못 본 거야. 전시는 다시 준비하면 되니까……. 줄리아!"

줄리아의 몸이 힘없이 무너져 내렸다. 순간 소영은 반사적으로 그녀를 껴안았다. 다행히 줄리아는 바닥에 충돌하지 않았다. 멀리서 사이렌 소리가 들렸다. 사이렌 소리가 점차 가까워져 오는 동안 소영은 충격에 빠져 아무런 말도 하지 못했다. 지나가던 사람들이 수군대는 소리가 들렸다.

"웬 미친놈이 저기에 불을 질렀대나……."

"자기 몸에도 불을 붙였다는데 진짜 미친놈 아니야?"

사람들이 구경 중이라는 것도 잊은 채 소영은 줄리아를 껴안은 채 넋을 놓고 울었다. 일훈도, 그녀의 새로운 전시도 모두 화마가 잡아 삼켰다. 일훈이 극단적인 선택을 한 이유는 대충 알 듯했다. 사람이 불에 타는 것을 직접 보게 된 소영의 입은 꾹 닫혔다. 불길이 진화된 다음에도 소영의 입은 열리지 않았다. 한때 사랑했던 사람이었다. 자신의 인생을 돌이켜 생각할 때마다 떠오를 사람이었다. 그런 사람이 소영이 보는 앞에서 스스로 목숨을 끊었다. 소영은 전시 일정이 꼬인 것보다 제 사랑의 흔적이 더는 찾아볼 수 없을 만큼 잔혹하게 소멸한 것을 도무지 현실로 받아들일 수 없었다.

***

어느덧 겨울의 앙상한 가지들이 다시 생기를 되찾고, 봄바람에 실린 햇살이 개나리 꽃망울을 깨우기 시작했다. 노랗게 피어난 꽃들은 따스하게 봄을 열었고, 형두는 거실 창가에 서서 그 풍경을 오래도록 바라보았다. 그저 계절이 바뀌었을 뿐인데, 마음 한구석이 고요하게 풀려나가는 듯한 기분이었다. 얼어붙어 있던 빗장이 조용히 풀리는 느낌. 하지만 그 풀림은 완전한 해방이 아니었다. 바깥 풍경의 생기와는 다르게, 형두의 마음속엔 여전히 겨울이 조금 남아 있었다.

햇살이 부드럽게 얼굴을 감싸자, 형두는 무심코 눈을 감았다. 그 순간, 오래전 봄날의 한 복도에 흐르던 소독약 냄새와 누군가의 울부짖음이 겹쳐 떠올랐다. 수술실 문 앞에서 들었던 마지막 문장.

"환자는 회복하지 못했습니다." 그리고 "임신 3개월이었습니다. 아이도 함께……."

그 짧았던 말들이 얼마나 길게 형두의 삶을 흔들었는지, 그는 누구보다 잘 알고 있었다. 하지만 지금 그는 살아 있다. 은경이 없는 봄도, 아이가 자라지 못한 계절도, 견뎌내며 또 한 번 돌아온 이 계절 앞에 서 있다. 그리고 오늘은 은경에게 가는 날이다. 그 사실이 몸보다 마음을 먼저 움직였다. 형두는 가만히 고개를 들어 노란 개나리 가지 너머로 하늘을 바라보았다. 살아 있는 자의 계절은 이렇게 다시 찾아오고, 떠난 자는 그 하늘 어딘가에서 그저 지켜보기만 할 것이다. 살아남았다는 죄책감이 사라진 것은 아니었지만, 이제 그는 조금씩 숨을 쉴 줄 알게 되었다.

"은경아…… 잘 지내고 있지?"
입술을 움직이지 않아도 마음이 전해질 거라 믿으며, 형두는 조심스럽게 겉옷을 집어 들었다. 그의 발걸음은 조용했지만, 확고했다. 오늘만큼은, 바람 속에 담긴 따뜻함을 그녀에게 전해주고 싶었다. 그는 서둘러 겉옷을 챙겨 입었다.

인권 변호사로서 새로운 삶을 시작한 지 몇 달, 그는 이전과는 전혀 다른 종류의 온기를 느끼고 있었다. 거대 로펌에 있을 때는 상상할 수 없었던, 작지만 소중한 승리들이 그의 마음을 채웠다. 억울한 사연을 가진 이들의 눈물을 닦아주고, 그들의 잃어버린 권리를 찾아줄 때마다 형두의 마음속에는 따뜻한 불씨가 지펴졌다. 돈과 명예 대신 얻은 이 '마음의 온기'는 그의 삶을 이전보다 훨씬 풍요롭게 만들었다. 차갑게 얼어붙었던 그의 심장은 이제 타인의 아픔에 공감하고, 그들의 작은 희망에 기꺼이 손을 내밀 줄 알게 되었다.
버스 창밖으로 스치는 풍경들을 보며 형두는 잠시 생각에 잠겼다. 그의 마음속에는 늘 두 여인이 존재했다. 한 명은 오래된 첫사랑, 은경이었다. 그녀는 그의 청춘이자, 영원히 지울 수 없는 아픔의 흔적이었다. 은경을 생각하면 늘 미안함과 후회가 교차했다. 그가 그녀에게 주었던 상처, 그리고 그 상처로 인해 파생된 비극은 형두의 마음속 깊이 새겨져 있었다. 그는 은경에게 가는 발걸음이 항상 무겁고도 조심스러웠다. 그녀와의 관계는 이제 사랑이라기보다는 책임감과 연민, 그리고 숙명적인 인연에 가까웠다.

하지만 그의 마음 한편에는 아직 잊지 못한 또 다른 얼굴, 강소영이 있었다. 그녀와의 만남은 짧았지만, 너무나 강렬했다. 마치 잔잔한 호수에 던져진 돌멩이처럼 그의 삶에 거대한 파동을 일으켰다. 그녀는 형두가 잃어버렸던 '가치'를 일깨워주었고, 그의 삶을 송두리째 바꿔놓는 계기가 되었다. 형두는 알 수 없는 그리움에 잠겼다. 그녀는 지금 어디서 무엇을 하고 있을까. 혹시 방송에서 자신을 보았을까. 그녀는 자신을 어떻게 생각하고 있을까.

형두는 복잡한 마음을 애써 다스렸다. 인권 변호사로서의 삶, 은경에 대한 책임감, 그리고 소영에 대한 잊지 못할 잔상. 이 모든 것이 그의 삶을 이루는 조각들이었다. 그는 이제 더 이상 과거에 얽매이거나, 미래를 두려워하지 않으려 했다. 그저 지금, 이 순간 자신의 마음이 이끄는 대로 살아가는 것. 그것이 그가 진정으로 원했던 삶이었다.

인권 변호사로 발로 뛰며 일을 하다 시간이 날 때면 그는 취미로 전시를 보러 가는 습관이 생겼다. 그의 인생에서 처음으로 생긴 취미 생활이었다. 이것 역시 소영이 만든 하나의 세상이었다. 형두는 '바이올렛

- 세상을 넓히다'라는 한 작은 갤러리의 홍보 문구를 보곤 마음이 끌렸다. 바이올렛이라……. 제비꽃, 서은경이 좋아하던 작은 들꽃. 그의 발걸음은 갤러리 안으로 향했다. 갤러리 안에 들어서자 익숙한 노래가 흘러나왔다.

"I fall in love too easily……."

강소영. 그녀가 생각나는 곡이었다. 갤러리는 다섯 명 정도면 꽉 찰 정도로 좁은 공간이었지만, 그때 그의 시선을 사로잡은 것이 있었다. 바로 캐리어였다. 자신의 캐리어와 똑같은 남색 캐리어. 형두의 걸음은 그 앞에서 멈췄다. 심지어 캐리어 한쪽이 찌그러든 모습까지도 익숙했다. 그는 단번에 그 캐리어의 주인이 누구인지를 알 수 있었다. 바로 '강소영'. 전시회는 '강소영'이라는 이름이 아니라, '바이올렛'이라는 이름으로 열리고 있었다. 형두는 음악 소리를 따라 걸음을 옮겼다. 몇 발자국 떨어진 곳에 도달하는 순간, 그의 앞에 한 문장이 떠올랐다.

「사람은 자신의 세상을 넓혀준 사람을 잊지 못한다.」

"아아……."

형두의 마음 깊은 곳이 울렸다. 형두는 여러 가지 생각이 들었다. 강소영……. 그녀가 자신을 잊지 못하고 있단 사실을 이제야 알았다. 냉정하게 내뱉던 말들이 모두 거짓이었음을, 그녀 역시 자신을 사랑하고 있단 사실을.

"어머, 작가님! 오늘은 안 나오셔도 되는데."

갤러리에 있던 직원이 출입구 쪽을 바라보며 하는 말에 형두는 천천히 돌아섰다. 그 자리에 자신을 바라보며 몸이 굳은 소영이 서 있었다.

"……."

"차…… 형두 씨?"

소영이 떨리는 목소리로 형두의 이름을 불렀다.

형두는 망설이지 않았다. 고민도 없이 그녀에게로 가서 소영을 꽉 안고 귓가에 작게 속삭였다.

"강소영 씨, 당신을…, 당신을 '내가 사랑에서 빠져나올 수 없게 만든 혐의'로 체포합니다. 당신은…… 묵비권을 행사할 수 있지만, 당신이 하는 모든 말은 사랑하는 이의 가슴에 깊이 새겨질 것입니다. 당신은 진심만을 말해야 하며……, 그 진실은 오직 '사랑'이어야 합니다."

딱딱하게 굳어 있던 소영은 손을 뻗어 형두의 허리를 안았다. 그리고는 나지막한 소리로 속삭였다.

"나는 너무 쉽게 사랑에 빠지곤 해요. 그리고 그 사랑은……."

말을 이을 새도 없이 형두가 소영에게 입을 맞췄다. 소영은 천천히 눈을 감았다. 그와 함께 보냈던 뉴욕의 차가운 겨울밤이 생각났다. 그리고 이 전시를 기획하는 동안, 이 세상에서 사라져 버린 자신의 지나간 사랑을 떠올렸다.

짧은 입맞춤이 끝난 뒤, 형두는 소영의 손을 잡아끌었다. 소영은 그가 가는 곳이 어디든 따라갈 준비가 돼 있었다.

"당신과 함께 가고 싶은 곳이 있어요, 강소영 씨."

택시를 부른 형두는 소영의 손을 놓지 않았다. 그녀가 도망갈까 염려하는 것은 아니었다. 다만, 그녀의 온기를 좀 더 오래 나누고 싶을 뿐이었다. 바람을 타고 옅은 봄 내음이 스며왔다. 택시가 도착한 곳은 수락산이었다. 소영은 이곳이 무엇을 의미하는지 눈치로 알아차렸다. 형두가 이끄는 대로 말없이 따라 걸었다. 형두는 갈림길에서 오른쪽으로 걸었고, 그곳은 인적이 드문 곳이었다. 등산객들이 많이 보이지 않았다. 어느 바위 앞에 도착한 형두의 볼을 타고 눈물이 흐르는 것을 본 소영은, 이 공간을 영원히 잊지 못할 것 같다는 생각이 들었다.

"은경아."

소영은 형두가 애처롭게 부르는 이름을 곱씹었다. 은경을 부르던 형두는 나지막한 소리로 중얼거렸다.

"잘 지내고 있어. 나중에……. 나중이 되면……. 그때 올게. 그때까지 잘 지내."

소영은 형두의 얼굴로 손을 뻗었다. 그의 볼을 타고 흐르던 눈물을 닦았다. 형두는 소영의 품에서 흐느꼈다. 그의 흐느낌을 들으며 소영 역시 울컥하고 차오르는 마음을 견딜 수 없었다. 소영은 형두의 어깨가 점차 잦아드는 것을 보며 조용한 목소리로 물었다.

"우리……. 다른 세상으로 갈 준비됐어요?"

형두는 대답 대신 고개를 끄덕였다.

소영이 말했다.

"이제는 제가 안내할게요?"

"어디로 갈 건데?"

"바다요."

형두는 또 고개를 끄덕였다. 소영이 형두의 팔을 잡고 말했다.

"가요, 우리라는 이름으로."

그들이 도착한 파도리 해변엔 어둠이 천천히 내려앉고 있었다. 저녁 노을은 바다 끝자락을 붉게 물들이다가, 조금씩 색을 거두어 갔다. 물 빠진 바닷가엔 수억 년간 파도에 마모된 조약돌들이 저무는 노을빛을 받아 반짝였고, 멀리 어선들의 불빛이 하나둘 깜빡이기 시작했다. 등대는 오늘도 규칙적으로 불을 밝히고 있었다.

소영은 바다를 향해 천천히 걸었다. 바닥에 느껴지는 조약돌의 감촉이 익숙하면서도 낯설었다. 형두는 그 조용한 뒤를 따라 걷고 있었다. 말없이. 마치 그녀가 멈추기 전까진 자신도 멈춰선 안 될 것처럼.

소영이 걸음을 멈췄다. 그녀는 한동안 아무 말도 하지 않았다. 잔잔한 파도 소리만이 둘 사이를 채우고 있었다.

"여기…… 예전에 누군가와 왔던 곳이에요."

"백일훈이군요."

소영이 고개를 끄덕이며 입을 열었다.

"그때는 이 바다를 보면 마음이 무너졌어요. 기억이 밀려들고, 내가 붙들고 있는 게 뭐였는지도 헷갈렸죠."

형두는 묵묵히 그녀의 옆에 섰다. 고개를 돌리지 않고, 같은 바다를 바라보며 기다렸다.

"하지만 오늘은 그래요. 그 사람에게 작별을 말하려고 왔어요. 다시 오지 않을 마음으로."

바다에서 부는 바람에 그녀의 머리칼이 흔들렸다. 노을빛이 남긴 마지막 금색이 그녀의 옆얼굴에 스며들었다.

"이제는 돌아보지 않을래요. 누군가를 떠나보낸 슬픔보다, 지금 누군가를 사랑하고 있는 마음을 지키고 싶어요."

소영이 고개를 돌려 형두를 바라봤다. 그의 눈빛은 흔들림이 없었다. 그녀는 천천히 다가와 형두의 입술을 훔쳤다.

"형두 씨, 이제 나…… 괜찮아요. 이 바다도, 이 기억도, 이별도…… 다 괜찮아졌어요. 그러니까…… 이제, 함께해요."

형두는 말없이 고개를 끄덕였다. 그러고는 그녀의 손을 더 단단히 잡았다. 마치 그 손이, 이 세상의 가장 깊은 그리움 위에 피어난 유일한 사랑이라는 듯. 멀리 등대의 불빛이 일정하게 깜빡이고 있었다. 파도는 여전히 밀려오고, 다시 밀려 나가기를 반복했다. 그 안에서 두 사람은 더는 과거에 얽매이지 않았다. 슬픔이 물러간 자리에 서로가 있었다.

조약돌을 밟는 소리와 바람, 그리고 바다의 리듬에 맞춰 두 사람은 천천히 걸음을 옮겼다. 이제는 누군가의 기억이 아닌, 둘만의 시간을 만들어 가기 위한 첫걸음이었다. 그리고 그 걸음이 향하는 곳은 사랑이었다.

서울로 돌아오는 길, 차 안엔 적막이 흘렀다. 음악도, 대화도 없었지만 불편하진 않았다. 두 사람의 손이 조용히 맞잡혀 있었다. 서로를 바라보지도 않았지만, 그 온기는 말보다 많은 것을 전하고 있었다. 소영은 창밖으로 스쳐 지나가는 풍경을 바라보다가, 문득 눈을 감았다. 파도리의 바람, 노을빛, 조약돌 아래의 기억, 그리고 그 모든 것에 작별을 고하던 순간이 아직 몸에 남아 있는 듯했다.

'이제는 괜찮아요.'

그 말이 단순한 위로가 아니라 진심이었다는 것을, 그녀는 손끝에 닿은 형두의 온기를 통해 확신하고 있었다. 도시에 들어서자, 어둠은 인공의 불빛으로 물들었고, 두 사람은 말없이 형두의 집으로 향했다. 문이 닫히는 소리와 함께, 감춰두었던 모든 감정이 일제히 쏟아졌다.

형두보다 소영의 입술이 먼저 그를 찾아 헤맸다. 말로는 다 표현할 수 없는 감정이었기에, 그녀는 조심스럽게 형두를 끌어안았다. 형두는 놀라지 않았다. 기다리고 있었던 듯, 마치 그녀의 움직임 하나하나를 예감하고 있었던 것처럼, 천천히 그녀를 감쌌다.

"이 순간만을, 얼마나 꿈꿔 왔는지……."

형두의 목소리는 낮고, 진심으로 가득 차 있었다. 그 말에 소영의 눈가가 붉어졌다. 한 방울, 두 방울. 눈물이 흘렀지만, 그는 그 눈물을 닦지 않았다. 슬픔을 치우는 대신, 함께 감싸안고 있었다. 서로를 바라보는 눈빛에는 서두름도, 망설임도 없었다. 바다 앞에서 다 털어낸 이별과 후회처럼, 지금 이 순간엔 오로지 '함께 있음'만이 존재했다. 몸이 닿을수록, 마음은 더욱 깊어졌다. 바닥으로 떨어져내린 옷 너머로 전해지는 체온은 단순한 열기가 아니라, 조심스럽게 쌓아 올린 신뢰와 사랑의 증거였다. 숨소리 하나, 손끝의 떨림 하나에도 의미가 깃들어 있었다.

소영은 형두의 품 안에서 속삭였다.

"이게 꿈이 아니었으면 좋겠어요. 이 세상을 다르게 보게 해준 사람이 당신이니까."

형두는 대답 대신 그녀의 이마에 입을 맞췄다.

이 밤은 격정적이면서도 담담했다. 그들의 몸은 서로의 빈틈을 메우듯 얽혀갔다. 억누른 갈망이 터져나오는 순간에도, 두 사람은 서로를 다치게 하지 않으려는 듯 조심스러웠다. 마치 오래도록 그리워했던 사람을 마침내 만난 연인처럼. 소영의 몸은 바다처럼 깊고 넓게 형두를 받아들였고, 형두는 그녀의 빈틈을 한 치의 망설임도 없이 채워갔다.

그날 파도리의 바다처럼, 둘의 호흡은 물결처럼 잔잔히, 때론 격정적으로 이어졌다. 밤은 그렇게 깊어졌고, 두 사람은 말없이 서로의 품에서 잠들었다. 밖은 여전히 도시의 불빛으로 반짝이고 있었지만, 그들 안엔 오직 하나의 등대만이 깜빡이고 있었다. 그 불빛은 과거를 비추지 않았다. 오직, 앞으로 함께 걸어갈 길만을 비추고 있었다.

***

계절은 어느새 완연한 여름으로 바뀌었다. 소영과 형두가 사랑을 확인했던 봄의 온기는 지나갔지만, 그 여운은 여전히 마음속 어딘가에 남아 조용히 흔들리고 있었다. 짙어지는 초록빛과 부드러운 햇살 아래, 두 사람은 조금씩 서로의 세계에 스며들고 있었지만, 소영의 내면에는 아직 덜 아문 기억이 하나 남아 있었다.

이제는 돌아보지 않겠다고, 누군가를 떠나보낸 슬픔보다, 지금 누군가를 사랑하고 있는 마음을 지키고 싶다고 파도리 해변에서 다짐했지만, 그럼에도 소영은 자주 악몽을 꿨다. 눈앞에서 번지듯 타오르던 불길, 절망으로 물든 일훈의 눈빛, 그리고 그의 마지막 한숨. 모든 것이 선명했고, 현실보다 더 생생하게 떠올랐다. 정신건강의학과 진료를 받기 시작한 것도 그 때문이었다. 불안이 극심한 날이면 인데놀을 한 알 삼켰고, 약을 먹은 그녀를 본 형두는 말없이 꼭 안아주었다. 마치 무언의 약속처럼, 말보다 따뜻한 온기로 그녀를 감싸안았다. 소영은 조금씩 숨을 고를 수 있었다.

하지만 모든 것이 다 아물지는 않았다. 마음 깊은 곳에 남아 있는 환영처럼, 일훈의 마지막 순간은 종종 그녀의 현실을 뚫고 들어왔다. 문득 거울 속 자신의 눈을 들여다보다가, 창밖으로 사라지는 연기를 떠올릴 때가 있었고, 불현듯 그의 목소리가 바람결에 얹혀 들려올 때도 있었다. 잊은 줄 알았지만, 상처는 언제나 가장 조용한 틈으로 스며들었다.

그럼에도 소영은 형두와 함께 있으면, 조금씩 자신이 치유되고 있다는 걸 느꼈다. 그의 말투는 서툴고, 표현은 건조했지만, 그 안에 담긴 진심만큼은 누구보다 따뜻했다. 말 대신 건네는 손길, 때로는 차가울 정도로 단호한 말들 속에서도, 그녀는 그만의 방식으로 자신을 지키고 있다는 걸 알고 있었다. 그날도 그런 밤이었다. 형두가 사건 정리에 집중하고 있을 때, 소영은 조용히 그 곁에 앉아 있었다. 노트북 화면에 뜬 기록과 문장들, 그리고 그 너머의 형두를 바라보며, 소영은 문득 마음속 깊이 눌러 두었던 질문을 꺼냈다.

"꼭 그런 결말이어야 했을지…… 저는 아직도 모르겠어요. 백일훈은 그렇게 하지 않아도, 가진 게 참 많은 사람이었는데. 물론, 어디서부터 어디까지 진짜인지 아직도 모르겠지만요."

소영은 노트북 화면을 뚫어져라 바라보다가 형두에게 조심스레 말을 건넸다. 마치 스스로에게 되묻듯, 그러나 이미 알고 있는 답을 확인하려는 사람처럼.

형두는 타이핑을 멈추지 않은 채 말했다.

"많이 가진 사람일수록, 오히려 더 깊이 무너지는 법이에요."

소영은 그의 곁에 바짝 기대어 앉았다. 형두의 집에서 보내는 이 고요한 밤이 이제는 그녀에게 유일한 안식처였다. 복잡한 감정도, 뒤엉킨 과거도 그의 숨결 아래에서만 잠시 고요해졌다.

"줄리아는 요즘 어때요? 연락은 안 와요?"

형두의 질문에 소영은 고개를 저을 뿐이었다. 그 모습을 본 형두가 덧붙였다.

"시간이 필요한 사람일 겁니다. 당신도 그랬잖아요."

줄리아와는 일훈에게 같은 상처를 입은 동행자였지만, 어느 순간 그녀는 서서히 멀어졌다. 소영은 이해하려고 애썼다. 줄리아 역시 생존하고 있는 중이라는 걸.

거친 화마에 삼켜졌던 줄리아의 오른쪽 다리는 오랜 치료가 필요하다는 소식을 들었을 때, 소영은 묘한 죄책감에 휩싸이기도 했다. 자신은 멀쩡하게 살아남았다는 사실이 오히려 그녀를 무겁게 눌렀다.

"그날 이후로요… 이상하게 재가 된 사람처럼 느껴져요. 그 사람이 떠나간 게 아니라, 남아 있는 나만 타버린 것처럼."

형두는 고개를 돌려 그녀를 바라보다, 이내 낮게 말했다.

"더 이상 태우지 마요. 그 불은 꺼졌어요, 소영 씨."

그의 말은 건조했지만, 그 안에는 그녀의 마음을 먼저 알아챈 사람이 가진 단단한 배려가 담겨 있었다. 소영은 고개를 떨구며 그의 말에 조용히 기대어 왔다. 그녀는 알고 있었다. 형두는 따뜻한 위로보다는, 지탱해 줄 바닥이 되어 주는 사람이란 걸.

방 안에는 쳇 베이커의 'Blue Room'이 흐르고 있었다. 그 잔잔한 멜로디는 마치 지금, 이 순간만큼은 모든 고통이 멀어진 듯한 착각을 일으켰다. 소영은 형두를 감싸안으며 속삭였다.

"그때는 몰랐어요. 내가 누군가의 곁에 머물고 싶어질 줄은."

형두는 그녀의 팔에 천천히 얼굴을 묻었다. 말없이 품에 안긴 그 온기 속에서, 그는 무언가를 되찾고 있는 느낌이었다. 잊고 지냈던 어떤 감정, 은경과 함께했던 시절의 잔상, 그리고 지금 이 자리에 있는 소영까지 - 모든 것이 퍼즐처럼 제자리를 찾아가고 있었다.

"당신 덕분이에요. 내가 이 길을 계속 갈 수 있는 건."

소영이 조용히 말했다. 형두는 대답하지 않고, 대신 그녀의 손을 꽉 잡았다.

형두는 여전히 인권 변호사로서의 길을 걷고 있었다. 법정에서 그는 때때로 차가웠고, 동료들 사이에서는 오해를 받기도 했다. 누군가는 그를 가식이라 했고, 누군가는 정치권 진출을 위한 준비라고 수군댔다.

"다들 나를 뭘로 보든 상관없어요. 난 이제 내 식대로 할 겁니다."

형두의 목소리는 평온했지만 단단했다. 소영은 그 말을 듣고 미소 지었다.

"형두 씨는 그런 사람이잖아요. 옳은 자리를 포기하지 않는 사람."

형두는 그 말에 작게 웃었다. 악인의 편에서 승소를 따냈던 날들 속에서 남겨졌던 그 무겁고도 서늘한 무언가는, 이제 더 이상 그의 마음을 짓누르지 않았다.

하지만 지금은 아니다. 재판에서 승리할 때면 가슴속이 뻥 뚫리는 시원한 마음이 들었다. 무거운 죄책감도 흔들리는 정당성도 남아 있지 않다. 자기 집에서 혼자 자기는 무섭다며 늘 곁에 있으려고 투정을 부리는 소영마저도 귀엽게 받아줄 수 있을 정도로 마음에 여유가 생겼다.

"아직도 그 집이 무서워요?"

"가만히 있으면 그 자식이 보이니까요. 고통 속에서 죽어가던 모습은 잊으려야 잊을 수 없는 것이었으니까……."

"너무 하나에 갇혀 있지 말아요. 내가 해 줄 수 있는 말은 그것뿐인지라……."

형두가 씁쓸해하자, 소영이 그런 형두의 목덜미에 자신의 얼굴을 묻으며 그의 체취를 진하게 삼켰다.

"당신이 있으니까 나는 조금씩 괜찮아질 거예요. 당신이라는 세상이 이번엔 나를 구원했으니까."

"소영 씨……."

"무엇보다 형두 씨의 존재는 나의 상처에 붙인 반창고 같아요. 저도 형두 씨의 상처에 반창고가 될게요."

순간 형두는 놀라움을 감출 수가 없었다. 소영의 입에서 나온 말은 첫사랑 은경이 자신에게 했던 바로 그 말이었다.

- 너의 상처에 반창고가 되고 싶어!

'이런 걸 운명이라고 하는 건가?'

***

소영이 '바이올렛'이라는 이름으로 처음 선보인 전시는 예상 외의 반응을 불러일으켰다. 갤러리의 조명 아래 놓인 그녀의 작품들은 어딘지 모르게 쓸쓸하면서도 따뜻했고, 붓끝으로 그려낸 감정의 결은 관객들의 마음속에 오래도록 남았다.

사람들은 작품 앞에 멈춰 서서 한참을 들여다보았고, 조용한 한숨과 함께 무언가를 떠올리는 듯한 표정을 지었다. 전시가 마무리될 즈음, 결국 '바이올렛'이 '강소영'이라는 사실은 밝혀졌지만, 그녀는 그 어떤 설명도, 해명도 하지 않았다. 다만, 몇몇 언론과 미술계 인사들이 놀라움과 존경을 담아 말했다. "아픔을 예술로 승화시킨 용기", "가장 개인적인 것이 가장 예술적이었다"라는 평이 뒤따랐다.

출판사에서는 그녀의 이야기를 담은 에세이 출간을 제안했다. 과거의 트라우마, 이름을 감추고 그림을 그리기 시작한 이유, 그리고 다시 세상 앞에 선 용기에 대해 듣고 싶다고 했다. 하지만 소영은 고개를 저었다. 말보다는 시선으로, 문장보다는 색으로 자신의 이야기를 전하고 싶었다. 그녀는 여전히 '비주얼 아트 디렉터'로서 세상과 소통하고 있었고, 말이 아닌 이미지로, 감정의 결을 따라 흐르는 빛과 그림자로 세상과 자신을 이어가고 있었다.

그녀의 작품은 단지 아름다움 이상의 것이었다. 구겨진 천에 투영된 빛, 깨진 유리 조각을 붙여 만든 오브제, 붉은색으로 채운 구름 같은 배경엔 어떤 상실의 기억이 녹아 있었다. 하지만 그 상실은 더 이상 소영을 짓누르지 않았다. 그것은 오히려 그녀의 새로운 세계를 만들어 낸 토양이 되었다. 사람들은 느낄 수 있었다. 그녀의 세계는 아픔 위에 피어난, 조용하고 단단한 자유였다.

그 전시의 마지막 날, 형두는 조용히 갤러리 문을 열고 들어왔다. 흰 셔츠에 감긴 긴장된 어깨, 그리고 그녀의 작품 앞에 섰을 때 조심스레 숨을 삼키는 모습. 형두는 그날, 전시장을 떠나지 않고 몇 번이고 같은 그림 앞을 서성였다. 그 그림은 한 줄기 푸른빛이 어두운 바다를 가로지르는 장면이었다. 제목은 '문라이트 블루'. 그것은 둘만의 비밀 같은 장소이자, 그들의 사랑이 시작된 밤의 기억이었다.

"나는 살면서 올드 재즈를 들어봐야겠단 생각을 한 번도 한 적이 없어요. 그런데 당신이 그걸 바꿔놨죠. 당신과 함께 갔던 문라이트 블루······."

형두가 그날 밤 조용히 꺼낸 말은 마치 바람 같았다. 말끝이 떨리지 않았지만, 그 안에 담긴 감정은 소영의 심장을 부드럽게 두드렸다.

소영은 눈을 감고 고개를 끄덕였다.

"그날은 나에게도 잊지 못할 일이에요. 처음으로 즉흥적으로 무언가를 하고, 사랑에 빠졌으니까요. 그리고 당신으로 인해 내 세상은 어쩌면··· 자유를 얻게 되었는지도 몰라요. 과거의 자신에게 연민을 느끼던 강소영의 모습은 사라졌으니까."

소영은 가만히 형두의 손을 잡았다. 그 손은 여전히 따뜻했고, 그 온기가 그녀의 체온으로 전해져 왔다.

"그건 나도 마찬가지예요. 당신이 있었기에 지금의 내가 있을 수 있었던 걸 잊지 마요. 내 인생에는 두 번의 흔들림이 있었고, 그중 하나가 당신이라는 사실을… 나는 결코 잊지 않을 거예요. 당신과 내가 어설프게 마주쳤을지 몰라도, 그 어설픔 덕분에 우리의 세상은 새로운 것이 되었어요."

형두의 말이 끝나자, 소영은 형두의 목덜미에 도톰한 입술을 조심스레 맞췄다. 형두는 간지러운 듯 푸스스 웃었다. 그 웃음은 오래도록 소영의 마음속에 남았다. 그 순간, 그녀는 알았다. 이 사랑이 끝이 아닌 시작이라는 걸. 그렇게 서로의 온기 속에서, 두 사람은 조용히, 그리고 확실하게 다시 태어났다.

"내 마지막이 되었으면 좋겠어요, 형두 씨가."

그 말에 형두는 잔잔한 미소를 지은 채 답했다.

"당신의 마지막은 나여야 할 테니까. 다른 건 몰라도 강소영이라는 여자를 놓칠 순 없으니까."

형두는 자신을 안은 소영의 손을 잡아끌어 놓지 않았다. 소영은 손에서 땀이 나는 것 같다며 빼려고 했지만, 형두는 그 손에 입술을 묻었다.

"나의 세상으로 온 것을 환영해요. 당신처럼 다정하지 않을지 몰라도 나에겐 당신이…."

형두의 말을 듣고 있던 소영은 머리를 살짝 비비며 앙탈을 부렸다.

"당신이 있다는 것만으로도 나는 행복해요. 그리고 나, 말할 것이 있어요."

소영의 진지한 목소리에 형두는 등을 돌려 그녀를 마주했다. 그녀의 갈색 눈동자가 형두를 똑바로 바라보고 있었다. 형두는 그녀가 무슨 이야기를 꺼낼지 짐작할 수조차 없었다.

"당신이 좋아할지는 모르겠지만……. 나, 임신했어요."

그 말을 들은 형두의 두 눈이 휘둥그레졌다. 은경의 뱃속에 있던 아이를 잃은 뒤 아이 생각이라고는 하지 않고 살았다. 인혜와는 아이를 가지지 않는 조건 아래 결혼 생활을 유지했고, 소영에게는 아이를 바라지 않았다. 소영이 가진 일훈에 대한 트라우마를 알았기에 그녀에 대한 걱정 때문이었다. 그러나, 조금 전 들었던 임신했다는 말은…….

형두는 소영을 꽉 안았다. 두 번 다시 자신의 아이를 가진 여자를 보내지 않으리라. 무슨 일이 있어도 자신의 세상을 넓혀준 이 여자와 삶의 마지막 순간까지 함께하리라. 그것이 그의 다짐이었다. 형두의 두 볼에는 뜨거운 눈물이 흐른다.

"형두 씨, 나의 전부는 이제 당신이 되었어요."

소영이 미소를 머금은 채 싱그러운 목소리로 이야기했다.

"소영 씨, 고마워요. 정말 고마워요."

그녀의 입술에 천천히 입을 맞춘 형두는 조심스러운 손길로 그녀를 품에 안았다.

"그건 나도 마찬가지예요. 나의 세상은 당신을 중심으로 한 궤도로 돌아가게 되었으니까."

절대 만나지 않을 것만 같았던 인연은 어느새 서로의 궤도를 돌게 했고, 두 사람의 궤도는 일렁이는 파도를 지나 잔잔한 물결 앞에서 영원을 약속하게 되었다. 형두는 지난 2024년 11월의 악몽을 떠올렸다. 2025

년의 11월은 악몽이 되지 않으리라는 생각이 들었다. 소영과 자신의 세상이 맞물려 돌아가며 지독했던 저주는 끝났다. 다른 말은 필요 없었다. 강소영. 그 이름 세 글자에 포함된 의미는 단순하면서도, 오랜 사랑의 시작을 알렸다. 소영이 형두의 목을 감아 안으며 작게 속삭였다.

"형두 씨 사랑해요."

"응, 나도. 나도……."

사랑한다는 말이 굳이 없어도, 소영은 형두의 마음을 깊이 느낄 수 있었다. 그의 눈빛, 숨결, 손끝에 담긴 온기만으로도 충분했다. 말 대신 머무는 그 다정한 침묵 속에서, 그녀는 자신이 얼마나 사랑받고 있는지를 확인할 수 있었다.

우연처럼 스쳐 간 인연은 어느새 필연이 되었고, 필연은 두 사람의 세상을 천천히, 그러나 또렷하게 하나로 겹치게 했다. 어긋날 것 같던 궤도는 조심스레 맞물리며, 어느새 두 사람은 같은 방향을 바라보며 걸어가고 있었다. 삶이 파도처럼 몰려올 때마다, 그들은 서로에게 '조용한 등불'이 되어 주었다. 때로는 '사르륵' 부드럽게 감싸 안으며, 때로는 '꽉' 맞잡은 손처럼 단단하게 서로를 붙들었다. 이제는 어떤 바람이 불어와도, 어떤 파도가 밀려와도 쉽게 무너지지 않을 것이다. 그들의 궤도는, 어긋나지 않을 것이다.

소영은 알았다. 그 모든 시간, 그 모든 감정이 결국 '사랑'이었다는 것을. 형두의 차가웠던 세계는 그녀의 다정함으로 인해 녹아내렸고, 그의 조용했던 우주는 이제 그녀의 웃음소리로 '반짝' 살아났다. 그렇게 형두의 세상은 구원받았고, 이제 그 세상은 곧 소영의 세상이 되었다. 서로의 마음이 부딪혀 만들어 낸 온기 속에서, 두 사람은 이제, 서로의 끝이자 시작이 되었다. 그것은 말이 아닌 '존재'로 완성된 사랑이었다.

***

형두는 이전보다 좁아진 자신의 집 소파에 앉아 어깨에 기댄 채 콧노래를 흥얼거리는 소영의 손을 잡았다. 소영의 손이 주는 온기는 남달랐다. 두 사람의 공간으로 쳇 베이커의 노래 'Blue room'이 흘러나오고 있다.

통장에는 평생 먹고살 만큼의 돈이 있었지만, 소영은 넓은 집보다 작은 집에서 새로운 출발을 하길 바랐다. 좁은 공간이라 하더라도 당신과 함께라면 무엇이든 괜찮다고 속삭이던 것이 소영이었다. 이제 임신 6개월 차에 접어든 소영의 얼굴로 부서져 내리는 가을 햇살이 닿았다. 형두가 손으로 햇살을 막으려 하자, 소영은 이런 따뜻함도 때로는 느껴봐야 하지 않겠냐며 거절했다.

자신의 세상이 바뀔 줄은 몰랐다. 노래라고는 관심도 없던 시절을 지나, 이제는 재즈를 틀어놓지 않으면 일에 집중할 수 없는 사람이 되었다. 소영의 취향은 어느새 자신의 취향이 된 것을 느끼며, 형두는 푸스스 웃었다.

형두는 '바이올렛 - 세상을 넓히다'로 전국 각지에서 앙코르 전시가 진행 중인 소영의 전시를 떠올렸다. 자신의 세상은 달라졌다. 소영을 알기 전과 후로. 소영과 자신의 세상이 충돌한 그때, 모든 것이 변했다. 소영은 우물 안 개구리 같았던 형두의 삶을 푸른 바다로 내보냈다. 어디로 갈지 모르는 작은 배를 타고 넓은 바다를 탐험하며, 형두는 생각했다. 사람은 자신의 세상을 넓혀준 사람을 잊을 수 없다고.

"당신은 참 맞는 말만 해."

"갑자기 무슨 소리예요?"

소영이 어리둥절해하자, 형두는 아무것도 아니라며 손을 휘휘 저으며 말했다.

"차형두와 강소영의 이야기는 언제까지 이어질까?"

그러자 소영이 조곤조곤한 목소리로 대답했다.

"우리의 세상이 더 비좁아질 수 없을 때까지. 혹은 더 넓어질 수 없을 때까지. 그런데 우주가 팽창하며 별을 뿌렸고, 인간은 별의 후손이잖아요. 별을 만들고 남은 원소가 인간이 되었으니까. 영원이 존재하지 않는 세상에 우리가 존재하는 한 우리는 영원을 그리며 살지 않을까요?"

틀린 말이 아니었다. 일평생 법학에만 몰두했던 형두는 인권 변호사로 새롭게 출발을 했고, 자신의 세상이 이전과는 달라졌음을 느꼈다. 인간이 존재하는 한 '영원'은 불가능할지라도, 그는 영원을 향해 달려갈 터였다. 그리고 그 길에는 자신의 손을 꼭 잡고 함께 걸어주는 소영의 존재가 환상처럼 아득하게 그려졌다. 그녀는 형두의 아주 작은 세상 속으로 들어와 모든 것을 바꾸어놓은 사람이었다. 강소영. 두 사람이 서로를 기억하고 곁에 머무르는 한 영원의 지속성은 계속될 것이다. 꿈이 아닌 현실이었다. 소영과 함께하는 모든 시간은 넓은 우주 속 어디에서든 반드시 찾을 수 있을 것이라는 막연하지만 단단한 믿음이 생겨났다. 잊지 못하리라. 그리고 소중히 간직하리라. 팽창하는 공간 속에서, 지금 곁에 있는 소영과의 모든 것을, 우주 한켠에 새길 것이다. 별들이 흩뿌려지며 남기는 하나의 원소처럼 그녀와의 시간을 품에 감싸안으며 살아가리라.

창밖으로 가을비가 내린다. 물기가 번진 유리창을 따라 비의 숨결이 흘러내린다. 비는 소란스럽지 않게 마치 기억처럼 조용히 땅을 향해 떨어지고 있었다. 둘은 우산 하나를 펴 들고 천천히 거리로 나섰다. 우산 끝에 맺힌 빗방울이 또르르 굴러내리고, 젖은 길 위로 두 사람의 발끝이 잔잔한 물결을 남긴다.

소영의 손은 여전히 형두의 손을 감싸고 있었다. 그 따스한 체온이, 차가운 공기 속에서 더욱 선명하게 느껴졌다. 형두는 그 작고 단단한 손 안에 지금까지의 계절과 앞으로의 시간을 함께 담아두고 싶다는 생각이 들었다.

바람 한 줄기가 스쳐 지나가고, 순간 거리를 가르며 달려온 오토바이가 흩뿌린 빗물이 두 사람 곁에 튀었다. 형두는 반사적으로 소영을 안아 벽 쪽으로 감쌌다. 그의 팔 안에 고요히 안긴 소영의 몸에서, 살아 있다는 실감이 미세하게 떨려왔다. 아무 말도 하지 않았지만, 서로의 숨결이 다정하게 포개졌다. 형두는 눈을 감고, 소영은 눈을 떴다. 그녀의 시선은 깊고 부드럽게 형두를 감쌌다. 그 눈빛은 오래된 상처에 살며시 입을 맞추는 것 같았다.

잠시 후, 둘은 다시 걸음을 옮겼다. 말이 없어서 더 진한, 말할 필요가 없어서 더 편안한 침묵 속을 함께 걷는다. 조용히 내리는 가을비, 젖은 낙엽, 바람의 숨결. 세상은 아무 일 없던 것처럼 흐르고 있었고, 그 안에서 오직 두 사람만이 한 계절을 마주하고 있었다.

소영은 조용히 속으로 말했다. 아니, 마음 깊은 곳에서 오래도록 되뇌었다.

너무나 설레었고, 간절했고,
때로는 아플 만큼 사랑했던 지난 인연들은
저 낙엽처럼, 바람에 실려 떠나간 추억일 뿐….

나는 지금,
누군가의 마지막이 아니라,
이제 막 새로 시작되는 첫사랑이다.

〈두 번째 첫사랑 - 끝〉

작가의 말

다정함은 방향을 잃은 누군가의 세상을 구한다

우리를 진정으로 강하게 만드는 것은 무엇일까?
모두 부와 명예, 권력 같은 것들이
자신을 지켜줄 무기라고 믿지만,
정말 중요한 힘은 '마음'에서 비롯된다.
누군가가 내민 작고 따뜻한 손길 하나가
나의 세상을 바꾸는 것처럼.

다정에서 비롯된 친절은
결국 '나'라는 작은 세계를
'우리'라는 더 큰 세상으로 확장시키고,
그 세상은 또 다른 세상을 설계해 나간다.
사랑의 힘이 그렇다.

그렇다. 작아서 보잘것없어 보이는
다정한 마음 하나. 그 작디작은 마음이
방향을 잃었던 나의 세상을,
그리고 누군가의 세상을 구원한다.

비가 내릴 때마다 그 방향이 다르듯,
사랑 또한 사람마다, 상황마다 그 결이 다르다.
진심의 방향과 사랑의 방향이
상대에 따라 다를 수 있음을 깨닫는 순간,
우리는 마침내 상처를 딛고
나를 향한 '치유의 방향'을 찾아갈 수 있을 것이다.
사랑하고 싶은 사람들이여,
사랑해야 할 사람들이여!
이 책을 통해 당신의 세상을 넓히고,
다정함으로 누군가의 세상을 구하시라.

두 번째 첫사랑

초판 발행 2025년 10월 15일

지은이 김기승
펴낸이 방성열
펴낸곳 다산글방

출판등록 제313-2003-00328호
주소 서울특별시 마포구 동교로 36
전화 02-338-3630
팩스 02-338-3690
이메일 dasanpublish@daum.net
        iebookblog@naver.com
홈페이지 www.iebook.co.kr

ⓒ 김기승 2025, Printed in Korea

ISBN 979-11-6078-373-5 03810

* 이 책은 저작권법에 의해 보호받는 저작물이며, 저자와 출판사의 서면 허락 없이
  내용의 전부 또는 일부를 인용하거나 발췌하는 것을 금합니다.
* 제본, 인쇄가 잘못되거나 파손된 책은 구입하신 곳에서 교환해 드립니다.
* 책값은 뒤표지에 있습니다.